中国专业作家小说典藏文库

中国专业作家小说典藏文库

肖克凡卷

原址

肖克凡 ○ 著

中国文史出版社

第 一 章

1

　　如果大田保子女士将她的中国之行推迟到冬季，那么这座城市肯定要度过一个没有高潮的秋天，麦格路的风景也将一如既往。大田保子女士不远万里从日本来到中国，完全出于日中友好的强烈愿望。至于她的这个愿望能否实现，其实并不重要。重要的是大田保子女士不但来到中国而且来到中国北方这座因缺水而著名的大城市。这座因缺水而著名的大城市里的大中华日用化工厂一下就成了一个重要角色，悲喜交加被推到社会前台。

　　演出就这样开始了。

　　大田保子女士的学生时代是在中国度过的。八年的上山下乡生活愈发使她对这块古老的土地充满了感情，吃着玉米喝着冷水，她从来没有想到自己竟然不是中国人。后来她得知自己的身世，尤其是成为日本公民之后，大田保子日夜怀念神州大地。她的最大心愿就是要在中国本土兴办实业，为振兴中华贡献自己的绵薄之力。大田保子是这样说的，也是这样做的，她的赤诚之心，日月可鉴。仲夏时节在一次市政府举办的外事招待会上，她见到了这座城市的新任副市长阚大智。

电子工程师出身的副市长阚大智，身材修长举止优雅，属于那种"洋务派"官员，高级工程师。他的中学时代曾与大田保子同在一所名牌学校读书。那时候大田保子名叫李玉梅。那时候李玉梅并不知道自己的真实身份竟然是一个战争遗孤。她的养父是一个忠厚老实的铁路工人。天性活泼的李玉梅则是这所学校女子合唱队的领唱，才貌双全。她的声音，宛若夜莺。时隔多年，身居高位的阚大智在外事招待会的人群之中竟然大胆认定这位日本女士就是中学时代的夜莺李玉梅。由此可见，这位女性在阚大智心中留下多么强烈的记忆。老乡见老乡，两眼泪汪汪；校友见校友，无言紧握手。大田保子面对阚大智，顿时热泪盈眶。她当即表示要将自己的全部资金投在这座拥有半封建半殖民历史的中国北方的大都市。

阚大智恰恰在这座城市的领导班子里主管工业。这座城市自二十世纪初即成为中国北方工业的摇篮，机器工业与棉纺工业的发展，给它带来极大的繁荣。广袤的滨海滩涂盛产盐碱，又使这里的化学工业日见勃兴。北洋风云，百年兴衰，这座城市如今显得疲惫不堪——很像一个口渴难忍而无力赶路的脚夫。十年前已从省会沦为一般城市。河流废航，港口萎缩，工业老化，交通拥挤，文化衰退。近来又盛传地面明显沉降，说是滥采地下水造成的恶果。经济发展的滞缓，造成城市生活的凝固。截至六月底，这座都市只拥有出租汽车四千辆。外地来宾惊呼走在街上见不到出租汽车，本地市民则因经济收入太低而很少"打的"。这样就费了鞋子。虽然费了鞋子，但这座城市的制鞋业恰恰又被来自南方的"浙军"所垄断。人们穿着外地的鞋子走在自己的城市里。于是这座城市在当今中国拥有双重名声：本地市民对每月可怜巴巴的几百元工资怨声载道，生活起来缩手缩脚；同时由于这里物价低廉，外埠游客大量涌入，成为疯狂购物的乐园。久而久之，本埠自卑心理日渐沉重，这里竟然成了一座别人的城市。

阚大智是一个土生土长的乐观主义者，这位知识分子出身的新官从来也没有对这座城市丧失信心。在这座都市他的微笑是极其著名的。于是他微笑着给大田保子派了一辆日本本田，协助工作。于是日本女士坐着日产轿车，游览着市容。故地重游，大田保子心中感慨万千。无论在中国还是在日本，大田保子都称得上是一个情感细腻、心地善良的女子。她因此而拥有激情。

本田轿车行驶在麦格路上。麦格路在这座中西文化互相渗透的大都市里乃是一条十分重要的大街。至少大田保子的故事就是在这条大街上开始的。坐在本田轿车里的大田保子目光凝视车窗之外，完全被麦格路两旁的欧洲建筑风情所迷惑，以为此时自己正在地中海沿岸旅行。她的惊呼，使司机立即减速，将本田缓缓停在大中华日用化工厂门前。

她眺望栅墙里的建筑，指着大中华日用化工厂的一车间自言自语说："这哪里是一座工厂啊，分明是一座古代堡垒！如果将它改建为一座欧洲风格的夜总会，那一定会大受欢迎的。"

大田保子激动万分，甚至忘记此时是在中国。尤其院里那五株百年大树，使人想起巴黎近郊枫丹白露。她忘情之下径直走进工厂大门。拖着一条瘸腿的门卫每月只能领到一百八十元工资，因此火气很大。他的左腿是在汽车队当装卸工时砸断的，工伤。当年劳资科出于对他的特殊照顾，安排他充当门卫。偌大一座工厂的大门交给一个瘸子看守，颇具讽刺意味。然而韩春利并不买账，认为目前这个位置是自己用一条腿换来的，代价过于沉重，从此他对世界充满怨气。见一个女子大模大样走了进来，韩春利高声喝道："找谁！找谁！"

大田保子的华语说得比日语还要流利。她操着中国普通话朗诵着一位伟人的诗词："风景这边独好。"

韩春利低头捻着烟卷说："景致是不错。不过这里是工厂，谢绝参观。"

"早先这里不是工厂吧?"大田保子问道。

韩春利哈哈一笑:"最早的时候,这里是美国洋枪队的兵营,人称堡垒别墅。你知道八国联军吗?自从平定庚子之乱美国大兵开拔回国,这里归了英国托管。有人说这里成了英租界,那是谬误。英国托管。后来呢,后来就被姜国瑞从英国工部局的巴厘先生手里买了过来,兴办工厂。你知道姜国瑞吗?都快一百岁了,还没死。你看那五座车间,从前被称为五座堡垒。这就是厂史啊。哎你到底是哪个单位的?"

大田保子说自己只是一个游客,说着就匆匆钻进本田轿车。韩春利抬头看到的只是一个中年女士的侧影。

"咦,刚才这女的长得跟中心检验室的诸葛云裳一模一样。"

当天晚上大田保子在电话里十分激动地向阚大智副市长提出购买大中华日用化工厂"一号堡垒"的土地使用权,将其改建为"堡垒夜总会娱乐中心",涉外服务,广泛吸引天下游客前来消费。

阚副市长实在想不起大中华日用化工厂坐落何方。他当即让秘书找来本市地图,颇费周折找到麦格路。地图上的麦格路是一条弯曲的弧线。

阚大智拍着脑门对自己说:"分工主管工业,真不知道麦格路上还有一座工厂啊。"这位上任不久的副市长深知麦格路坐落在本市具有极高文化保留价值的旧租界区,俗称"万国建筑博览会"。这个地区不应存有工矿企业。如果借这个机会,将历史遗留的大中华日用化工厂逐步从麦格路迁移出去,不失为一举两得的好事。

电话里阚大智要求大田保子立即起草一份申请购买土地使用权投资兴建堡垒娱乐中心的报告,由他批转给本市化学工业总公司,速办。

大田保子在呈送阚大智副市长的关于兴建"堡垒夜总会娱乐中心"的扩初方案的导言里写道:"地处麦格路东端的大中华日用化工厂的五座厂房,其建筑外形酷似堡垒,极具欧美风格。将近百年历史的文化积淀，更是一笔无形财富，尤其对西方游客颇具吸引力。'堡垒夜总会娱乐中心'的一期工程拟选址该厂一车间，租赁土地使用权五十年。二期工程可望将另外四座堡垒（即目前的四个生产车间）一并改造为'堡垒夜总会娱乐世界'。这样，本市将拥有一座超级国际水准娱乐中心，达到与国际接轨的目的。"

此时市长李立刚率团出访加拿大，阚大智代理市长。这位代理市长在大田保子的扩大初步设计方案上批示："项目甚好，从速办理。"

化学工业总公司闻讯，大喜。化学工业总公司的前身是化学工业局。机构改革，"局"从党政机关变为"总公司"企业集团，好似川剧里的"变脸"。化学工业总公司进入角色只有半年光景，如今手捧阚代市长的批示，仿佛是给一个光棍汉子找到了媳妇。化学工业总公司总经理立即通知大中华日用化工厂的厂长唐本旺，准备出租土地。

面对这一桩从天而降的"包办婚姻"，身高马大的厂长唐本旺毫无思想准备。被称为"一号堡垒"的一车间，目前正在利用一条旧有的生产流水线，生产一种据说市场前景看好的第三代家用清洗液——金手牌"一洗灵"。面对阚副市长的批示："请大中华日用化工厂速与日商洽谈转让该厂一车间土地使用权事宜。"在国营企业工作了三十多年的唐本旺颇费思量，彻夜难眠。

莫非日本鬼子又进村啦？

厂领导班子召开紧急会议，会上没人发言。三位副厂长，一位去澳洲探亲，一位半身不遂住院，只剩下赵则久一位。唐本旺一看，心里就明白了。他知道自己如果不站出来，可能就会亡厂。他被一股悲壮的气氛所鼓舞，抄起钢笔在阚副市长批示的报告上写了一行字："一车间生产正常，土地坚决不能出让。"

第三天，化学工业总公司的党委副书记来到厂里，在领导班子会议上宣布，免去唐本旺同志厂长职务，由副厂长赵则久同志担任代理

5

厂长。

全厂千名职工哗然。赵则久，儒将。面对改革开放的汹涌大潮，怎么不用唐本旺这样的武将呢？唐本旺的事迹在厂里广为传闻。职工们都说，这两年厂子能够支撑着给大家发工资，全凭唐厂长卖了那棵大槐树，有了几分家底。

原来被称为"堡垒别墅"的院子里，栽着五株槐树。这五株槐树已近百年，成了景致。尽管社会上滥砍滥伐之风日炽，这五位老者倒也安然无恙。

这大中华日用化工厂有两大主导产品，一是一车间生产的金手牌清洗液，分工业用与民用两种。再者就是三车间生产的金手牌皮革油系列产品，其实就是鞋油、夹克油之类的皮革制品养护油。说起来皮革养护油系列产品还是能够给企业赚钱的。但这种产品脾气不好，市场景气的时候，它不能使企业大起，即使经济效益好，也好不到哪儿去；市场平缓的时候，它往往大落——去年的销售收入因此而下滑50%，弄得大家拿不到整月儿工资，工厂只能维持简单再生产。在这种动不动就疲软的企业里当厂长，你先得没脾气，然后必须拥有耐心面对这种半死不活的现实。

唐本旺维持着这座工厂，银根日见吃紧。有一句歇后语这样形容厂里的经济形势："借钱买藕吃——口口有窟窿。"

一天清早职工们前来上班，发现院里出现一个大坑。那五大槐树，少了一株。

站在大坑周围，人们议论纷纷。这大坑直径将近十米，大树身高三丈，那根须深深扎进地里，三丈不止。这种力量，神鬼莫如。

生产科副科长姜合营说："一定是夜里来了龙卷风，呼的一声将大树连根拔走，直上云霄。"

"直上云霄？直上云霄也得有落下来的时候吧?"

姜合营颇为认真地说："别着急呀！过几天你等着看报纸吧。兴许在山东啊辽宁啊河南啊，别管什么地方吧，从天上掉下来一棵大树，咚的一声又栽在地上。这件事情兴许电视里新闻联播都要报道的。"

人们将信将疑，看着生产科副科长姜合营。

姜合营又一本正经地说："我们探索大自然的奥秘，永无止境。"

那时候唐本旺的嗓音远比今日洪亮。他大声喊叫着走上来，驱散人群。中午他打开多年不用的工厂广播喇叭，讲了几句话。

"大家都知道咱厂少了一棵大树。少了也就少了，这有什么大惊小怪的？从今以后谁要是再谈论这件事情，我立即除名！希望大家都记住我说的话。"

那棵大树就这样神秘地失踪了。据说厂里的总工程师姜纯热衷于植物研究，私下说起此事，认为"人挪活，树挪死"这句俗语很有道理。移动大树，成活率很低。况且如此高大的槐树，没有两辆起重吊车是寸步难移的。

大槐树失踪之后，区里的绿化委员会来过两个人，说绿化是国有事业，一定要调查大树的下落。中午时分唐厂长在外面摆了一桌酒席，事情不了了之。

那四株大树立在厂院里，成了植物界的王朝、马汉、张龙、赵虎。

唐本旺这位黑脸汉子却下台了。

无可奈何走马换将，戴眼镜的中年知识分子赵则久临危受命，任代理厂长。

一夜之间换了厂长，工人们纷纷打听唐本旺下台的原因。一车间的工人们信息最灵，他们通过总机电话员纪格格，得知一个名叫大田保子的日本娘儿们看上了"一号堡垒"，唐本旺抗战，于是就让上边给撸了。这是一个令人意外的消息。

人们不知是祸是福，是忧是喜。

一车间的小个子工人罗光找到新任代理厂长赵则久，献上一条合理化建议："那个日本娘儿们不是想买咱们的'一号堡垒'吗？俗话说一赶三不买。在看不见的战线上，等到摘苹果的时候，宰她一把。让她知道中国的土地不是花几个小钱就能买到的。"

受命于危难之时的赵则久推了推鼻梁上的眼镜，不为任何言辞所动。面对困难重重的企业，他坚决贯彻心中制定的"密集中路防守反击"的战术打法——跟中国足球队的思路如出一辙。

换了厂长，人们得到一时的言论自由，旧事重提，又想起那株神秘失踪的百年老树。

终于传出一个令人惊讶的消息：唐本旺把那株大树给卖了。总共得到人民币六十八万元。

本市一个卖冰棍的小伙子，倾其家财置了一台冷冻机，开始了发家致富的历程。只用五年光景，就成为千万富翁。人称"冷冻大王"。"冷冻大王"心中多年暗恋电视里一位女中音歌唱演员，终于如愿以偿据为妻子。他在近郊一个名叫"黄金三百万"的地方盖了一座别墅。风水先生说必须栽上一株百年大树，权为镇宅之宝，否则日后必生祸端。"冷冻大王"惊了。几经寻找，大中华日用化工厂的五株大树最靠北侧的那株，终于成为首选对象。

唐本旺听到这个消息，乐了。

当"冷冻大王"派人前来洽谈此事的时候，唐本旺说大树是国家的财产，不能卖。谁卖树，谁就要承担行政撤职的风险。几经利诱，唐本旺终于同意，开价八十八万。"冷冻大王"没想到一棵大树竟然开价如此之高，就有些后悔，可是骑虎难下。经过讨价还价，以六十八万成交。"冷冻大王"预付四十万，大树移走之日，再付二十八万。之后，"冷冻大王"又出资六万请到一位植树专家设计了一套"移植方案"。为确保成活，其中"挖树"费用就耗资八万。

利用国庆节全厂放假的三天时间，大树就被"冷冻大王"雇用的起重公司移走了。

卖树的那六十八万跑到哪里去啦？人们对这个故事产生了疑问。

有人跑去向新任厂长询问真相，赵则久一派讳莫如深的样子。

随着大树故事的流传，唯心主义在大中华日用化工厂里猖獗起来。五十九岁的总工程师姜纯，修习"中华五方功"多年，目的是为了健身。日前突然得道，声称嗅到一股异香，终日不散，颇有天目大开之前兆。香气环绕不绝，增强了姜纯修行的信心，他决定皈依。选择了一个黄道吉日，姜纯悄悄办理了提前退休的手续，离开工厂。

为了告别自己工作多年的工厂，姜纯沿着五座"堡垒"走了一圈儿。这很像港台歌曲里唱的《无言的结局》。走过生产科门前，姜纯看到自己的儿子姜合营坐在里面办公，他感到欣慰。我走了，我将自己的儿子留给这座工厂，好比那首通俗歌曲的名字：把根留住。就这样他穿过一车间朝三车间走去，姜纯朦胧之间，看到了这里的未来。这里将成为一座私家园林。五座堡垒之中，必有一座拆除，改作他用。譬如说网球场。其余四座经过装修也将改头换面，成为富丽堂皇的地方。其中一座的主人，是一位终身不嫁的老女人。

只是一个瞬间，姜纯便回到现实生活之中。走在工厂大道上，迎面遇到中心检验室主任诸葛云裳。他将"这里将成为一座私家园林"的预见告诉了诸葛云裳。她听罢很是惊奇，仿佛一个女孩儿听到一个神秘的故事。姜纯担心诸葛云裳听到这个消息过于悲观，就又对她说，中国的国有企业是不会死亡的。但一切都需要时间给予证明。

然后，他在工厂大道上碰到生产科副科长姜合营。这时候的姜纯似乎完全忘记姜合营是自己的儿子。他一本正经说："你要做好准备啊。"

姜合营连连点头，侧身走了过去。

从此，"你要做好准备啊"这句话就成了工厂谶言，渐渐流传起来。

厂里的人们听到姜纯总工程师练功得道的消息，都很为他高兴。姜纯在大中华日用化工厂工作三十五年，人品绝对值得信赖。因此，他的预言一夜之间就在厂里流传开来："这里迟早要成为一座私家园林。"

姜纯离开工厂之前，是在办公楼男厕所里与赵则久不期而遇的。姜纯看到这位知识分子出身的厂长满面愁容，就劝他吃几剂败火清瘟的汤药。赵则久知道姜纯平时热爱祖国医学，就哦了一声。

姜纯突然说："不用发愁。你代理厂长的职务，少则半个月，多则二十天，也就到了卸任的时候。"

赵则久愣了愣，以为姜纯是在开玩笑，就说："当这代理厂长活受洋罪，我盼望早日下台哪！"

五十九岁的姜纯说："有这种思想准备，就好。"

姜纯第二天一早就启程上路，往九华山深造去了。他的理想是创立一个新的气功学派：中国工业气功场。

第三天的早晨，一辆本田开进厂里。大田保子女士从车里款款走出，前来考察"堡垒夜总会娱乐中心"的现场。赵则久在仓促装修的会议室接待日本来宾。宾主握手的时候，他惊诧地看着来自东瀛的"诸葛云裳"，终于懂得了什么叫"酷似"。赵则久心中暗想："莫非诸葛云裳有一个失散多年的姐姐不成？"会议室里一时冷场。

这时一车间生产的金手牌家用清洗液"一洗灵"进入市场几经搏杀，呈平销势头。无论平销还是热销，大田保子对"一洗灵"不感兴趣。她关心的只是目前生产金手牌"一洗灵"清洗液的这块地皮。

会议室里，大田保子非常礼貌地提出看一看"一号堡垒"的建筑图纸。赵则久说了一声"请您稍候"，就走出会议室。他找到资料室的保管员，压低声音说："小庞，任何人问起'一号堡垒'图纸的下落，你就说丢啦！然后把责任推到我身上。记住了吗？"

资料保管员小庞连连点头说记住了。

赵则久回到会议室对大田保子说:"实在抱歉,我们一车间的建筑图纸,因为年代久远保管不善,丢啦。"

大田保子提出此时应当进入转让土地使用权的谈判阶段。赵则久厂长的风格与他的前任唐本旺完全不同,不以硬顶,而以软拖。他建议一周之后开始谈判,得到大田保子女士的首肯。一周之后,赵则久佯装急诊住进医院。这样就拖了七天。又过了一周,躺在医院里的赵则久在一个清晨接到通知,他终于被免除代理厂长的职务。

为了"一号堡垒"这块地皮,我方已连折两员厂长。

有消息说在市委"关于加大改革开放力度进一步吸引外资嫁接改造我市国有企业会议"上,大中华日用化工厂受到点名批评。市委第一书记田春德发言的时候慷慨激昂,他敲打着桌子说:"我们为什么要跟外国人合资呢?因为我们自己没有足够的资金投入企业改造。而我们这座城市的工业确确实实面临层层挑战与重重难关。我们是一座贫穷的大都市,改造企业的资金在哪里呢?就在外商手里。从今以后,对前来我市洽谈合资的外商,要想尽办法留住人家。俗话说苦口婆心嘛,一个也不准放走!谁要是放走外商,我就处分谁!放走一个处分一个,放走两个处分两个,绝不留情!"

田春德在发言临近尾声的时候说:"本市大中华日用化工厂的消极做法,分明是保守僵化的思想在作怪。人家外商都找上门来啦,接连两任厂长都怀有抵触心理。难道还要人家程门立雪不成?我们必须克服思想深处的陈腐意识,全面更新自己的观念。否则,愧对改革开放的大好形势!"

市委第一书记田春德的讲话,使这次会议之后全市立即掀起了一个与外商合资的新高潮。一批又一批外商来到这座城市,仿佛春节之前的突击相亲——处处都在筹备结婚。

这时，躺在病床上即被免职的赵则久走出医院，他猛然想起姜纯。屈指一算，自己在位刚好十八天的光景。姜纯果然有了法力，一语成谶啊。于是，姜纯的形象在赵则久心目之中陡然神秘起来。遗憾的是姜纯远走九华山深造，不能为厂里的广大职工排忧解难。只有他亲手设计的液压传动电气控制的工厂大门每天一开一关，留在人们的生活之中。

谁将出任大中华日用化工厂的厂长呢？

这时候，大中华日用化工厂生产科的副科长姜合营正站在由防空洞改建的职工俱乐部里清唱《钓金龟》。虽然企业处于困境边缘，姜合营依然是一个祖传的乐观主义者，吃得饱，睡得着，血压正常。正是金秋时节，这座拥有半封建半殖民历史的城市，古风浩荡，成为中国京剧复兴的重镇。即将举办的一九九五"世界华人京剧票友大赛"，面向五大洲四大洋，以弘扬中华民族传统文化为目的。这次国际大赛的主办城市为了争得荣誉，提前半年即开始层层选拔。素常以老旦见长的姜合营被市总工会指定为重点参赛选手，他只得服从大局，开始集中排练。

俱乐部里，姜合营站在琴师邹忠诚身旁，唱得气完神足：

　　叫张义，我的儿啊，听娘教训，待为娘对娇儿细说分明：
　　儿的父他遭不幸丧了性命，抛下了母子们怎度光阴……

不惑之年的姜合营目光炯炯。他身材不高但肢体强健，不知为什么大家都认为他是复员军人。其实他不是。不是复员军人的姜合营被公众认为是一个复员军人，这似乎说明了他的正面形象。姜合营喜好京戏，则是很久的事情了。这一段《钓金龟》他唱得韵味纯正，气完神足。此时姜合营并不知道，厂长的那张椅子正等待着他坚硬的屁股。

2

没有厂长的工厂，不是完整的工厂。

市化学工业总公司党委组织部部长康一同志亲自出马，来到大中华日用化工厂考察干部。他瘦小，但很廉洁，中午在食堂只吃一饭一菜一汤，然后就在厂院里踱步。他的步伐令人感到沉重。

由于大田保子相中了俗称"一号堡垒"的一车间，大中华日用化工厂似乎就成了一个被人相中的大姑娘，随时随地都有可能被花轿娶走。唐本旺的被免职是因为固执己见；赵则久的被免职是由于不识时务。总之两位厂长相继被摘去顶戴花翎，人们都成了惊弓之鸟。军中不可一日无帅。康一同志深知目前大中华日用化工厂的分量，他心急如焚，恨不能立即找到一个大干四化的带头人，振兴大中华日用化工厂，完成改革开放的大业。可是困境之中到哪里去寻找一厂之长呢？康一同志踱来踱去，费尽思量。这座城市本是京剧之乡，康一同志也是一位京剧爱好者。只是因为这几年身居高位，无暇亲近京剧罢了。走在厂道上，传来一段纯正的老旦唱腔，颇似龚云浦，同时又能咂出几分李多奎。组织部长心情为之一振，循声寻去，竟然出自地下。沿着阶梯，他信步走进设在防空洞里的职工俱乐部。

刚刚唱罢《钓鱼龟》，姜合营听到背后有人啪啪鼓掌。给姜合营拉弦儿的邹忠诚是一车间的工人，这些年来他一直是姜合营的铁杆琴师，配合默契。这一次听说"世界华人京剧票友大赛"拉开序幕，他虽然心事重重的，但还是抖擞精神，前来为姜合营操琴伴奏。

姜合营转过身来，看到一个陌生的男人为自己的演唱鼓掌，就笑了笑，说谢谢鼓励。康一同志大步走上前来，与他握手。

这个动作使姜合营看出面前的陌生男人是一位官员。在中国的各种场合，官员们往往习惯于以握手的方式表示对下级的关怀。这样既显得气宇轩昂，又显得平易近人。

琴师邹忠诚立在一旁，笑嘻嘻看着这个场面。

"我们随便聊一聊吧。"组织部长又拍了拍姜合营的肩头。

姜合营说："大家都为目前工厂的现状着急，恨不能立即冲出困境……"康部长问道："你在厂里做什么工作啊？"

邹忠诚说："他是厂里生产科的副科长姜合营。"

康部长又问道："既然你是生产科的副科长，那么你对工厂的情况一定非常熟悉吧？"

邹忠诚又说："他家老少三代都是大中华日用化工厂的人。他祖父叫姜国瑞，父亲叫姜纯，他叫姜合营……"

康部长对邹忠诚的越俎代庖很不满意："姜副科长你怎么不说话呢？"

姜合营笑了笑："工厂成了这个样子，我们这些中层干部还有什么话可说呢？他是一车间的工人，名叫邹忠诚，工人最有发言权。"

康部长沉吟片刻说："小姜同志，你能用一句话来概括工厂今后的出路吗？"姜合营想了想，说："我不能用一句话来概括今后工厂的出路。"

"为什么呢？"

"因为不是一句话能够概括的。"康一同志觉得姜合营是一个说话诚恳的同志。"今天下午三点你到二楼小会议室，我要跟你谈一谈。"

姜合营这才问道："您是……"

邹忠诚及时拉响了胡琴——著名曲牌《夜深沉》。

下午三点钟姜合营来到二楼小会议室门前。他身材粗壮，留着小平头，双腿微显罗圈儿，走起路来很像一位失去战马的日本骑兵。他的名字则颇具纪念意义。他出生的那年全国正在掀起轰轰烈烈的公私合营运

14

动高潮，他的祖父姜国瑞就给孙儿起名"合营"以示纪念。这个男孩儿的名字也就随着祖传的工厂合营了。

会议室门外，他听到里边传出康一同志的声音，知道前一轮的谈话还没有结束，就站在楼道里等着。

这时候组织部长康一正在跟厂工会主席邓援朝谈话。在此之前通过与厂里的中层干部接触，康一同志发现人们普遍谈到邓援朝这个名字。既然拥有广泛的群众基础，邓援朝就应当成为首选对象。没想到初次交谈，邓援朝竟然是一个沉默寡言的人。

康一同志认为作为当代企业的厂长，首先应当具有良好的口才。组织部长工作起来既扎实又严谨。然而百密一疏，他还是忽略了一个十分重要的细节，那就是邓援朝是一个严重的口吃症患者。

说起邓援朝，还是颇有故事的。他出生的那一年，美国的克拉克将军无可奈何在板门店停战协议上签了字。中朝两国人民胜利了，父亲给他起了这么一个具有纪念意义的名字。身材细高的邓援朝多年从事工会工作，显得安静平和。他最大的缺点就是口吃，而且属于全天候型口吃。但是，奇迹也恰恰发生在他的身上。他有没有不口吃的时候呢？有。那就是当他操着快板书的节奏说话的时候，语言能够成句。这种奇迹的发现，纯属偶然。他在部队当兵的时候（邓援朝才是一个真正的复员军人），一天，无意之中从宣传队拿到一副竹板，就一边敲打一边默默背词儿，突然之间他脱口说唱起来，语言流畅口齿清晰毫不拖泥带水，一时成为军营重大新闻。第十军医大学心理医学系师生顺路前来考察，甚为惊讶。据说邓援朝这种类型的口吃症患者，迄今中国发现不过十几例。从这个意义上说，邓援朝与大熊猫一样，同属国宝。

复员之后邓援朝来到大中华日用化工厂，他的公众形象仍然是口吃症患者。他矫正口吃的决心，从来也没有动摇。他知道自己必须依赖那一副竹板，于是他总是将自己关在屋里，偷偷说唱几段快板书，有李润

15

杰的，也有高凤山的，渐渐成瘾。就这样邓援朝无意之中成了中国快板艺术的继承人。同时，他也自编唱段，夜深人静之时独自悄悄说唱。

他经常说唱的作品是《我爱工厂》：

> 我的工厂是大中华，厂龄已经六十八，
> 六十八岁不算老，给国家贡献真不少！
> 论贡献，那真叫大，产品出口亚非拉，
> 菲律宾，几内亚，朝鲜越南葡萄牙。
> 大中华，好工厂，产品哪连年都获奖。
> ……

今年四十五岁的邓援朝已经很久没有练唱这个段子了，尽管他非常热爱工厂。

康一同志对有关邓援朝的掌故，一无所知。

因此，他认为这应当是一场开门见山的谈话。

组织部长态度很是和蔼："援朝同志，你对你们厂一车间转让土地使用权一事，有什么看法吗？"

邓援朝张了张嘴，又闭上了。

组织部长就认为邓援朝心中有所顾虑。他换了一种方式又问："你对主管咱们工业的副市长阚大智同志的批示有什么看法吗？"

邓援朝当然有自己的看法，但他必须克服口吃的干扰，在心里找到那种适合说唱的"快板"节奏：

> 一车间，正生产；工人们，干劲添。
> 这时候——转让土地使用权，
> 好比那，高速公路急转弯；

16

好比那，天降大雨浇烈焰。

这时候——转让土地使用权，

要停产，要搬迁，拆毁一条流水线。

工人们，心不甘，往后日子怎么办？

越急，邓援朝在心中就越找不着说话的"节奏"。他冒汗了。

见邓援朝低头冒汗，仍然不言不语，康一同志哪里知道这位特殊的口吃患者正在心中寻找语言节奏。他有些不耐烦了："邓援朝同志，对上级领导有什么意见你完全可以提出来嘛。事不关己，高高挂起，明知不对，少说为佳，这是自由主义的第几种？"

组织部长的性急，愈发打乱了邓援朝心中的语言节奏，正在构思的"快板"也溃不成章。他只得抬头看了看组织部长，无奈地笑了笑。

康一同志心中暗想："这是一个毫无原则的老好人，终无大用。"

邓援朝张了张口，却还是没有说出话来。这更加坚定了他对邓援朝的不良印象。这位具有多年干部工作经验的组织部长站起身来大声说："今天就谈到这里吧。"

姜合营恰如其分地走了进来。于是邓援朝转身走出了小会议室。

康一同志哈哈大笑然后对姜合营说："咱们随便聊一聊吧！"

七天之后，化学工业总公司党委丁书记来到厂里，宣布姜合营担任大中华日用化工厂第一副厂长兼代理厂长。同时，邓援朝被任命为厂党委副书记。

姜合营与邓援朝相对而坐，互相注视着，并无言语。似乎从那一刻开始，彼此都觉得似乎曾经发生了一件不愉快的事情，可是又根本无法说清那是一件什么事情。可能什么事情都不曾发生——只是一个错觉而已。

化学工业总公司党委丁书记说："大中华日用化工厂的领导班子的

主要任务就是要搞好对外开放，争取在尽短的时间里完成土地使用权的转让，打响企业改造的第一炮！同志们都知道，阚副市长对大中华厂还是非常关心的啊。"

姜合营呆呆地看着丁书记，对自己居然被任命为大中华日用化工厂的代理厂长，感到非常意外。他的屁股坐在生产科副科长的椅子上已经五个年头——就这样不知不觉就到了一九九五年。一九九五年开门红，他的屁股居然挪到厂长的椅子上去了。

唐本旺和赵则久都出席了这个会议。尤其是唐本旺，沉着黑黑的面孔，冷眼看着姜合营，仿佛姜合营是一个踏着烈士的鲜血而高官厚禄的叛徒。

散会之后，赵则久走上前来，说了一句"你要做好准备啊。"姜合营不知道赵则久这样说有何深意，其实这是一句工厂谶言。

午休时间里，姜合营独自一人，围着工厂的大墙走了一圈儿。这一次行走使他深深感到工厂很大，自己呢很小。这时他又想起那句话："你要做好准备啊。"

很多年来，人们约定俗成将坐落在麦格路上的这座大院称为"堡垒别墅"。空中俯瞰，院里的五座兵营构成一朵梅花图案，赏心悦目。二十世纪初，这里沉寂多年，愈发给人以园林废矣的印象。进入三十年代，"堡垒别墅"才被本埠民族工业先锋姜国瑞辟为工厂，从事早期的工业生产。光阴荏苒，老树新枝，换了一茬又一茬的工人，也创出了一个又一个名牌商标。历史沿革，遗痕犹存。譬如人们仍然沿袭旧制将一车间称为"一号堡垒"，将二车间称为"二号堡垒"，这些称谓都令年轻人感到莫名其妙。进入改革开放的大好年代，西风东渐，"堡垒别墅"这个名字反而一下又时髦起来，朗朗上口使人倍感亲切。而"堡垒别墅"这个名称的殖民主义色彩，却被今日的生活所忽略了。

姜合营回到家里找出一个笔记本，在《代理厂长日记》的开篇写道："争取在尽短的时间里完成土地使用权的转让，打响第一炮。这是上级党委对我的要求。倘若第一炮打响了，那么第二炮是什么呢？我真的不知道。看来是要在干中学，学中干了。"之后，他文思如泉涌，在《代理厂长日记》大发感慨，笔调近似一首散文诗。

"工厂是一条河。我呢，只是一个手持小网站在河边捞些小鱼小虾的孩子。河水长流，孩子渐渐长大。小鱼小虾也渐渐长大了。小河呢，却渐渐老了……"

写到这里，散文诗作者心中一惊："倘若有朝一日河里的小鱼小虾被人们捞光了呢？那可就成了一条空空荡荡的河流了。"

不敢再写了。他连忙合上日记本。他知道，呈现在自己面前的将是一幅不可回避的工业风景。你要做好准备啊。

就在出任厂长的当天晚上，他好费踌躇，终于下定决心给妻子打了一个电话——尽管他认为夫妻之间的感情已经出现距离。妻子名叫莫小娅，远在距这座城市九十里以外的滨海新区管委会办公室工作，属于公关型秘书，每月工资三千八。而莫小娅的丈夫每月薪水只有八百元。这是一个新型的夫妻都反对生育的"丁克家庭"。

电话里"八百元"说："你好小娅，告诉你一个消息，明天我就要下地狱啦。""三千八百元"在电话里兴奋地问道："下多少层地狱？"

"八百元"说："十八层地狱。"

"三千八百元"关切地问道："有没有十九层？"

"八百元"说："正在建设之中。"

"三千八百元"说："祝你的十九层地狱早日竣工。"

祖籍上海的莫小娅对丈夫出任厂长的消息并不感到意外。她操着绵软的普通话说："你知道和平村副食店水产柜台卖鱼的老胡吗？他已经调到电视台当导演啦。所以，你当上代理厂长也是情理之中的事情。"

姜合营对妻子的挖苦习以为常，他继续说道："周末晚上六点半，咱们还是在老地方见面吧。"

莫小娅嗯了一声就挂断了电话。这个"丁克家庭"的生活极有规律，周末的晚上，他与她必然在全市闻名的维多利亚西餐厅门前相会，共进一顿俄式晚餐（据说这里的俄罗斯厨师当年曾在克里姆林宫掌灶）。然后回到家里，同床而居。这很像电视台的传统节目：每周一歌。周一清晨，起床之后一起去往北方饭店，吃广东早茶。走出北方饭店，他与她就劳燕分飞了。再见面的时候，又是周末晚上。这个 AA 制的家庭，就这样被生活复制着。

3

姜合营是在出任代理厂长的第三天上午见到大田保子的。他心里说，这一关总是要闯的，晚闯不如早闯。他换了一身西装，人也就飒爽英姿了。

他认为此行应当党政一起出马，以示郑重。于是他推开邓援朝办公室的门，走了进去。他说新领导班子刚刚上任，这个项目是以阚代市长亲手点题，所以书记和厂长应当一起去会晤大田保子。

不知为什么，邓援朝坐在办公桌前一个劲儿摇头，结结巴巴对他说党政分设。

弄得姜合营心里很不高兴。

党政分设就党政分设吧。姜合营不再勉强，独自走出办公楼，坐上厂里那辆破旧的"上海"，朝友谊饭店驶去。这时候他根本就没有想到，自己犯了一个很大的错误，那就是不应当单独会见日商大田保子。那一封封寄往市政府的匿名举报信，都说他与大田保子的单独会谈，假公济私。当然这都是后来的事情了。

坐在破旧的上海轿车上他怀着几分紧张心理。初涉外事，他仿佛一个没有出过远门的少年走在外埠的大街上。

这时候姜合营心中分析着邓援朝。他为什么以党政分设为借口，不愿参加与大田保子的会谈呢？当前全党的中心工作就是搞好经济建设，党委书记更应当积极参与外事工作才是，为企业改革保驾护航。邓援朝不愿意参与此事，肯定出于稳妥的策略。大田保子带来的虽然是阚代市长首肯的项目，但她的征用土地毕竟使大中华日用化工厂一车间停产搬迁，酝酿着一场麻烦。因此，金口不开的邓援朝不愿染这一水——抱着白布远远躲开染坊。

姜合营心里想，邓援朝属于防守反击型选手。

司机小马是一个傲慢的小伙子，他是唐本旺的心腹。唐本旺下台，小马依然故我。不知是不是小马故意，路上汽车两次熄火。第三次熄火的时候小马下车去鼓捣，嘴里不干不净骂着这辆老爷车。

姜合营不言不语，坐在车里。

小马沉着脸说，车坏了。

姜合营二话不说，推开车门跳到路旁，扬手拦了一辆的士。

望着的士的背影，小马钻进车里淡淡一笑，开起车子驶回工厂。

走进友谊饭店三十八层的一间会客室，姜合营比约定的时间晚了一分钟。化学工业总公司安排的翻译已经到达。翻译是一个精明强干的小伙子，他意味深长地说："我为赵则久厂长当过翻译。"

前车之鉴，后事之师。姜合营知道这是翻译发自内心的忠告。

大田保子身穿一袭黑色套裙，款款走了进来。

啊！姜合营心中一声惊叫，不禁呆呆地望着面前这位日本女士。

看到本国的厂长有些失态，翻译连忙小声提醒："姜厂长，请向客人表示问候吧。"姜合营如梦方醒，立即抖擞精神说道："热烈欢迎大田保子女士光临。"

大田保子笑了笑，觉得面前这位个子不高但目光炯炯的中国厂长，身材长相与举止谈吐，都很像一个日本人。尤其是他目光里流露出来的那种执着神色，并不是每个中国男子都具有的。

大田保子女士讲日语。姜合营对日语一窍不通，只懂得一句"八格牙路"，但他还是做出聆听的姿态。这姿态令大田保子感到满意。她说："您是我见到的大中华日用化工厂的第三任厂长。"

姜合营说："但愿我是您所见到的最后一位大中华日用化工厂的厂长，否则我们的伤亡实在是太大了。"

不用经过翻译大田保子就略略笑了起来，她显然对前任唐厂长和赵厂长的去职，心中一清二楚。这位在中国出生并且拥有上山下乡经历的日本女士，对中国国情的了解，比中国人还要深刻。大田保子经过短暂的接触，更加觉得姜合营很像一个日本人。当她将这个感受告诉姜合营之后，他立即对大田保子说："您长得很像中国人。"

双方同时哈哈大笑，都觉得非常开心。翻译小伙子那颗紧张的心终于松弛下来，也跟着笑了。

大田保子坚持用日语交谈，尽管她的普通话讲得比姜合营还要标准。姜合营心里清楚，这就是日本国民的民族意识。于是翻译显得很忙。

会谈成果是双方草签了一份"关于转让大中华日用化工厂一车间土地使用权的谈判纪要"。纪要指出，土地使用权的转让金为八百万元人民币，转让期十五年。姜合营永远也不会忘记大田保子签署谈判纪要之后，那种如愿以偿的表情，其实这是一种胜利者的表情。姜合营对她说："签署了这份纪要，我回去就能够向上级领导交差了。"

大田保子当然知道姜合营所说的上级领导指的是阚大智，她会心一笑。这时，她那高级真皮提包里的移动电话响了起来。说了声对不起，大田保子走到会议室外面接电话去了。

翻译抓住时机对姜合营说："姜厂长，您刚刚走上领导岗位，可能缺乏外事经验。大田保子女士走进会议室的时候，您的目光显得过于直露……"

姜合营似乎也感到自己方才的失态，就解释说："大田保子女士与我们工厂里的一位女同志，长得可以说一模一样。"

翻译说："您的意思是说，她们很像是一对双胞胎？"

"对！完全就是一对孪生姊妹。"

翻译说："这真是一个巧合。据我所知，大田保子女士是出生在中国本土的战争遗孤，八十年代初期才回到日本的。"

"而我们厂里的那位女同志，她的父亲是一个志愿军排长，第四次战役在朝鲜战场被俘，后来遣返回国被安排到边远的农场做工。"

翻译说："容貌虽然酷似，命运却天渊之别啊。"

这时，大田保子女士回到会议室，朝姜合营躬身说了一大串儿日语。

翻译告诉他，国内有急事请大田保子女士立即返回，非常抱歉。

姜合营就这样与大田保子女士告辞。他说："您与我厂的一位女士长得非常相像。如果合作成功，您一定会在厂里见到她的。她是中心检验室的主任，名叫诸葛云裳。"

大田保子听罢，哇了一声，非常惊讶的样子。她兴奋地告诉姜合营，下一次到厂里一定要见一见中心检验室那位名叫诸葛云裳的女士。

大田保子问他："诸葛云裳女士是不是诸葛亮的后代？"

"正在考证之中。"

大田保子告诉姜合营，一周之后她将从日本飞回中国。

第二天上午九时，大田保子乘全日航的班机，飞回日本名古屋。

姜合营回到厂里，给化学工业总公司总经理打了一个电话，将自己与大田保子的谈判结果汇报一番。总经理说阚大智同志对这个项目非常重视，要求马上组织人力，在三天之内完成一车间的全部搬迁工作。

"我们是不是等大田保子从日本飞回来的时候，举行一次正规的谈判，然后搬迁不迟。"

电话里化学工业总公司总经理催促早日搬迁，宜早不宜迟。姜合营要求上级领导机关下达一份搬迁通知书。

"你什么意思？"总经理急声问道。

"我觉得应当郑重其事，并没有刁难领导的意思。"

"既然你不打算刁难领导，那就立即动手搬迁吧，我给你五天时间。大中华给总公司带来的麻烦已经不少了，姜厂长你要以大局为重！"

姜合营默然。

搬就搬吧。姜合营将总经理的意思向邓援朝做了传达。邓援朝哦了一声，没说党政分设。

一车间的流水线正在生产金手牌家用清洁液"一洗灵"。姜合营厂长与邓援朝书记一起来到"一号堡垒"，在车间大会上宣布停产搬迁的决定。

姜合营讲话："阚副市长对这一次搬迁非常关心，他的秘书专门打来电话过问进度。我已经向上级立了军令状，五天之内保证完成任务。"

邓援朝口吃，只是站在麦克风旁边，频频点头，表示完全同意姜厂长的讲话。这时候一个名叫何彭森的工人大声问道："唐厂长硬顶上级指示，免职了。赵厂长软拖上级指示，也免职了。姜厂长既不硬顶，也不软拖，上级领导肯定爱你。上级领导一爱你，你就高升。这年头升官就能发财，穷的只有工人。只有一点我们不明白，好好的一车间为什么非要卖给外国人呢？而且还是卖给日本人。姜厂长你能不能给我们讲一讲？"

姜合营说："这就是改革开放的新观念。一车间这里的土地使用权转让之后，这里的全部设备和职工统统迁到新河工业小区，阚副市长在那里借给我们一座厂房，等待大家安营扎寨。这样，既促进了我市工业

24

的合理布局，也有利于环境保护，更为我们日后的发展找到了广阔的用武之地……"

姜厂长讲罢，邓援朝终于找到了快板的节奏，抓过麦克风颤颤抖抖说：

> 五天之内——大拆迁，思想认识上——要转弯，
> 上级领导——拍了板，改革开放啊要要大发展。
> 这一次大家都好好干，搬进新车间搞生产……

正是由于厂长与书记各有癖好，大中华日用化工厂已经开始流行一首歌谣，讽刺时弊，见人见物，朗朗上口：

> 书记说快板，厂长唱京戏，
> 就是（那个）生产搞不上去！

听着邓援朝"快板书"节奏的讲话，工人们乐乐呵呵好像是在观看宣传队的演出。姜合营趁热打铁宣布了搬迁工作安排：分成三个小队，立即着手拆卸设备。

一车间的主任名叫黄大发，他四方大脸，长着一只市场少见的酒糟鼻子。姜合营和邓援朝讲话之后，黄大发挺着酒糟鼻子也说了几句，"唐厂长硬顶没顶住，赵厂长软拖也没把大田保子拖黄了。如今换了姜厂长和邓书记，也不硬顶也不软拖，必须搬迁。咱们也没有别的办法，搬吧。我告诉大家一句话，搬迁的时候一定要多加小心。家当是国家的，其实也是咱们自己的。尤其是拆卸关键部件的时候，要精心！工厂是由什么组成的？工人和工艺设备。所以说大家一要注意安全，二要保护设备。这两点都做到了，也就没别的了。"

黄大发讲罢，不卑不亢地看着姜合营。姜合营知道黄大发是唐本旺多年的部下，从不把别人放在眼里。目前必须实行的是统一战线。姜合营重新站起大声说道："搬迁总共五天时间。这五天大家肯定很辛苦，厂里管饭！一会儿我就去财务科落实伙食费用。"

工人们静静听着，似乎是在等待诺言的兑现。

唐本旺慢慢悠悠走进一车间。他这里看一看，那里瞧一瞧，一派无所事事的样子。黄大发立即大声说："唐厂长来了！马上就要搬迁了，请老领导给我们讲一讲话！"

工人们啪啪啪鼓起了掌。唐本旺远远朝大家摆了摆手："我抵抗没有成功，还有什么话可说哇？大家搬迁的时候一定要经心留神，不要损坏了设备。"

唐本旺奋勇抵抗惨遭免职。相比之下，姜合营愈发成了"不抵抗将军"。这种场面令人感到尴尬，于是他跟邓援朝打了个招呼，到财务科去拆兑搬迁工人的伙食费。

一车间的搬迁就这样开始了。

财务科在三楼，办公室里笼罩着一团死气。财务科长姚德标胆大包天，居然挪用公款三十八万偷偷去做服装生意。第一笔生意赚了，他就加大投入，结果本钱全部蚀光。企业本来就困难，又出来这样一条蛀虫，全厂职工无不义愤填膺。姚德标用三十八万人民币保送自己入狱。姜合营走进财务科，接待他的是代理科长宁淑欣。这是一位货真价实的老处女。

姜合营向她说明来意。

宁淑欣咬着下唇，目光定定注视着办公桌上的水杯。姜合营知道，财务科代理科长正在思考，他就耐心等待。

宁淑欣终于说："从您担任代理厂长，我就想跟您谈一谈，可是总也找不到机会。每次换了新厂长，都是先找财务科长谈话。"

姜合营说仓促上任根本来不及熟悉全厂概况，就着手一车间的搬迁。为了鼓舞士气，目前面临的主要是伙食费问题。

代理科长对代理厂长说："只能动用小金库。"说着，老处女打开保险柜，端出一只硬皮账本。打开扉页，上面墨笔写着四个大字：神目如电。

姜合营认出这是唐本旺的字迹，就笑了。

老处女说："其实这是一件非常严肃的事情。你还记得那棵失踪的大树吗？唐厂长把它卖给了'冷冻大王'，六十八万。唐厂长将这笔钱专门立了一本账，用于公务。您知道合理不合法的开支在工厂大账上是无法报销的，所以唐厂长亲手在账本上写了'神目如电'四个大字，以此表示这里没有私弊。"

姜合营翻开账本，看着。

一笔笔开支，工工整整列在表格里。有用途，有日期，有经手人，有领导签字。一清二楚。

共青团游园活动费三百。1993/5/4 李文刚。

关系单位就餐费九百八十七元。1994/4/5 金辉。

派出所李副所长的岳母寿礼五百元。1994/4/11 张玉斌。

劳资科请市劳动局吃饭六百六十元。1994/6/4 谷大泉。

生产科送供电所黄主任五盘磁带一百二十八元。1994/4/28 姜合营。

......

看到经手人一栏里写着自己的名字，姜合营笑了笑。

"总共六十八万，可是这个账本上只划入三十万啊。那三十八万呢？"

27

宁淑欣说："我只知道这三十万。您说的搬迁期间的伙食费,仍然可以在这个账本上报销。目前这本账上还剩下八万六千二百四十九元七角五分。至于另外那三十八万元,我想只有姚德标说得清楚。"

"能够从工厂的大账上查出来吗?"

"不可能。卖大树的钱是不会进入工厂大账的。"

姜合营说："这件事情千万不要扩散。搬迁期间的伙食费嘛,先做三千元的预算,多退少补。今后,花这个账本里的钱就由我签字啦。"

宁淑欣毫无表情地朝姜合营点了点头："您还有别的事情吗?"

姜合营知道自己该走了。

好大一棵树,卖了六十八万。唐本旺真是一个人物。一方愿意买,一方愿意卖,也算是市场经济。这几年唐本旺用小金库办了不少事情,凡是工厂大账上不能报销的,全都入到这里。既然神目如电,另外那三十八万元跑到什么地方去啦?焦头烂额的姜合营知道目前自己根本无暇他顾,还是暂时不要触及这个问题为好。

一阵强烈的孤独感渐渐罩着姜合营的心头。这时候他才发现,自己这个代理厂长其实只是一个光杆司令罢了。如今无论在什么地方,个人奋斗极为鲜见。自从同志这个称谓在生活之中悄悄消亡,团伙风气日见浓烈。俗话说秦桧还有两三相好的呢,身为代理厂长总不能是孤家寡人吧。

回到自己的办公室,他找不到喝水的杯子。这时他想到一墙之隔的邓援朝。

不知道为什么,他总觉得虽然一墙之隔但彼此关系形同两国。新官上任以来,双方似乎总是不能和谐起来。这种莫名其妙的心态,让人感到非常微妙,说不清楚。一个书记,一个厂长,往往令人想起京剧《三岔口》。一个刘利华,一个任堂会,你来我往,伸手不见五指却打得有声有色,高手交战凭的就是心灵的感应。

既然找不到喝水的杯子，他就抄起电话，叫通中心检验室，找诸葛云裳。

　　诸葛云裳是中心检验室的主任。

　　小齐说诸葛云裳到三车间抽验样品去了。小齐问他有什么事情。他被小齐问住了，因为他也不知道自己给诸葛云裳打电话到底有什么事情，可能只想说上几句话而已。

　　放下电话，他觉得很累。

　　姜合营是通过一个偶然的机会，开始与中心检验室主任诸葛云裳打交道的。那时候唐本旺担任厂长，企业的窘境已露端倪。在此之前，诸葛云裳为了打破企业产品积压的被动局面，多次向职代会提出合理化建议："号召全厂职工人人献计献策，加速产销对路的新品开发，让企业尽快走出进退两难的困境"。就这样，诸葛云裳继劳动模范之后，再次成为大中华日用化工厂的名人。她的一举一动，愈发受到人们的关注。

　　身材窈窕的诸葛云裳并没有读过大学，但她曾经是全局闻名的劳动模范。当然这都是十五年前的事情。那时候她是大中华日用化工厂的质量检验员。日本人的先进管理经验传入中国，有一句名言就是："好的产品不是检验出来的而是生产出来的。"这句话强调的是生产工艺过程中的质量保障体系。等到产品被检验员判为次品，一切都晚了。然而在中国恰恰相反，"好的产品不是生产出来的而是检验出来的"。就这样，身为检验员的诸葛云裳往往成为众目睽睽之下的焦点人物。百川归海，她置身产品的河流之中，默默无言一丝不苟地工作着，就这样她竟然成了劳动模范。诸葛云裳成为劳动模范的原因其实非常简单，那就是她热爱劳动。

　　如今歌星的光芒替代了昔日的劳模，她就成了明日黄花。面对全新的生活，她知道企业万万不能垮掉。企业垮掉，工人们必然成为一群无枝可依的猢狲，他们是绝对找不到饭辙的。因此她想做一个忠臣，保住企业也保住猢狲们。于是她以女性特有的敏感与细腻，开始在日常生活之中寻找开发新品的线索。工厂向广大职工发出开发适应市场新产品的号召。于是她闻风而动，成了一个热衷逛街的女人。每逢星期天她都跑到繁华闹市，望着滚滚人流。这个世界究竟缺少什么呢？她苦思冥想。

世界很大，世界在她的面前又变得很小。公休日她往往清晨出门，黄昏时分才朝回家的方向走去。这时候工厂检验员出身的诸葛云裳想起《列宁在一九一八》的台词，她坚信面包会有的。

暮色之中，隔着一条马路她看到一个老太太缓缓倒在树旁。当她跑过去的时候，已然气绝身亡。粗通医道的诸葛云裳断定这个老太太死于突发性心脏病。

回到家中，连夜她就画了一张十分幼稚的草图。第二天一早赶到厂里她就找到总工程师姜纯。那时候这位总工程师正在加紧修炼"中华五方功"，看到诸葛云裳递上来的这张草图，姜纯弄不明白这到底是怎么一桩事情。

诸葛云裳说："这是一支电子报警安全手杖。"

姜纯十分宽容地说："我还以为是一支奥运会的标枪。"

诸葛云裳非常认真地向姜纯总工程师描述着这种电子报警安全手杖的主要功能：它在老年人独自上街并且急需帮助的时候，及时发出求救信号，并将本人姓名、家庭住址以及子女联系电话在手杖的袖珍屏幕上显示出来，具有很高的实用价值并且可能因此而赢得一定的经济效益。

姜纯说："想得好，说得也好，就是不知道能不能干得好。"

"那就试一试吧。"诸葛云裳平平淡淡说道。

关于电子报警安全手杖，其实只是一个普通的创意，然而姜纯感到惊讶。在他心目之中，诸葛云裳只是一个普通的女检验工而已，尽管她曾经是劳动模范。应当说这支手杖是这位端庄秀丽的女子苦思冥想的产物。苦思冥想往往使女人心力交瘁。而用"科技兴厂"这句话来赞扬她又显得大而无当。那时候姜纯早已迷上气功，渐入佳境。诸葛云裳的精神感动了这位总工程师，他集中精力，用了七天七夜时间，画出三十九张图纸，然后就到诸葛云裳的中心检验室去做性能试验。第九天的时候，第一代"金手牌电子报警安全手杖"终于研制成功。

当时的厂长唐本旺决定成立"金手牌电子报警安全手杖项目开发小组"，组长是生产科副科长姜合营，副组长是中心检验室主任诸葛云裳。姜合营呆呆看着厂长签发的"金手牌电子报警安全手杖"试产通知单，以为诸葛云裳是一位从天而降的仙女。他与她在一起工作了三个月，渐渐喜欢诸葛云裳了，尤其喜欢她那与众不同的气质。他甚至认为，诸葛云裳是在以一种纯粹的女性目光来看待今日的工业。多年以来，工业往往是男人眼里的风景，从来就没有达到刚柔并济的境界。男人易折，男人也易碎。

金手牌电子报警手杖几经曲折得以投产，进入市场之后，呈平销趋势。这令诸葛云裳非常伤心。她的目标是旺销，她的理想是通过金手牌电子报警安全手杖的旺销，给大中华日用化工厂带来一个春天般的转机。姜合营曾经看见诸葛云裳因产品平销而伤心落泪，他及时递给她一条手绢。

金手牌电子报警安全手杖给大中华日用化工厂带来了并不丰厚的经济效益。五一劳动节的时候，工厂发给职工每人两瓶孔府宴酒，说是欢度工人自己的节日。大家都知道，这就是诸葛云裳开发的金手牌电子报警安全手杖所赚来的钱。

午休的时候，诸葛云裳打来电话："姜厂长，你找我？"

"是啊，我给你打过一个电话。你到三车间去抽检样品，情况怎么样啊？"

诸葛云裳说质量不稳定。他问她，有什么切实可行的措施使质量稳定下来。

诸葛云裳认为这不是一道工序一个车间的问题。

姜合营突然问道："譬如说目前有一个变动工作的机会，你愿意换一换地方吗？"

诸葛云裳对这个问题显然没有什么思想准备："姜厂长，是不是我不能胜任目前的岗位？"

"你绝对胜任。"姜合营连忙说。

"我在中心检验室工作很多年了，从来没想调动工作。"

"我只是随便跟你聊一聊。"

诸葛云裳说："你现在是一厂之长，说话往往能够决定人的命运。"

姜合营放下电话，觉得自己非常愚蠢。

翻了翻抽屉里的一周工作安排：今天下午两点召集劳资科、动力科、供销科这三个科室汇报工作。坐在厂长的位置上他才感到工厂像一条大龙，不见首尾。掌握全厂的情况，好比针灸医生掌握全身穴位。

嘭嘭嘭！有人叩门。听这种愣头愣脑的响动，姜合营只能认为门外站着一个醉鬼。这时候楼道里有人嚷嚷起来。

开门一看，姜合营吓了一跳。楼道里四五个人抬着一副担架，担架前面一位妇女正在哭泣。厂办秘书许文章张开双臂拦着人群："你们这是要干什么？出了人命你们负责啊？"

哭泣的妇女扑上来撕着许文章的胳膊说："出了人命你负责！"

姜合营分开人群走到担架近前："这到底是怎么一回事？"

妇女停止哭泣："我看你三斧子砍不出一只夜壶塞儿的样子，滚一边去！"

旁边有人小声提示："他就是厂长姜合营……"

抬担架的四五条汉子立即怒目圆睁，七嘴八舌喊叫起来：

"妈的，你就是厂长啊！"

"我爸的病厂里到底管不管？唐厂长在任的时候比现在强多啦！"

"×你妈的，拿工人不当人，姓姜的你的心让狗吃啦！"

姜合营扭头问许文章："这是在拍电视剧吧？"

怒气冲天的小伙子听了这话，面面相觑。楼道里一下安静下来。

许文章没有听出姜合营的话中含义。他实实在在答道："不是拍电视剧，是真事。锅炉房的老苗退休五年了，得了癌症。厂里没钱给治，医院把病人轰了出来。家属呢，就把老苗抬到厂里来了……"

姜合营掏出钥匙给自己的办公室上了锁，走到担架前边看了看躺在担架上的老苗，然后不紧不慢说："我还以为是拍电视剧呢。苗师傅你认识我吗？"

苗师傅瘦得胡子已经翘了起来："生产科小姜。"

"抬担架的这几位都是什么人啊？"

苗师傅有气无力说道："这仨，是我儿子。那俩，是我侄子。"

这时许文章搬来两条凳子，众人协力将担架摆在凳子上。小伙子们腾出手来，站在担架四周。楼道里围观职工越来越多。姜合营瞟了瞟邓援朝办公室的门，心里说，老邓啊这里都要闹出人命了，你还躲在屋里装聋作哑，这也叫党政分设？

老苗咳嗽起来。

姜合营又问道："苗师傅您还有老伴儿吗？"

哭泣的妇女凑上前来："我就是他的老伴儿。"

姜合营冷眼逼视着她："你不是他的老伴儿。"说着他又指着老苗的三个儿子，"你们也不是老苗的儿子！"

老苗的大儿子愣了愣："我是苗定根的长子，你怎么这样说话？"

姜合营冷笑着说："你是苗定根的长子？身为长子，你见过抬着奄奄一息的亲爹四处游行的吗？身为长子，你见过率领弟弟们陪着母亲进厂骂街的吗？"

老苗的次子跳上来说："不把我父亲抬到厂里来，你们更是甩手不

33

管啦!"

姜合营看了看老苗的老伴儿:"你以为领着三个儿子进厂骂街,问题就解决啦? 告诉你吧,老苗此时要是有个三长两短,厂里先起诉你们! 你们要是再敢胡闹,我就打电话报警!"

老苗躺在担架上颤颤抖抖说:"你们都给姜厂长跪下……"

老苗的老伴儿首先响应:"姜厂长您开恩吧。为了给老头子治病,我们倾家荡产啦!"说罢扑通一声跪在地上。

老苗的三儿子看到母亲下跪,纵身跳上米朝着姜合营脸上就是一拳:"你这贪官污吏……"

姜合营的右眼立即肿胀起来。

许文章尖声喊叫:"凶手打人啦! 保卫科马上报警啊!"

老苗啊了一声昏厥过去了。

姜合营捂着脸说:"许文章你快叫一辆救护车来!"

许文章说:"送你去眼科医院吧姜厂长?"

"浑蛋! 送老苗去医院抢救!"姜合营大声说着。

楼道里乱成一团。

昏迷不醒的癌症患者苗定根无声无息躺在担架上,被张皇失措的儿子们抬着跑向医院。看热闹的职工们也都跟着拥了出去。

姜合营走到邓援朝的办公室门前,啪啪叩门。

邓援朝打开办公室的门——头上戴着话务员式的耳机,呆呆看着姜合营。姜合营仿佛看见《永不消逝的电波》里的地下工作者,令人哭笑不得。

姜合营捂着右眼说:"老邓,既然党政分设,你应当知道什么地方卖狗不理包子吧!"说罢他气哼哼回到自己的办公室,弄了一条湿毛巾,冷敷着右眼。之后他抄起电话对劳资科长谷大泉说:"今天下午两点钟的汇报会不开了。你推开窗子看一看楼下,一群人围着一副担架。你送老苗上医院吧，把许文章替回来。"

放下电话，他开始自言自语，当厂长真的应当有俩心脏、三张嘴、四只胃口、六层脸皮、八只脚、一万条阴谋诡计。大学里也应当开设一门课程"厂长学"。这样想着，电话铃响了。

他不接听。唐本旺不肯退出历史舞台；邓援朝躲在屋里装聋作哑；一车间进入搬迁关键时刻；三车间依照市场订货安排生产但就是没钱买原料；我呢对全厂细情还没吃透却被人家打肿了眼睛。什么叫作狼狈不堪？这就叫作狼狈不堪。

出生于"公私合营"年岁里的姜氏家族第三代传人姜合营其实是一个乐观主义者（尽管他懵懵懂懂就被任命为这座工厂的常务副厂长兼代理厂长）。在当今这种时代，乐观主义者的主要表现就是吃得饱睡得着。姜合营正是这样一个人，他认为当上厂长之后的最大遗憾就是再也没有闲工夫到"国粹剧社"充当票友。对这个身材不高但精力旺盛的男人来说，这是一个巨大的损失。他工老旦，学龚云浦。然而当上这个代理厂长他就开始后悔，当初不应当学老旦而应当学武生。学武生而当厂长，就不怕挨打了。

电话还在不屈不挠叫唤着。姜合营心里想，老苗病成这样，厂里若是无动于衷也容易激起众怒。实在不行，我就从小金库里拿出两千元作为特困补助，先抵挡一阵。想起唐本旺留下的小金库，姜合营心中很是感慨。俗话说前人种树后人乘凉，如今是前任厂长卖树，后任厂长花钱。乱了。

望着叫唤不停的电话机，他无奈地抄起听筒，喂了一声。

"什么？老苗死啦！"他惊叫起来。

一车间主任黄大发在电话里说："不是老苗！是老朴！保全工老朴，刚才拆卸天车的时候给砸死啦！"

姜合营的脑袋嗡的一声就大了。

35

4

一车间保全工老朴死得非常简单。目击者罗光十分激动地说："老朴这个人太好啦！死得干脆利落，除了火葬费，没花厂里一分钱啊！老朴一辈子没结婚，没亲没故从来不给别人添麻烦。死啦还是孤孤零零走了。什么好人一生平安？放屁！好人一生才不平安呢。"

姜合营赶到现场的时候，老朴被一张罩布盖了起来。姜合营问安技科长洪起顺："怎么不送医院抢救呢？"

洪起顺说："撩开罩布看看你就知道了。我呢刚刚给市劳动保护监察处打了电话，他们说马上就到，让保留现场。"

活了四十年了，姜合营只在电影里见过死人。望着罩布下面露出的老朴沾满血迹的一双脚，姜合营心里很怯。想一想自己是厂长，勇气增了几分。这时候保健站的吴大夫站在他身旁小声说："姜厂长，事故发生的时候我在现场。天车脱钩了，正砸在老朴脑袋上，当时他就完了。"

物伤其类。听了吴大夫的介绍，姜合营反而不再害怕。他走上前去蹲下身子，撩起罩布，首先看到的是红色的血液和白色的脑浆。老朴的面孔，已经完全模糊。姜合营的泪水，滴在老朴的尸体上。

工人何彭森冲上来大声说："姜合营！你要是不逼着我们一车间搬迁，老朴根本死不了！这件事情就是瞎指挥造成的。"

一车间主任黄大发说："何彭森！你不要打击面太大！我说这里边就没有人家姜厂长的责任。你说对不对？"

邓援朝满头大汗跑进一车间。

姜合营并不理睬黄大发。他怀着哀兵的心情指示安技科长洪起顺，立即成立一个事故调查小组，配合劳动保护监察科开展调查工作。关于善后工作，首先弄清楚死者到底有没有直系亲属。说到这里姜合营听到背后传来邓援朝气喘吁吁的声音，他故意不去理睬。

这时，厂道上传来一阵急促的鸣笛声。邓援朝挤到姜合营身旁："老朴他……"

姜合营压低声音用近乎质问的口吻说道："邓援朝同志，现在出了死亡事故，党政还分设吗？"

邓援朝嘴里奇迹般迸出基本连贯的半句话："善后工工工作——我负责……"

劳动保护监察处的吉普车径直开进车间，车上蹦下两位年轻的监察员。洪起顺介绍说："这是姜厂长，这是邓书记……"

劳动监察处的监察员根本不予理睬，一个撩起罩布朝着老朴的尸体啪啪拍照，另一个掏出皮尺一边丈量一边说："当时谁与死者在一起操作？"

黄大发说："我们车间正在搬迁。当时与朴万植在一起操作的，足有十几个人……"

"又不是请客吃饭，用不着这么多人，举出两个人就可以。请马上腾出一间办公室，我们要笔录第一手材料。谁是厂长？"

姜合营朝前走了两步："我是代理厂长。"

"一、任命你担任代理厂长，你的上级主管部门对你进行厂级安全生产上岗教育了吗？二、你们这座车间的搬迁属于交叉作业，你对特殊工种的工人进行安全作业培训了吗？"

姜合营自知理亏，换了一个话题："我马上派人腾出二楼会议室给你们使用。不知你们对事故现场还有什么要求，尸体先送到殡仪馆冷冻吧？"

劳动保护监察员说："怪不得你是个代理厂长呢！对伤亡事故的处理一无所知啊。首先你们要通知死者家属吧？这是起码的人道主义精神。"

安技科长洪起顺说："据说死者孤身一人，无亲无故……"

姜合营陪着劳动保护监察处的监察员走出一车间，看到来接老苗的救护车鸣着笛开出工厂大门。福无双至，祸不单行。姜合营此时深刻体会到这句谚语的真正含义。平日显得萧条清寂的工厂，此时猛然热闹起来。工人们从四面八方拥出来，给人一种地震前兆的感觉。人们奔向一车间死亡事故现场，前去分享惨烈。

老朴今年五十四岁，再熬两个月就退休了。一场人生马拉松他没能安全跑到终点，横尸工厂死于非命。

两位监察员走进二楼小会议室，与姜合营相对而坐。

"姜厂长，你们厂里出现的这一起死亡事故，性质非常严重。就说您吧，堂堂一位脱产厂长，怎么也挂彩啦？"

姜合营这才想起自己右眼的伤势："嘿嘿，我这不是工伤……"

脸膛黢黑的监察员拿出手中的大本子，清了清嗓音，开始说话。姜合营连忙拿出笔记本，认真记录。这时他想起一句名言："该当爷爷的时候，你可以不当爷爷；该当孙子的时候，你必须当孙子。"于是心中释然。

劳动保护监察员声音洪亮：

"我们接到大中华日用化工厂报告，进厂调查一车间保全工朴万植死亡事故。事故调查期间，我们要求企业主要负责人和事故主要责任者积极配合，不得瞒报甚至谎报情况，更不能阻碍事故调查。"

"根据本市《劳动保护监察条例》以及《违反劳动保护法规经济处罚办法》第三条第四款，因违章指挥、缺乏安全生产规章而使职工无章可循、不按规定对职工进行安全教育、设备不按时检修或明知设备有隐患又不采取措施，出现一人死亡事故，处以一万元罚款。今天我们只是初步对事故现场进行勘察，认为朴万植死亡事故与上述第四款内容基本吻合。看来罚款是无疑的了。"

"随着事故原因的查明，性质的确定，企业领导者若负有不可推卸的责任并且情节特别严重，我们将建议司法部门追究刑事责任。"

脸膛黢黑的监察员说罢，点燃一支香烟。脸膛白净的监察员接着说："姜厂长您都听清楚了吧？"

姜合营点了点头。

"唐本旺同志担任厂长期间，贵厂六年没有出现大小工伤事故。姜合营同志上任伊始，就出现这样一起重大死亡事故。不知姜厂长有什么感受？"

姜合营脸色郑重："职工出现死亡事故，我的心情很沉重。尽管我只是一个代理厂长而且上任时间很短，但我还是要表一个态的，事故调查刚刚开始，我呢积极配合调查，诚心接受调查，服从调查的正确结果。至于最后我应当承担什么责任，决不推诿。我已经责成安技科洪起顺科长成立调查小组配合你们的工作，我呢就先回避，有什么事情随叫随到。"

姜合营不卑不亢说完自己要说的话，起身告辞，回到自己的办公室。

打开抽屉，他急急忙忙寻找《劳动保护法规汇编》，记得是蓝色封面。"既然厂里出现死亡事故，我就必须接受监察。所以我必须抓紧熟悉有关劳动保护的法律法规，做到胸中有数。"这时候姜合营猛然悟出一个道理：当厂长其实是很难的，你不但要懂得如何上学，更重要的是懂得如何逃学而且不被抓住。

终于找到了那本蓝色封面的书，急忙翻开，莫小娅的彩色照片从书里滑了出来。他心中一惊。

难道我真的将自己的妻子给忘啦？这太可怕了。这是一个危险的信号，说明我与她已经是两颗遥远的星星了。

照片上的莫小娅笑得非常灿烂。莫小娅笑的时候，一双眼睛弯弯的，令人怦然心动。这时他伸手抄起电话机，极其娴熟地拨出一串号码。

很巧，是莫小娅接的电话。他告诉妻子，厂里出了一起死亡事故，一个孤身一人的老工人遭到意外伤害。

莫小娅沉默着，然后叹了一口气："真可怜……"

"是啊，据说老朴只有一个女儿，可是谁也不知道她在哪里工作或居住，"姜合营说，"眼下厂里的一车间又忙着搬迁，真是让人顾头难顾尾啊！"

"合营，我非常诚恳地跟你说一句话吧，"莫小娅顿了顿说，"你真的不适合担任厂长，尤其不适合担任这一时期国营企业的厂长。"

"为什么呢?"

"因为你不是当厂长的材料。"

丈夫说："你这样说就太抽象了。"

妻子说："好吧，那我就具体说一说。如今当厂长，走上社会要有一张关系网，坐在厂里要有一群小死党，回到家中要有一位面慈心狠人傻相的太太。这些你都有吗?"

丈夫想了想，说："是啊，我一无所有。不过你还记得这样一句话吧，一张白纸，没有负担，可以写最新最美的文字，可以画最新最美的图画。"

妻子拦住丈夫的话："如今的热门话题不是白纸，而是白粉。"

"这太可怕了……"姜合营脱口说道。

莫小娅问道："你是说我可怕，还是说这个时代可怕?"

丈夫说："我觉得你比这个时代更可怕。"

电话里莫小娅轻声笑了："如果你能在三个月之内迅速变成一个坏人，譬如说喝着蓝带，坐着现代，搂着下一代。如果不是这样，你当厂长本身就是一个错误。"

姜合营说："我们的婚姻可能也是一个错误。"

"这个问题需要你我继续探讨。传真机响了，我要放电话了。再见。"

"好吧，周末的时候老地方见。"姜合营低声说着。

放下电话，他收起莫小娅的照片。通常他是要吻一吻照片上的莫小娅的，今天他没吻。他自言自语："喝着蓝带，坐着现代，搂着下一代。这就是当今厂长的写照？我不行，一呢我不爱啤酒跟蓝带无关；二呢厂里只有一辆破旧'上海'，离现代牌汽车很远；三呢我从来没有对少女们产生过邪念，谈不到什么搂着下一代。厂子穷成这样，我哪里有腐败的资本呀。"

有人叩门。他说了一声请进，走进来安技科长洪起顺。

洪起顺隔着桌子坐在代理厂长面前，点燃一支香烟。

"工伤事故现场处理得怎么样啦?"

洪起顺说来了一辆汽车把尸体运到殡仪馆去了，先冷冻两天。还要给死者整容，遗体告别仪式让大家看一看。据说朴万植有一个从不来往的女儿。无论生前怎样，人死之后还是要让家属知道的。所以应当登报寻找朴万植亲属。

姜合营听了，觉得洪起顺说得很有道理，就低头给财务科写了一个条子，先支三千块钱料理后事。洪起顺说三千肯定不够。

"厂里资金非常紧张……"

洪起顺撇了撇嘴说："姜厂长，我说话你不要介意。唐厂长当了六年厂长，跟社会上方方面面的关系处得很好，有了事情都可以疏通。可是您就不行了……"

姜合营虚心问道："是不是因为我当厂长时间太短?"

洪起顺笑了笑："唐厂长今天当了厂长，明天就能跟穿制服戴大壳帽的统统混熟了。您就不行了。恕我直言这年头儿当厂长，您不太

41

合适。"

姜合营受到感动："老洪，这年头儿你当科长也不太合适。假若我是一个心胸狭窄的领导，刚才你的这番话我就会心生忌恨，日后呢给你小鞋穿。"

"我心里怎么样想的，嘴里就怎样说。唐厂长了解我的性格，所以就让我当了安技科长。行啦，那两位监察员还等着我取证呢。"

安技科长洪起顺起身往外走，劳资科长谷大泉走了进来。这两个人物一进一出，一上一下，使姜合营以为此时正坐在戏台上，自己呢是一个焦头烂额的七品芝麻官。

谷大泉告诉他，苗定根已经送到医院，住进急诊观察室。要想住进正式病房，厂里必须放下一张转账支票。可是财务科不能开这个先例，开了这个先例，厂里那些自费看病、自费吃药的老病号都会扑上来的。精明强干的谷大泉口才很好，将苗定根进驻急诊观察室的过程说得一清二楚。

"你辛苦了。厂里进了困难时期，希望你们中层干部多多支持我的工作，"姜合营说着捂了捂右眼，"谷科长我想问一问你，你说我能当好这个厂长吗?"

谷大泉显然对这个问题没有充足的思想准备，仓促一笑说："您当然能当好这个厂长……"

谷大泉走了。姜合营在屋中踱步，然后走出办公室。楼道里他看到一车间的工人罗光和何彭森走进小会议室，看来监察员的取证工作正在进行。

走进厂办，许文章正在咕咚咕咚喝水，好像刚刚跑完马拉松。

他告诉许文章，马上打电话通知车间科室，今天下班后五点钟召开中层干部紧急会议。

"下班之后?"许文章说，"下班之后您必须陪着两位监察员吃饭。

42

听说市劳动保护监察处的一个副处长明天也要进厂参加事故调查。关键时刻您可千万不能得罪人家啊。去年铝品厂爆炸死了三个工人，厂长判了一年零六个月的徒刑啊。"

姜合营想了想，说："让邓援朝陪他们吃饭。你给联系一个高级饭店！这样总可以了吧？刚才我读了读《劳动保护法规汇编》，其中一条就是出了工伤事故，分析原因不过夜。所以我必须召开这个紧急会议。"

许文章苦笑着，无话可说。

这时候姜合营觉得右眼一阵胀痛，回到办公室他又将毛巾冷敷在脸上。这时电话铃响了。他抄起听筒，里面传出一个温柔平和的女声："我刚刚听说你让人家给打了。我这里有眼药水。"

他心头一热，不知说什么才好。

5

二楼小会议室变成了劳动保护监察处的临时办公地点，全厂中层干部紧急会议只能挤在姜合营的办公室里召开。人多，就显得屋子太小，胀满得仿佛八月的河蟹。

五个车间的一把手都到会了。他们是：一车间主任黄大发；二车间主任关伟勤，这是一位满族中年女性；三车间主任于红旗，退役的篮球运动员；四车间主任莫吉，一个外号"老母鸡"的汉子；五车间主任李文开，因职工集体放假，他实际上是一个光杆司令。

全厂各科室的负责人也都来了。因为是死亡事故紧急会议，安技科长自然成了仅次于姜合营的二号角色。洪起顺坐在办公桌一侧，怀里抱着一堆材料。由于死者是一车间的老工人朴万植，因此黄大发阴沉着脸孔，一派重灾区的模样。

厂办秘书许文章推门挤了进来，他见屋里拥挤成这个样子，就惊讶得伸了伸舌头，认为自己很难走到姜合营近前。

姜合营说："小许，有什么话就说，用不着凑过来咬耳朵。"

许文章似乎认为这是一件应当耳语的事情，于是无奈地说："我联系的是吉利大酒店，同时还请到劳动保护监察处的张副处长，可是……只有邓书记一人陪着，岂不成了光杆司令？"

"依你的意思呢？"姜合营问道。

"最好您也出席，陪一陪人家张副处长。"

姜合营说："你说邓书记陪着人家吃饭是光棍儿司令，我呢把满屋子中层干部都搁下，跑去陪那张副处长。小许你说我应当怎样做？"

许文章终于挤到姜合营办公桌前："我是怕您把人家给得罪了。"

姜合营笑了，低声跟他说了几句话。许文章苦笑着，离开办公桌朝着门口走去。看着许文章出了办公室，姜合营宣布开会。

话音未落，一车间主任黄大发突然举手，似乎是要求发言。

姜合营说："刚宣布开会，你就要求发言啊？"

黄大发说不是要求发言而是想提出一个建议："唐本旺同志担任厂长多年，很有工作经验，目前咱厂面临困境，大家应当同心合力。今天这个会议也要请唐厂长参加！"

屋里坐得满满的，烟雾缭绕。黄大发一言既出，却静得出奇——只剩下人们呼吸的声音。

谁都知道，目前厂里流传着一种说法：唐本旺是因为抵抗"女日寇"大田保子占我土地而下台的——纯属冤案。如果唐本旺抵抗成功，就不会出现一车间的搬迁。一车间不搬迁，就不会出现朴万植的死亡事故。姜合营上台以来，屈从上级官僚的压力，迫不及待实施搬迁，结果第一天就砸死了老工人朴万植。可怜的朴万植成了姜合营妥协投降的首席牺牲品。

人们知道黄大发给姜合营出了一道难题，好比让小学生写一篇大学毕业论文。

满屋子的目光聚在代理厂长身上，等待他的答复。

这时候电话铃响了。姜合营随手抄起听筒。

这个电话来得真是时候，满屋子的人们都缓了一口气。

"我又找了一瓶肤痛灵，连同眼药水我一起给你送过去吧？"

"你……"姜合营压住话筒心情很是紧张，蓦地他清醒过来，"咦，你怎么没来参加全厂中层干部会议呢？"

诸葛云裳在电话里说："我全天都在三车间抽检，没有接到通知。"

"那你马上就来参加吧。在我的办公室。"

放下电话他对大家说："许文章一定是忙昏了头，忘记通知诸葛云裳了。"

黄大发活像足球场上的盯人中卫，步步紧跟不放松："姜厂长您说我的建议怎么样啊？"

"你的建议非常好！"姜合营起身走到黄大发近前，"你是不是要我现在就请唐本旺同志前来参加这个会议？"

"对！"黄大发起身答道，一派奋不顾身的样子，"我现在就去叫他。"

"你不要激动，"姜合营拍了拍他的肩膀，"唐本旺同志此时正在执行更为重要的任务。我请他陪着张副处长到吉利大酒店吃饭去了。在喝酒这方面，唐厂长也很有经验啊！"

三车间主任于红旗听了这话，带头哈哈大笑起来。

姜合营正色说道："言归正传吧。这起死亡事故发生在一车间，黄大发你就先谈一谈吧，谈一谈你在这起死亡事故中究竟应当承担什么责任？"

黄大发一愣，慌忙从怀里掏出一个油渍麻花的小本子，低声说道："我准备得很不充分……"

姜合营目光冰冷盯着黄大发说:"我也给你提一个建议吧。我建议你准备充分了,再给我们大家做报告。"

安技科长洪起顺见黄大发已经被姜合营逼到了墙角,就站起来解围说:"好啦,还是让我先将情况向大家汇报一下吧。"

洪起顺刚要开口,诸葛云裳推门挤了进来。姜合营看了她一眼,迅速将目光移开。诸葛云裳却很坦然,朝他招了招手,就让屋里的人们将一只鼓鼓囊囊的牛皮纸袋子传递过来。姜合营接在手里,知道是治疗眼伤的药品。

诸葛云裳在门口找了一个位置,坐了。

洪起顺开始发言。他首先将死亡事故发生的时间地点以及操作环境做了介绍,然后谈到了死者朴万植。

不知为什么,洪起顺热泪纵流。屋里的中层干部们,无不黯然神伤。

洪起顺说很久以来大家都认为朴万植是一个毫不起眼的普通老工人。同时大家也都知道他很有技术也很有经验,尤其是"一洗灵"家用清洗液在合成工序的工艺操作,老朴是多年的把关者。他孤身一人住在工厂单身宿舍一间小屋里,谁都以为他没儿没女。这次事故出现之后,经过走访知情人,才得知老朴是有一个女儿的。她原名朴美凤,后来父女性格不合,矛盾激化,朴美凤改名金晓凤,从此不与父亲往来。父女反目的主要原因是父亲不同意女儿嫁给本市远郊杜家村的农民杜宝成。党的富民政策使杜宝成起家致富,如今成了远近闻名的私营企业主。

姜合营悄声打断洪起顺:"你讲讲与死亡事故关系紧密的背景材料,至于个人生活方面的档案,就从略吧。"

洪起顺摇了摇头说:"关于朴万植的背景材料我也是今天下午才知道的。人死不能复生,我有责任让大家知道活着的朴万植是个什么人。

"去年，朴万植父女之间的关系出现转机。朴万植已经进入思念亲情的年岁，金晓凤也有言归于好的强烈愿望。女婿杜宝成就在喜来登饭店订了一桌酒席，还请来杜家村的村老作陪。席间父女眼含热泪，重归于好。敬酒的时候，杜宝成提出一个要求，请岳父提前退休到杜家村的乡镇企业担任技术顾问。朴万植谢绝了，表示在大中华干了三十八年，从来没动过跳槽的心思。杜家村的村老说，当一辈子工人，退休了就没人管了。如今有多少老工人生病没人搭理，自己花钱买几片药吃，躺在家里。

　　"杜家村村老的一番话，说得金晓凤热泪盈眶：'我爸辛苦大半辈子，还是在清洗液生产线上干活儿！我恨……'

　　"朴万植看了看女儿，然后压低声音说：'凤子不许胡说！'

　　"女婿杜宝成趁机叫了一声爸。朴万植无子，听到这个称谓心情很是激动。杜宝山摊牌说道，经过市场调研得知清洗液的前景基本光明，所以打算立即蠢起一个厂子，商标都已经想好了，就叫全手牌。金手与全手，一字之差谁也看不清楚，就达到了鱼目混珠趁机赚钱的目的。这时朴万植的女儿扑通一声就跪在父亲面前，请求他将生产制造金手牌清洗液的技术资料统统拿到杜宝成的厂子里，担任技术顾问。

　　"面对这个阵势，朴万植没有任何思想准备，一时不知道说什么才好。杜家村村老向他敬酒，说父女和好企业兴旺。朴万植说：'把金手的全部底细偷过来，你们的全手牌赚了钱，可大中华的金手牌不就完啦。'女儿从地上爬起来告诉父亲，'金手'跟您毫无关系，'全手'才是自己的产业。听了女儿的话语，朴万植霍地站起：'为了自己长肉，饿死大中华的弟兄。我是不是太缺德啦？'

　　"杜宝成说：'如今谁不缺德，谁就饿死；谁缺德，谁就发财致富；谁缺大德，谁就长寿百年。'

　　"朴万植的脸色涨得紫红，他抬起手来掀翻了酒席，说了一句永远断绝关系，就拂袖而去。

"这就是默默无闻的老工人朴万植啊。"洪起顺说完，泣不成声。

屋里的中层干部们沉默着。只有黄大发伸长脖子望着低头擦泪的洪起顺，似乎急于询问什么事情。

姜合营问洪起顺从哪里了解到这么详细的情况。洪起顺说无巧不成书，变电室刘成富的女儿在喜来登饭店当服务员，那天酒席正是由她斟酒上菜，因此看得清清楚楚听得明明白白，回家告诉了刘成富。朴万植一死，刘成富觉得不把这件事情说出来就埋没了好人，这才说了出来。

三车间主任于红旗忍不住了："如今报纸天天宣扬吹捧那些歌星！谁是当今中国的脊梁？还得说像朴万植这样的工人阶级！我他妈的就是咽不下这口气，如今在大街上走路，一提起你是国营企业工人，就抬不起头来！好像我们把别人的孩子推到井里去啦。"

姜合营站起来，几乎用咬牙切齿的声音说："咱们一定给朴万植开一个隆重的追悼会！"

这时黄大发凑近洪起顺低声问道："你说的那个杜宝成，他的工厂是不是建起来啦？前几天报纸上说杜家村进入百强行列……"

洪起顺急了："我讲的是正面形象的故事，你怎么打听反面人物的底细呢？你的人生立场站到哪里去啦？"

黄大发尴尬地笑了。

姜合营瞥了黄大发一眼，说："好啦，我讲几句吧。首先我希望大家能够统一认识，这就是我们大中华日用化工厂已经落入困境。稍有不慎，恐怕就要跌入困境的谷底……"

第 二 章

1

姜国瑞活到九十六岁的时候，依然十分硬朗。本埠晚报一位见习记者写了一篇报道，称他为人瑞。依照中国古俗，未逾百岁是不可以称为人瑞的。见习记者犯了明显的错误。由于这个误导，姜国瑞随即被公众认为"百岁老人"。晚报称他为本市著名金手牌商标的创始人，同时还配发一幅照片，照片上一个瘦小枯干的老者正在横穿马路。当天就有许多读者给晚报总编室打电话，说让一个百岁老人独自上街是非常危险的。于是晚报又发一条消息，说本市百强企业家协会决定赞助一支电子报警安全手杖（部优产品）给姜国瑞，以表寸心。

那是一个阳光灿烂的日子。电子报警安全手杖由赞助单位身穿旗袍的礼仪小姐送到百岁老人家中。这是一个小小的院落，百强企业家协会秘书长率领四位礼仪小姐站在院里，显得满满腾腾。客人退去，姜国瑞仔细端详手杖上的商标，他吃惊地发现这支手杖的生产厂家竟然是大中华日用化工厂。

堂堂大中华日用化工厂怎么变成生产手杖的小作坊啦？尽管心中充满疑问，但在手杖上的金手牌商标毕竟使老人感到无比亲切。阅读手杖的使用说明，他才知道它属于功能繁多的高科技产品。譬如说，它能将主人的电话号码和银行存款密码存储在记事器里并且不会被外人盗用。于是姜国瑞高兴起来，拄着手杖走到自己的书房，站在那张沙盘前，注视着大中华日用化工厂。

由本市地方史委员会编撰的《租界志》里，人们都能看到一个青年人的身影，这就是姜国瑞。他倾其家财，购得美国大兵的五座被人们称为"堡垒别墅"的营盘，兴建工厂并创立"金手"牌著名商标。姜国瑞是这座都市第一拨身穿西装的华人，他至今还记得当时自己系的是一条紫色领带。他所创立的大中华日用化工厂，坐落在城市的西南方向。如今变成一条著名的大街：麦格路。

人老了，成了室内动物，外面的世界变得十分遥远，就更加思念自己的工厂。他永远认为自己是那座老厂的创始人。这种情感随着年龄的增长而日见浓烈，几乎难以自持。于是他常常拨通工厂总机，将自己伪装成为一个产品用户，与素不相识的总机电话员说上几句话，心中便很满足了。他知道自己的这种行为非常幼稚。人老了，就成了老孩子，这就叫回到原点。

后来总机电话员变成一个尖厉的女声，使人想起京戏里的花旦。他对"花旦"说起金手牌商标，对方就与他攀谈起来。

电话里"花旦"喋喋不休一唱三叹，很像是一台录音电话。姜国瑞暗暗惊异天下竟有这种聊天上瘾的总机电话员。应当说"花旦"是一个愤世嫉俗的女子，论起时弊，慷慨激昂。一座工厂的总机电话员如此健谈，姜国瑞倍感震惊。这位自报家门名叫纪格格的总机电话员给他留下了难以磨灭的印象。姜国瑞认为，无论她说得多么正确多么精彩，厂长也必须将她开除。工作时间聊天成癖，已经到了忍无可忍的程度。大中华日用化工厂，一定是出了什么问题。

姜氏三代单传。姜国瑞的儿子姜纯，乃是一个心无旁骛的高级工程师。姜纯每次来看父亲，似乎总是沉浸于冥想之中。姜国瑞向儿子问起工厂的事情，姜纯总是言不达意或答非所问。姜国瑞意识到儿子的思想渐渐溢出现实世界，进入一种难以言状的境界。他必须抓紧时间。于是他要求姜纯为他制作一个大中华日用化工厂的沙盘模型，比例为1∶500。第三天小院门前停下一辆汽车，一个乒乓球台大小的沙盘模型在姜纯的指挥之下由四条壮汉抬进父亲的书房。

姜纯告诉父亲，自己很快就要到九华山去修习，为创建"中华工业气功场"摸索经验。姜国瑞望着年近六旬的儿子，问道："什么是中华工业气功场呢？"

姜纯说："不知道。可能只是工业人对气场能量的一种感觉而已。"

父亲又问儿子："什么叫工业人呢？"

姜纯说："大工业社会中，一种区别于自然人的生命存在形式。"

于是姜国瑞醉心于儿子制作的沙盘模型。他几乎成了一个痴迷孩童，围绕在"大中华日用化工厂"四周，思谋着治厂之策。这时候，姜国瑞又成了那个年轻有为的"红色资本家"。

徜徉于精神王国——他又开始管理这座失去多年的工厂。

生活之中的姜国瑞是一位热爱生活的现实主义者，他因此而高寿。其实姜国瑞活到九十四岁的时候，曾一度对生活失去信心。他食欲不振，靠饮乌龙茶度日。这时候他开始热爱阅读，世界一下子变得很大。他订了多种报纸，其中最为重要的就是本埠出版的日报和晚报。姜国瑞读报，那是很有一番程序的。先是粗读，只看标题，心中有了一个大概。晚餐之后，洗脸烫脚，屋中焚上一炷檀香，捧起手中报纸，从报头的天气预报起步，开始细读。此时风云际会，八面透光，他走入字里行间，宛若品茶，一品三咂五回味，便与世界融为一体。姜国瑞读报的最高境界，是感觉自己变成了一个铅字。每逢这种时候，物我两忘。然而这种境界很难经常出现。通常他从报头的天气预报一气呵成读到中缝的遗失支票声明，总有一种活到老读到老的感慨。百年的经历，有时被压缩到一个小小段落里。譬如说"李立刚出任本市市长"这条消息，就令他想起一九六三年的治河工地上那个革新能手。此李立刚乃彼李立刚乎？又是一个谜语。总之读报使姜国瑞长久沉浸在老骥伏枥的心境之中。尤其是从报纸上读到与大中华日用化工厂有关的消息，他就在屋里踱来踱去。大中华日用化工厂在他的生命之中占有何等分量，只有他自己心里清楚。

他把发表在日报和晚报上的与大中华日用化工厂有关的消息剪贴成册，下笔加以批注，放到枕旁。这样，那座心目之中的企业就如影随形了。

（1995/5/5）日报工业版署名崇实的一篇综述文章谈到企业"三角债"时提到大中华日用化工厂："这座企业欠债三百八十万难以付清，可同时它又有四百万债务漂在外面讨不回来。这种既是债务人又是债权人的两难处境，使企业处于临界状态，只得维持简单再生产。"

姜国瑞的批注是："真是荒唐。"

（1994/11/4）晚报新闻版记者宁槿报道："国有大中华日用化工厂作为龙头企业，与本市集体神州化工厂联营。这种松散经济联营的具体内容就是大中华日用化工厂将金属制管工序扩散到神州化工厂，并且派生出同类产品金足牌鞋油，以此带动行业发展。"

姜国瑞在批注中表示疑问："此法能收到什么效果？谁也救不了谁，恐怕只是走一走形式罢了。"

（1994/6/26）日报"妇女生活"专栏报道："大中华日用化工厂成品库市级模范集体'三八包装组'的十姊妹成为下岗女工之后，自强不息集资创业，终于建起一间面包房，生产系列面包获得社会各界好评。她们在生产自救的同时还吸纳外单位三名下岗女工重新就业，受到市妇联的表彰。"

按说姜国瑞已经活到"无欲则刚"的年岁，读罢这条消息竟然如坐针毡。虽然这是一篇正面报道，但姜国瑞在批注里还是流露出心底的忧患："工厂里的工人下岗回家，这跟失业有什么区别？待业这个词汇真是传神。等待就业耳。"

每天读报，都令姜国瑞想起自己的工厂。离开工厂三十多年，他知道这座历史悠久的名牌企业面临重重困境。职工回家待业，手里端的是一只残破的空碗。端着空碗的工人究竟如何果腹呢？反正不能光喝白开水吧。姜国瑞忧心忡忡，站在穿衣镜前打量着自己，镜子里站着一个瘦小枯干的老人。他问道："姜子牙七十岁拜相，八十岁学吹打。今天我姜国瑞这个样子，还能去管理一座企业吗？"

这时候，本地晚报开辟了一个为期二十天的读者论坛，中心论点是"我们这座城市究竟缺少什么？"据说读者来信多如雪片，晚报每天摘登三到五篇。

姜国瑞振作起来，每天从中午时分就开始等待邮差送来的晚报。

我们这座城市究竟缺少什么？每天的晚报都是百花齐放，众说纷纭。姜国瑞激动地阅读着。

第一天登出的是一个孩子的来信："我们这座城市缺少卡通。"

姜国瑞笑了。这时他想起自己唯一的孙子姜合营。姜合营与莫小娅结婚已经四年了，却不曾生育。因此姜国瑞四世同堂的梦想总是难以实现。

我们这座城市究竟缺少什么呢？

缺少文化——商品大潮冲击之下全市国营新华书店所剩无几。

缺少卡通——这肯定是一个孩子的来信。然后，就是缺少音乐。缺少激情。缺少老人公寓。缺少拾遗补阙的修配行业。缺少绿地。缺少远大的目光。缺少强烈的开放意识和拼搏精神。缺少真正的支柱产业和辐射力强的大型企业。缺少公共交通配套设施。缺少学习外语的环境。缺少计划。缺少市场。缺少很多很多东西——譬如说缺少性心理教育。

姜国瑞笑了。是啊，这座城市缺少的东西太多了。于是他提笔给晚报"读者论坛"写了一封信。他建议开展"我们这座城市拥有什么"的讨论，通过这种清仓查库的方式，或许能够对城市的面貌看得更为清晰。

晚报在读者来信的综述中提到这封来信，并表示在适当时候开展"我们这座城市拥有什么"的大讨论，以此推动城市的文明与进步。

这时候，本地日报发表《国有资产不容流失》的报告文学，文中提到本市一家生产名牌清洗液企业的财务科长挪用公款二十万，私自倒腾服装生意，结果本钱蚀光，银铛入狱，企业白白蒙受损失。姜国瑞认为该文说的就是大中华日用化工厂。除此之外还有哪家工厂称得上生产名牌清洗液的？只有金手牌称得上国货精品。

姜国瑞渐渐愤怒起来。一个名牌老厂怎么混到今天这步田地呢？一方面财务科长吃私枉法，企业让"三角债"弄得举步不前；一方面工人纷纷下岗拿不上工资。一种"天降大任于斯人"的豪情涨满全身，他心底充满孩子般的激情。

太阳很好。他穿戴整齐，手持"百强企业家协会"赞助的电子报警安全手杖走出家门，这时候的姜国瑞心中怀着强烈的入世心理。

街心花园他遇到张多愚。这位十五年前担任市计委副主任如今被市文史馆聘为特邀的老布尔什维克，当头就问："姜老，一九三二年的机器习艺所第三期，究竟招了多少练习生啊？"

姜国瑞愣了愣："上次我已经回答你啦。总共招了三十六名，学成的只有二十一名。如今市政协副主席章德高，就是当年被淘汰的生徒。哎，这件事情你已经问了我三次啦。"

张多愚说："说实话吧，七十多年前的事情，我担心你这把年纪记忆有误，我写的《本世纪工业史》就会出现差错。所以呢我就对你突然袭击，三次核实。行！你的记忆果然牢固。"

姜国瑞顿了顿手杖说："多愚先生，你不要长年钻在故纸堆里，也要关注一下现实生活啊，如今许多国有大中型企业，日子不好过啦。你知道本市有多少家工厂发不出工资了吗？"

张多愚马上就激动起来："我当然知道！"姜国瑞掂了掂手杖说："你不要激动。"

张多愚已经年逾七十了，激动起来依然一腔热血。他告诉姜国瑞，这座城市在计划经济时期应当敢于向中央去争取大型项目，譬如说北京燕化和上海宝钢那样造福桑梓的世纪工程。这样的大型项目既能提高城市对周边地区的辐射功能，同时又使城市机能更新，各行各业得到总体发展。这座城市在计划经济时期就显得缩手缩脚，面对大型项目屡屡坐失良机，得到的都是中小项目，零敲碎打好像撒芝麻盐儿，因此不能形成巨大凝聚力，对全市的经济也难以产生拉动作用。进入市场经济时期，这座城市又长期躺在计划经济的大炕上睡懒觉。一步赶不上，步步赶不上。等你起床了，天也过午了。再想追赶，就不是三天五日的路程了。

张多愚越说越激动："当年自行车行业火爆，我就将机床行业的六家企业调整过去，变成自行车零件厂。不到两年光景，自行车行业跌入谷底，机床行业复兴。可那六家机床行业的厂子，都废啦。我还经手将小型拖拉机厂并入大型拖拉机厂。第二年联产承包大发展，"大拖"滞销，"小拖"旺销，可是小型拖拉机厂已经没啦！"

姜国瑞听罢，说："所以我们现在搞市场经济啦。"

张多愚仍然难以平静："我的意思是说，在之前我们这座城市的工业规划就出了毛病！所以今天搞市场经济了，我们的起点就更低了。"

"你应当将这些都写成材料，寄给新任市长李立刚，供他参考。我现在就是去搞调查研究呢。"姜国瑞这时的表情很像一个天真的大孩子，看上去委实令人感动。

张多愚渐渐平静下来："您是老骥伏枥，精神可嘉啊。"

就这样，姜国瑞朝这位文史馆特邀馆员拱了拱手，拎着手杖朝前走去。这时他全然忘记自己是一个九十六岁的老者而成了一个没有年龄概念的人。

正是早晨八九点钟的时候，姜国瑞老先生走在通往大中华日用化工厂的途中。这是一条名叫麦格路的大道，大道的两旁站立着彬彬有礼的法国梧桐，一株挨一株的，充当着路人的侍者。大道的上方充满茂密的枝叶，于是这里成了一条没有太阳的街。在这座拥有百年殖民历史的城市里，提起麦格路，人们都知道它属于高尚地区。恰恰就在这个高尚地区的深处，居然隐藏着一座大中华日用化工厂。姜国瑞清清楚楚记得，建厂已经整整七十周年了。工厂开业那天，全厂三十八名员工吃了喜面。那时候工厂包管职工的伙食。当然，这都是遥远的事情，遥远得仿佛根本不曾发生。此时，九十六岁的姜国瑞身穿一套十分合体的灰布制服走在麦格路上。这种落伍的装束，引起过往行人的注目。这是一种常见的好奇心理。在年轻人眼中，姜国瑞只是一个老人，七十三或者八十四，没人愿意统计老人的准确年龄。总之他已经很老了。

距离大中华日用化工厂尚有两公里，姜国端坐在路旁的长椅上休息。

一个戴眼镜的中年男子蹲在路边，往人行道的矮栅上刷着油漆。有机溶剂的味道扑面而来，姜国瑞突然想起"格色林"这个名词。是啊，gasoline，就是汽油。然后他就笑了笑。"格色林"使他想起早亡的妻子，五十年前她就死了。记得她首次使用"格色林"为他擦去西装上的油污，惊异的表情活像一只小鸟，感叹世间居然会有如此奇妙的"神水"。于是她愈发支持丈夫兴办工厂。五十年之后的今天，大中华日用化工厂居然到了垮台的边缘。她倘若复活，也一定不会接受这个现实。

大中华永远是铁打的企业，雷轰不倒。

这时候一个身穿花裙子的小天使跑到他的身旁。这是一个金发碧眼的白种女孩儿，看上去只有四五岁的样子，不知她来自哪个国家。

姜国瑞早年能讲英语，后来闲置不用，他又将英语送还大不列颠了，留在口头的依然是母语。母语就是中国话。老了，记忆之中的英语好似儿时燃放的爆竹，噼噼啪啪响成一片却不成语义。望着面前这个可爱的白种女孩儿，他能做到的只是对她说一声"哈罗"。

白种小女孩儿冲姜国瑞灿烂地笑了。

从前，这座城市里有很多洋人，比现在多得多。尤其是在这条麦格路上，根本就是洋人的世界。这里有伦敦口音，还有来自印度的英语以及"洋泾浜话"。如今，姜国瑞老了，能听懂的只有中国的普通话。

白种小女孩儿指了指蹲在路边涂刷油漆的戴眼镜的中年男子，然后问姜国瑞："Who is he?"（他是谁？）

姜国瑞摇了摇头。

涂刷油漆的中年男子朝白种小女孩儿笑了笑："I am a worker."（我是一个工人。）

然后，白种小女孩儿说她的名字叫玛丽。中年男子拎着油漆桶站在路旁，滔滔不绝给她讲起一个故事。他当然是用英语讲给她听的。姜国瑞听不大懂，所以也就不知道中年男子讲给白种小姑娘的是马克·吐温《汤姆·索亚历险记》里的故事。但姜国瑞感到这个中年男子的英语非常流利，很像从前花旗洋行里的华人高级职员。

他并不知道这个中年男子就是大中华日用化工厂留职停薪的工程师刘亮湖。

姜国瑞起身朝前走去。这时，一辆车身很长的林肯牌轿车，从他身后驶来。浓荫之下的麦格路，倏地一静。这个瞬间使人觉得这条道路通往天堂。

此时姜国瑞并不知道林肯轿车里坐着美国李斯特化学工业集团的首席驻华代表。姜国瑞更不知道自己六十年前呕心沥血创立的"金手"名牌商标，很快就要被人家吞到肚子里消化了。

　　从麦格路拐向云达道的时候，一派新奇的风景迎面涌来，惊诧之间的姜国瑞止步不前。面对从天而降的人群，百年的人生阅历仍然不能使他处变不惊。

　　昨天这里还是一个静谧的地方，绿茵茵的草坪颇有几分欧洲韵味，今天却突然冒出一座"飞行市场"，一下子就中国特色了。

　　人们忙着讨价还价，从海米到女人内裤，从远红外线理疗仪到北京腐乳，交易的内容凌乱庞杂，一派无序状态。姜国瑞甚至看到仿古瓷瓶和台湾电子手表。他走上前去，看到一幅油画标价四百元。油画旁边是一个出售孔府宴酒的姑娘。

　　莫非这是一个跳蚤市场？姜国瑞摇了摇头，走到一个满脸汗水的小伙子摊位前面。"小伙子，今天这里怎么变成市场啦？"

　　小伙子哑着嗓子叫卖着博士牌电子驱蚊器，听他的口气仿佛不是在推销驱蚊器而是在推销博士。小伙子停下来擦着汗水说："老先生您说什么？"

　　姜国瑞说："我说今天这里怎么变成市场啦？"

　　小伙子笑了笑："对！这就是飞行市场。您知道什么叫飞行市场吗？"

　　姜国瑞摇了摇头："不知道。你卖的电子驱蚊是什么地方出产的？"

　　"大中华日用化工厂。"

　　姜国瑞一愣："大中华日用化工厂出产电子驱蚊器？你瞎说。"

　　小伙子郑重了脸色："你才瞎说呢。我就是大中华日用化工厂的一车间职工，我叫邹忠诚，忠心的忠，诚实的诚。当年我们对工厂特别忠诚。如今呢？我们车间正在搬迁，全乱啦。我呢趁机跑出来摆摊，繁荣社会主义经济。厂里每月发给我们每人二十只电子驱蚊器，自己想办法卖出去，算是生活补助费。"

姜国瑞问道："一车间不就是那座'一号堡垒'吗？为什么要搬迁呢？"自称名叫邹忠诚的小伙子并不知道面前这位老者就是大中华日用化工厂的创始人姜国瑞。他正要回答老者的问话，远处便传来一阵摩托车的轰响。邹忠诚立即将自己的电子驱蚊器收进提包里，大声对姜国瑞说："看见了吗？无照经营，打一枪换一个地方，这就叫飞行市场！"说罢他拎起提包大步跑走了。

工商稽查大队的摩托车疾速而至。"飞行市场"刹那之间变成一块空地。出售孔府宴酒的姑娘为瓶瓶罐罐所累，逃脱不及被捉住了。她抱着装酒的箱子随着人家走上收容车，眼里眨着泪光。

姜国瑞喃喃道："他们都是下岗待业的职工吧？"

他终于明白什么叫作"飞行市场"了。这时一位身穿工商制服的官员手持喇叭大声宣读市场管理条例。姜国瑞感到一阵眩晕，远远看见大中华日用化工厂大门，他的心里竟然感到一阵空虚。真是意想不到，大中华日用化工厂变成这个样子。看来坐在家里只读报纸是万万不行的，脱离实际太远。工厂的真实情况远远比报纸上说得严重。面前的大中华日用化工厂几乎失去了主导产品，属于跨行业多种经营。打一枪换一个地方，什么赚钱就干什么，处于市场经济的原始状态。谈不到积累，也谈不到再生产，更谈不到集约化经济。堂堂大工业成了勉强糊口的作坊——明天是一个什么样子，谁也看不清楚。于是姜国瑞心头阵沉。姜国瑞心头沉重，就有百年风云的味道了。他咬了咬牙，自言自语说："要是由我管理这座企业呢？"

这样想着，姜国瑞走近工厂大门。

工厂大门早已不是原装的了，换成两扇液压传动电气控制的栅式铁门。栅式铁门的设计者正是姜国瑞的独生儿子姜纯。大门安装完毕，五十九岁的姜纯就提前办理退休手续前往九华山学习气功了。工厂少了一名总工程师而山上多了一位气功爱好者——这似乎属于人才正常流动。

终于到了。百岁老人隔着马路站在工厂大门对面的边道上，自言自语说："如今不是允许开办私人企业了吗？当年我将这座工厂管理得很好嘛，今天我还是要管一管嘛。"

这时，从工厂里传出一阵哀乐。姜国瑞虽然年近百岁，却还是听得满耳。

厂里的喇叭传出致悼词的声音。他听得大致内容是工人朴万植工伤死亡，这是个很好的老工人，几十年对企业忠心耿耿。

致悼词的这个人的声音听着很像姜合营，莫非他当了这座工厂的厂长？姜国瑞目光定定注视着工厂的大门。不知从什么时候开始门前挂了五块牌子，五块牌子上分别写着五个分厂的名称。大中华日用化工厂这只巨大的蛋糕也被切成五块。其实呢？大门里面仍然只是一座工厂的五个车间而已。姜国瑞坚决认为世界上只有一个大中华日用化工厂，不容篡改更不容抹杀。这座工厂的注册商标是"金手"牌。这座城市里无论男女老少，只要提起"金手"，必然家喻户晓。尤其是金手牌鞋油的包装，构思独特，令人难忘：盒盖上印着一只金色小手，抚拭着一双锃光泛亮的皮鞋，透出一股神奇的魅力。似乎经这金色小手轻轻一擦，天下皮鞋统统亮了。真正是国货精品。这独具特色的商标，当年正是由国货大王姜国瑞亲自设计。社会主义大踏步前进，这只"金手"越擦越亮，令中国人足下生辉而神采奕奕。老字号的魅力焕发青春，远非舶来品所能比拟。

光阴荏苒，"金手"的创始人依然健在并且悄然来到工厂门前观赏风景，"金手"却历经磨难由当初的金色小手变成如今的金色老手。面对改革开放的大好时光，擦拭起来显得力不从心。站在大中华日用化工厂门前，姜国瑞怀着孩子般的天真，幻想着自己能够使"金手"起死回生，他幻想着"金手"东山再起占领了北方中国市场以及中亚五国。这时候他就体会到悲壮的快感。人老了，有的时候难免糊涂。姜国瑞只有在悲壮的时候，最为清醒。

广播喇叭里致罢悼词，哀乐再度响起。路上的行人好奇心甚重，停下脚步聚在工厂大门两侧，仿佛是在等待观看钱塘大潮。

一辆火化车从工厂大门里缓缓驶出。车头是黑纱环绕的镜框，镜框镶着一张男子的照片，这显然就是死者了。姜国瑞隔着大街定定注视着这幅照片，觉得很是眼熟，由此他判断死者的年龄当在五十以上。小于五十岁的人姜国瑞肯定不会认识的，因为他离开这座工厂将近四十年了。

火化车之后又驶出三辆大卡车，车上站满身穿工作服的工人。卡车的侧面白纸黑字写着"朴万植安息"。站在卡车上的工人显然是为这个名叫朴万植的死者前去火化厂送行的。他们并不哭泣，表情漠然站立在卡车上，目光注视着远方的天空。似乎只有这样，大街才显得无比空旷。人们送死者上路，总是希望走在一条空空荡荡的大道上。为车队殿后的是一辆破旧的上海牌轿车。

朴万植？姜国瑞望着远去的车队，想不起这个名字。很多年了，工厂死人，都是在火化厂的小礼堂里举行告别仪式的，今天却形成全厂送葬的规模。姜国瑞无法猜测死者的身份。

他叫了一辆出租车，回家去了。

吃罢晚饭，他颤颤巍巍找出一张挂图，用杆子挑着，挂在书房的墙上。他自言自语说："要想管理一个企业必须熟悉它的现状，只有这样才能做到见微知著，举一反三，丰歉两从容。"于是时光倒流，他觉得自己再度成为风华正茂的厂长，管理着这座拥有金手牌商标的著名企业。

这是一幅大中华日用化工厂的行政图表，百岁老人将它挂在墙上，

61

似乎是想清晰看出工厂目前的概况。然而他毕竟老了，没有想起这是一张十年之前的行政图表。于是他就像一个给学生们讲解通史年表的老教授。

电话叫了许久，姜国瑞才听到。他拿起听筒，对方叫了一声爷爷。他说："合营啊，你是不是当了厂长？"

电话里说是。他说："六十年前我在这座工厂里当厂长，时隔一个甲子，你也当上这座工厂的厂长。这很好啊。"

姜合营在电话里说这几天厂里很忙，没有前来看望爷爷。

"厂里是不是死了一个工人？"

姜合营说是。姜国瑞说："过几天我到厂里去看你吧。"

"您千万别来，"姜合营想在电话里阻止爷爷，"这几天我实在太忙，您千万不要跑来看我。"

老人已经挂断电话。

2

一车间的搬迁工作因突发死亡事故而停摆。姜合营深知，阚大智同志的手表肯定不会停摆，必然还要加紧催促搬迁进度的。于是他心里非常着急。

就在发生死亡事故的第二天，姜合营在办公室接到大田保子从日本打来的越洋电话，询问是否动迁。姜合营不愿告诉对方"一号堡垒"出现死亡事故，就采取以攻为守的战略，提出大中华日用化工厂要跟大田保子的先之施有限公司签订具有法律效力的合同。大田保子承应七日之内即飞往中国。结束通话，姜合营伏在办公桌上继续写"关于我厂发生朴万植同志工伤死亡事故的检查"，这时他猛然想起，刚才大田保子在电话里讲的是汉语。

这位大田保子女士就连说话的声音也很像诸葛云裳。

劳动保护监察处的张副处长突然来到厂里，主持最后阶段的调查工作。朴万植死亡事故的原因基本查明：一、违章指挥。二、设备长期存在隐患而迟迟不予整改。三、缺乏从事特殊工种作业的安全教育和培训。

围绕着这三条原因，姜合营作为企业主管领导开始写检查。动笔之前他在与张副处长的谈话之中发现，这位不苟言笑的年轻官员似乎对大中华日用化工厂怀有成见。他认为这是不祥之兆。很快他就发现张副处长不是对大中华日用化工厂有成见而是对现任代理厂长姜合营有成见。

张副处长长得很像越南人，属于少年老成类型的男子，这种类型的男子穿上制服，则属于深不可测难以琢磨类型的官员。这种类型的官员口中说出的每一句话语，你都会觉得意味深长。初次握手的时候张副处长就问道："姜厂长咱们以前没有见过面吧？"这句问话的深层含义极有可能是在责怪大中华日用化工厂的代理厂长，上任伊始怎么不去劳动保护监察处先行拜访呢？

于是姜合营觉得与这位长得很像越南人的张副处长打交道，力不从心。

"越南人"说："以前唐本旺同志当厂长，不曾出现死亡事故。看来工厂企业一把手的作用不可低估啊。"

据许文章讲，那天在吉利大酒店请客，唐本旺与张副处长频频干杯，交谈甚欢。邓援朝枯坐一旁好像是个小伙计。姜合营终于明白了，唐本旺的朋友遍天下，张副处长肯定是他交情甚笃的朋友。这次进厂处理死亡事故，张副处长必然要帮老朋友一把，借机为唐本旺的官复原职摇旗呐喊造舆论。俗话说一个好汉三个帮。相比之下，姜合营反思自己是个没有朋友的人。"尽管我与唐本旺往日无冤近日无仇，可毕竟是我坐在昔日他坐的椅子上，没仇也变成有仇。我必须严密提防唐本旺，他若借张副处长的刀杀我，应当说是符合孙子兵法的。"

既然如此，那就明知山有虎也向虎山行吧。他在"关于我厂发生朴万植同志工伤死亡事故的检查"的结尾将企业的安全生产工作比喻为"工厂生死存亡的大计"。同时他承认在朴万植同志死亡事故中负有不可推诿的领导责任，恳请上级有关部门对自己给予处分。

这时候他又想起死者朴万植。在这座将近千人的企业里，朴万植这样的工人太多了。平日里迎面，擦肩而过，甚至连一个招呼都不打。然而朴万植就这样死了。姜合营自从担任代理厂长，看到劳资科的统计数字，本厂工人与干部的比例为8∶1。其实这是一个早已陈旧的数字。他暗暗算了一本账，除去集体放假的五车间二百三十四名职工，再除去一百八十五名停薪留职以及病休人员，生产第一线职工与办公楼里科室干部的比例竟然达到1∶1。

这时候他又想起那句话：你要做好准备啊。

化学工业总公司的总经理沈鸿乘坐一辆黑色奥迪驶到大中华日用化工厂门前。门卫韩春利声称自己当时正在厕所，因而使总经理的轿车受阻于门外不能进厂，长达五分钟之久。工厂的大门是姜纯设计的，液压传动电气控制。传达室里没人操作，大门就无法打开。姜纯到九华山修行去了，他设计的大门却留在凡尘俗世，制造出总经理不得进厂的故事。

沈总经理是来监督一车间搬迁进度的，因而心情很是急迫。面对正在伏案疾书"关于我厂发生朴万植同志死亡事故的检查"的姜合营，沈鸿也感到这位不惑之年代理厂长正在腹背受敌。搬迁的工期是铁定的，阚大智同志的秘书昨天还打来电话过问进度，于是"一号堡垒"搬迁工程事实上已经成为"阚办"的重点项目。副市长的秘书天天打电话催问进度，虽然颇有杀鸡使用宰牛刀的感觉，化学工业总公司总经理的到来，无疑说明这个搬迁项目在上级领导心目之中的分量。

64

姜合营就趁机提出一连串的困难，以表示自己目前处于劣势。他提出"领导班子力量薄弱，资金周转困难，死亡事故造成人心涣散"这三方面的问题。沈总经理的工作作风非常扎实，没说几句话就来到一车间搬迁现场。

这里的景象哪里是在搬迁，分明处于溃退前夜。一群工人将一只皮带运输机的头轮装入一只木箱，却大喊尾轮找不到了。几个女工则聚在角落里显出贤惠的本性，忙着将婆婆妈妈的东西收集起来：晾衣裳的竹架、小板凳、搓板儿、铁盆以及午睡必用的竹枕头……

沈总经理颇为不满地说："同志们轻装上阵吧！"

一个肥胖的女工说："开门七件事，柴米油盐酱醋茶，少了哪一样也不成啊。谁知道搬到新河工业区的厂房里是个什么样子呀！"

走到车间中央，姜合营指着一块残破的水泥地面说："朴万植就是在这里被天车钩子砸中头部的……"

沈总经理说："这个车间跟堡垒一样，光线太暗也是发生事故原因之一。搬到新的厂房里，生产条件就好啦。所以说阚副市长非常重视这个项目，一定要抓紧时间。抓而不紧，等于不抓嘛。"

回到厂长办公室，沈总经理说立即召开领导班子会议。电话通知，五分钟之后党委副书记邓援朝，工会主席魏如海，前任代理厂长赵则久都赶来了。沈鸿问："能不能马上派车到家里去接唐本旺同志？"

姜合营说不用派车到家里去接，唐本旺同志天天都在工厂里四处走动。

于是就让总机电话员纪格格通过电话四处寻找唐本旺。会议等待着这位前任厂长的到来。

姜合营心中揣测："莫非唐本旺官复原职啦？"

沈鸿总经理说："是不是也请劳动保护监察处的张副处长也来列席我们的紧急会议？这样可以沟通情况，协同作战嘛。"

姜合营遵命，起身走出办公室。推开二楼会议室的门，他看见唐本旺正在与张副处长低声交谈。见状，张副处长一愣，起身问道有什么事情。姜合营对唐本旺说："沈总经理请你参加紧急会议。"

唐本旺立即起身说："沈总经理来啦？这太好了。"

姜合营这才对张副处长说："也请您列席。"

张副处长与唐本旺交换着眼神，然后说："我就不必参加了吧。姜厂长你的检查写完了吗？"

"今天我就能交给你。"

张副处长沉下面孔说："你也要做好司法部门提出刑事诉讼的思想准备啊。"

姜合营与张副处长对视："我什么准备都做好了。"

唐本旺走进办公室的时候，哈哈大笑着与沈鸿总经理握手。"老沈，多日不见呀你又胖啦！"

唐本旺果然是一个四处都能走得开的人物，居然称呼总经理为"老沈"。这样既表明彼此关系的亲密，也标明自身在官场的分量。

沈总经理郑重了脸色，说："开会吧。"屋里静了下来。

拿出本子，姜合营准备记录。自从当了代理厂长，他养成了逢领导讲话便记录在案的习惯。今天记录沈总经理的讲话，很省笔墨。

沈总经理简明扼要，只讲了两条：

一、厂里发生死亡事故，必须引起全厂上下的高度重视。借此机会开展一场安全大检查，检出隐患，立即整改不过夜。对于不能立即解决的隐患，一定要拿出整改计划，做到监督实施有日期有内容，落实到人。

二、关于厂里的两大主导产品：三车间的金手牌皮革制品油系列，一车间的金手牌清洗液系列，一定要做到万无一失。前者要保证今年的利税，主要任务是进一步开拓市场。后者呢面临搬迁，主要任务是抓紧时间保质保量五天之内搬入新河工业小区的新厂房里。

沈总经理讲罢，问大家有什么情况需要沟通。

姜合营说三车间的主要问题是资金周转不灵，常常形成没钱购买原料的被动局面，也就是巧妇难为无米之炊。车间主任于红旗准备开展集资活动，冲一冲。一车间的主要问题是出现死亡事故之后，思想浮动，人力涣散，运力缺乏，技术力量更是捉襟见肘。

邓援朝点了点头，表示同意姜合营的观点。

唐本旺说："事在人为！"

被唐本旺称为"老沈"的沈总经理笑了。

"好吧！我告诉诸位，这一次我到厂里来，就是为了解决问题的。我代表总公司常委宣布，为加强领导班子的力量，决定恢复赵则久同志大中华日用化工厂副厂长职务，配合常务副厂长兼代理厂长姜合营同志工作。"

赵则久不言不语看着沈总经理。

"同时，为了加强一车间搬迁工作的领导力量，决定成立搬迁领导小组。组长为姜合营同志，副组长为邓援朝同志、赵则久同志、魏如海同志。唐本旺同志为常务副组长，主持搬迁日常工作。"

唐本旺低下头寻思着："妈的，怎么没给我官复原职呢？"

沈总经理最后说，为了加强运力，总公司支援十部载重卡车。为了加强技术力量，决定请市机电设备安装公司派来一支小分队，昼夜加班，组织运输和发装。整个搬迁工作，必须在十三号二十二点之前完成。

姜合营见唐本旺没能官复原职，立即表态："我坚决执行上级领导的指示。"

沈总经理说："你不是正在等待处分吗？这一次你就戴罪立功吧。"

唐本旺吭也不吭一声，起身大步走出办公室。

沈总经理问道："老唐是不是有什么想法？"

姜合营想了想，说："他有尿频的毛病，大概是急着去厕所。"

沈总经理乘上黑色奥迪轿车，离开大中华日用化工厂回总公司去了。姜合营准备立即召开"搬迁工作领导小组碰头会"，却怎么也找不到唐本旺。

总机电话员似乎已经基本摸清唐本旺的规律，一个电话拨到成品库，就找到了正在独自抽烟的前任厂长。唐本旺在电话里拒绝参加碰头会。

姜合营找到成品库。唐本旺问他，为什么只有赵则久官复原职了。姜合营说这是总公司常委的决议，厂里无权参与意见。

唐本旺说："咱们走着瞧吧！"

姜合营说："最好你我之间不要伤了和气。你把一棵大树卖了六十八万，我问你，那三十八万块钱跑到什么地方去啦？"

唐本旺怔了怔："你管不着！"

姜合营说："这样，等于你在我手里就有了把柄。"

唐本旺嘿嘿一笑："小姜啊，我跟你爹一个辈分，能让你一个毛头小伙给治住吗？告诉你吧，那三十八万块钱没有落在我腰包里，我怕什么呢？"

姜合营也笑了："你不要跟我论辈分。现在谈的是公事！你说我没有办法治你？实在没辙我就请绿色和平组织来管管你。你凭什么把大树给卖啦？"

唐本旺没有想到姜合营是吃狼奶长大的，张口就能咬人。这种性格与仁厚温和的姜纯完全不同。唐本旺知道，自己必须重新审视这位小姜了。

姜合营又说："老唐我告诉你吧！活到你这种年岁，应当心平心和了。不要总觉得别人都不如你，好像偌大中国能够当厂长的只有你一人。"

唐本旺听了这番话，气得脸色煞白。

第二天一早，机电设备安装公司的小分队就进入一车间工地。总公司派来的大卡车，也陆续开到。搬迁工作一下子就进入高潮。

当天的本市晚报发了一则消息，就为了使麦格路建筑文化区域得到进一步保护，市政加大调整力度，准备用三年时间将坐落在这里的非文化单位逐步迁出。大中华日用化工厂一车间作为首批单位，不日将迁往新河工业区。这个一举两得的措施受到工厂职工拥护。云云。

姜合营没有时间读报。他将毛毯抱到一车间工地，三天只睡了五个钟头。唐本旺唯恐走得太远，也来到一车间，跟着工人们干了起来。

姜合营心里想，看来大家还都没有变成坏人。

一车间生产线主机搬迁那天，风和日丽。十二辆载重大卡车都在车头上插了小红旗，以示吉庆。姜合营和邓援朝一早就来到现场指挥，还燃响了爆竹。这在已经立法禁放鞭炮的这座城市里，无疑增添几许久违了的火药味道。

人们因此而兴奋起来。

身披红绸的开路先锋车缓缓驶到工厂门口，大门不开。姜合营急了，冲到传达室窗前，看到韩春利正坐在桌前喝茶。他拍着窗子要韩春利打开大门。韩春利拖着一条瘸腿走了出来。

姜合营看着父亲亲手设计的液压传动电气控制的大门，觉得自动化有的时候真的给人带来了麻烦。他摆了摆手，让韩春利立即打开大门。

韩春利一派大义凛然的样子："我坚决反对一车间搬迁！"

"你有权反对一车间搬迁，"姜合营拍了"瘸韩"的肩膀，"你也可以保留自己的意见，但你不可以大门紧闭不让车队通行啊！"

"败家的事情我不干！今天开门脏了我的手，明天我就是全厂的罪人啊！"韩春利大声说着，颇有几分忠臣死于谏的劲头。

唐本旺突然出现在姜合营面前："韩春利虽然是个残废人，他很有工人阶级主人翁精神啊。我仍然保留自己的意见，一车间的地皮就是不能出让！否则咱厂元气大伤啊！"

　　姜合营厉声说："老唐！总公司任命你担当搬迁工作领导小组常务副组长，你不尽心尽力，怎么还跑到这儿来阻挠呢？"说着，他走进传达室打开控制柜，揿动那只绿色按钮——父亲的大门缓缓打开了。开路先锋车立即鸣笛三声，徐徐驶出工厂，上了大道。

　　姜合营坐在那辆破旧的上海牌轿车里，殿后。

　　唐本旺定定站在工厂门口，仿佛是在送葬。

　　本市日报不甘落后，第二天就在头版显著位置报道了大中华日用化工厂一车间搬迁的消息。消息说，市政府以阚大智副市长牵头正在开展调查研究，拟将有"世界建筑博览会"之称的麦格路修饰一新，进一步吸引外商到此投资，大力兴办"无烟工业"。大中华日用化工厂一车间的搬迁，为实现市政府的蓝图迈出了可喜的第一步。

　　这时候，姜合营呆呆坐在一车间的旧厂房里，狠狠吸着香烟。

　　这里终于成了一座空空荡荡的堡垒。只有在这种时候，这座空空荡荡的堡垒方显出它的本来面目：圆形，拱顶，花岗岩的墙基，巴洛克式百叶窗虽已残破却散发着古典建筑的气息。金手牌家用清洗液"一洗灵"的生产流水线已经完成了这里的使命。水泥地面上满是乱七八糟的弃物，诉说着搬迁的仓促。

　　姜合营独自一人站在这里，他轻轻咳嗽一声，立即听到山鸣谷应般的回响。他的心，也蓦然空旷起来，体味到一丝淡淡的伤感。为了驱散这种沉闷的情绪，他清了清喉咙，想哼上一段京戏。

　　张了张口，他哼唱不出来。这时候，他渴望阳光。走出一车间的大门，外面变成多云天气。他走进计量站给中心检验室打通电话。真巧，是诸葛云裳接的。他告诉诸葛云裳，那个名叫大田保子的日本女士，长得跟她一模一样。

诸葛云裳感到非常惊讶："你怎么这时候想起来跟我说这件事情？"

他告诉她，一车间终于搬迁完毕，忙了五天五夜，真累。可毕竟去了一块心病，所以应当到一个环境优雅的地方去吃一顿饭，放松放松。

"你这个厂长，当得跟别人都不一样。"诸葛云裳说。

姜合营在电话里笑了："我这个厂长，为什么要当得跟别人一样呢？"

诸葛云裳想了想，觉得他的说法很是新颖，就答应了。

"今天下班之后六点十分在维多利亚西餐厅门前集合。"姜合营说罢就放下电话。计量站的一位女工呆呆看着他的背影。

工厂总机电话员纪格格监听了姜合营与诸葛云裳的这次通话。

之后，纪格格迅速给党委副书记邓援朝办公室打了一个电话，将这一次约会告诉了邓援朝。邓援朝手持听筒许久说不出话来。纪格格知道对方口吃，就静静等待着。

邓援朝费尽气力终于说出四个字："关、你、屁、事！"

唯恐天下不乱的纪格格遭到呵斥感到非常失望。为了挽回不利局面她在电话里大声说道："邓书记，我要求入党！"

3

晚上六点钟，姜合营站在维多利亚西餐厅门前，开始等待着诸葛云裳的到来。面前是一条繁华的大道，去年它的名字还叫中山大道，如今已经改名云斯尔顿大街。一家总部设在旧金山的跨国公司出资五百万美元买断这条大街的命名权，云斯尔顿跨国公司使这条大街有了一个充满异国情调的名字。这座城市则用这笔资金修建了几座过街天桥。

明明知道距离约会的时间还有十分钟，他依然四处环视着，心中判断着诸葛云裳的方向。

这时候一辆车身很长的林肯牌轿车从大街上驶过。姜合营并不知道这辆林肯轿车里坐着美国李斯特化学工业集团首席驻华代表希尔顿先生。美国李斯特化学工业集团与中国大中华日用化工厂的合资计划，正在希尔顿先生心中酝酿。当然，最终他将听命于总裁李斯特·李先生。

姜合营对此当然一无所知。他只知道疾驶而过的林肯牌轿车恐怕在二十一世纪也难以进入中国大众的家庭。

一位推着小车卖冰糕的妇女在他面前停住脚步，低声问道："你是生产科的小姜科长吧?"

他连忙点了点头。仍然称呼他"姜科长"的人，肯定很久未到厂里上班了。果然，卖冰糕的妇女说她是五车间放长假的工人，名叫李桂玲。她晚上到一家电子游戏机房拾掇卫生，白天上街卖冰糕。他问李桂玲日子过得怎样。她回答说马马虎虎，然后使劲塞给他一支冰糕，推着车子走开了。

他手里举着这支冰糕，心里挺不是滋味。这时身穿一袭黑呢套裙的诸葛云裳站在大街对面，朝姜合营挥手打着招呼。姜合营几乎惊叫起来。黑衣黑裙，一街之隔的诸葛云裳，分明就是中国版本的大田保子啊！他下意识地朝前迈出几步。一辆红色出租车连声鸣笛，对他的胆大妄为发出尖锐的警告。

他自知失态，立即退回人行道上，也朝诸葛云裳挥了挥手。诸葛云裳从过街天桥上走了过来。他将冰糕递给她，她显出几分怯意。他引着她走进维多利亚西餐厅。由于是这里的常客，领班小姐立即迎上前来，向姜先生问好。姜合营朝着平时熟悉的厢位走去，发现餐厅里的服务小姐们朝自己投来异样的目光。回头看了看诸葛云裳，他猛地明白了。已经连续两年每逢周末来到这里，他身边的女人都是莫小娅。今天虽然不是周末，自己身边却换成了陌生女人，维多利亚餐厅的服务小姐们自然感到惊讶。

是啊，为什么约诸葛云裳到维多利亚餐厅来呢？全市的餐厅饭店数也数不清，第一次邀请诸葛云裳吃饭，却神差鬼使选择了这么个令人尴尬的地方。

诸葛云裳虽然是一个没有婚史的女人，还是从领班小姐的目光里感到情况异常。她坐在姜合营对面低声问道："我怎么有一种深入敌营的感觉呢？"

诸葛云裳的幽默，令姜合营非常满意。莫小娅就不是这样。莫小娅既不懂得幽默也不善于幽默，莫小娅的强项是讽刺与挖苦。

领班小姐走上前来将冷饮摆在餐桌上，轻声问道："姜先生，菜谱是不是照旧？"

姜合营笑了："当然不是。今天我们不吃俄式的。"

诸葛云裳说："当了厂长就不吃俄式的啦？"

领班小姐非常聪明："祝贺姜先生荣升厂长。我给您安排法式的吧。"

诸葛云裳不愧与诸葛亮同姓同宗，她已经看出姜合营是这里的常客，但佯作愚钝，东瞅西瞧然后夸赞着这里的冷饮。

看着诸葛云裳，姜合营眨了眨一双精细的小眼睛，漫不经心问道："你是不是有一个孪生姊妹在日本？那个大田保子长得跟你真是一模一样啊！"

诸葛云裳听了这话不言不语，表情很像一个恬静的大女孩儿。

姜合营故意脸色郑重地说："一模一样。"

诸葛云裳的情绪热烈起来："你给创造一个机会吧，让我见一见你说的那位大田保子女士。中国与日本远隔大海，我与她居然酷似孪生姊妹。看来中日两国人民真的应当世世代代友好下去。"

"是啊，见到你我就想起那位大田保子女士。今天晚上我必须拨通

73

越洋电话与她取得联系。一车间的搬迁已经完毕，空空荡荡的'一号堡垒'，等待着她来接收呢。事到如今，咱们的阚副市长肯定特别高兴。"

诸葛云裳脱口问道："阚大智与大田保子是不是情人？"

姜国营心里非常喜欢诸葛云裳的率真，但他还是沉着面孔说："千万不要开这种跨国玩笑。再说阚大智属于政府要员，你当心犯了诽谤罪啊。"

诸葛云裳尝了一口法式沙拉说："情人就是情人嘛。这跟诽谤罪有什么关系？真是莫名其妙。"

这时，姜合营心中暗想："诸葛云裳本来是计划经济时代的劳动模范，没想到计划经济时代的劳模在市场经济时代居然如此幽默风趣，说起话来显得很有文化。诸葛云裳的真实形象令他感到意外，工业女性也有这种品位。"

诸葛云裳眨了眨秀美的眼睛突然说道："我有一种担心，总觉得不会见到那位与我长得一模一样的大田保子女士了。因为……"

"因为什么？"姜合营心中一阵紧张，连忙问道。

"不知道，只是一种直觉。反正我觉得很难见到她了。"诸葛云裳小心翼翼喝了一口啤酒。

姜合营皱着眉头说："你的意思是说……"

这时候，身穿红色风衣的莫小娅与一位身着深色西装的男士走进餐厅大门。因为莫小娅长相很像缩水之后的日本影星栗原小卷，所以领班小姐一眼便认出她来，心中自然一惊。职业道德驱使这位领班小姐迎上前去，说今晚二楼餐厅隆重推出土耳其大菜。西装男士颔首微笑，与莫小娅径直走上二楼。

领班小姐长长出了一口气。她的机智，既拯救了姜合营，也避免了一场令人尴尬的夫妻会师。

一楼餐厅里，姜合营将杯中的啤酒一饮而尽。

"虽然这只是你的一个直觉，可我还是担心你一语成谶。假若从今以后你的孪生姊妹真的杳如黄鹤，那么我建议你立即冒名顶替，成为大田保子的替身，从此以自己毕生的精力投身一衣带水的中日友好事业。"

诸葛云裳咯咯笑得直不起腰来。她从心里喜欢姜合营的幽默，尤其喜欢身处困境而不知忧愁的姜合营的幽默。

她举起酒杯说："我想你要是将姜合营改成姜合资，这样肯定能够顺利完全与国际接轨，在改革开放的大潮里，成为游刃有余的企业家。"

望着通往二楼的大理石楼阶，姜合营呵呵笑了："这是一个合理化建议！我改名姜合资，你呢是盗版的大田保子。咱们就中日合资了。"

姜合营觉得与诸葛云裳在一起，非常快活。本想约她去看一场电影，转念又觉得不妥，这种事情传到厂里会引起非议的。

出了维多利亚餐厅，他说天色已晚要送她回家。诸葛云裳摇了摇头，说还要顺路去一家夜市给父亲买件衬衣，就匆匆走了。

他知道诸葛云裳的父亲是神州化工厂的厂长，名叫诸葛光荣。诸葛光荣已经六十二岁仍然稳坐厂长宝座，整天叱咤风云。

走在街上姜合营感到疲累。一连忙了五天五夜，今天总算得以休闲。他在路旁电话亭里拨通滨海新区的莫小娅住宅，想告诉妻子，一车间的搬迁今天终于完结，下一步就该跟那位大田保子女士就土地使用转让期与转让金深入谈判了。莫小娅在滨海新区住宅的电话响了八声，居然没人接。

滨海新区的生活已经与国际接轨，他就猜想莫小娅此时正在卫生间洗澡，就朝前走了一个路口，他又找到一个电话亭。

还是没有人接电话。他心中渐渐升腾起一股失落感。

站在路边，一辆的士主动停了下来，他拉开车门坐了进去。司机问他去哪里，他愣了愣，然后说出地址。他决定到爷爷家去，告诉他老人家自己已经担任了这座工厂的代理厂长。

爷爷的性格非常倔强，年近百岁却独自住在一座小小的院子里，不要别人陪伴。姜合营手里握有钥匙。他打开锁关推开院门，悄悄走到窗前。他看到屋里的灯影儿下，爷爷戴着老花镜正在全神贯注修理着那座德国进口的老式挂钟。姜合营心里想，这老式挂钟兴许与德军统帅瓦德西属于同一时代，看到它就让人想起赛金花。

隔着窗子他清清楚楚看到爷爷的墙上挂了一张"全厂行政图"。他笑了，推门走进屋里，看到墙上还附有备注一栏，全厂情况尽收眼底。他就想象着爷爷平时站在图表前面，俨然一派指挥若定的风度。

备注栏目里写得清清楚楚：

一车间——当年俗称"一号堡垒"，生产金手牌清洗液（民用、工业用两种）。总共一百六十八名职工。厂房陈旧。车间主任黄大发。

二车间——当年俗称"二号堡垒"。产品为电热驱蚊器和电子报警安全手杖（其中 60% 的产品依靠职工外出推销）。车间主任关伟勤（女，满族）。

三车间——当年俗称"三号堡垒"。主要生产金手牌皮革制品油系列。销售市场不甚稳定，时起时伏。其中三种规格的鞋油以及金属软管已经扩散到联营企业神州化工厂生产。该车间职工平均收入四百三十四元，列各车间之首，因此有工厂"大邱庄"之称。车间主任于红旗（篮球运动员转业）。

四车间——当年俗称"总督堡垒"。无主导产品，自谋生路改为缝纫车间，为外商独资公司来料加工制作柔柔牌女式内衣内裤。全车间百分之九十为女工。最为关心的事情是"订单"。车间主任莫吉（外号"老母鸡"）。

五车间——当年俗称"自由堡垒"。职工全部放假回家。每月八号"返厂"。一般职工只发 30% 工资。车间主任李文开（已死于肺癌）。

面对挂在墙上的五座"堡垒"，姜合营的心情很不轻松。他用"三气"来概括大中华日用化工厂的现状："伤了元气，损了志气，泄了底气。"设备陈旧，工艺落后，产品老化，市场萎缩，资金匮乏，仍然处于传统企业的固有模式，无法迈开改革的步伐。虽然这属于国有企业的通病，但在大中华厂表现得尤为突出。究竟如何使企业走出困境呢？这已经成了令人夜不能寐的课题。面对这个课题，姜合营蓦地悟出几分人生真谛："困境乃是人类生活的常态，只不过彼此的感受不同罢了。此时走出这一道困境，彼时还有那一道困境；走过一道道困境，又迎来一道道困境，永无休止。因此，困境具有哲学意义。"

姜合营为自己能够产生如此玄妙的想法而感到震惊。

这时祖父仍然沉浸在老式钟表的世界里。他叫了一声爷爷。这时他蓦然感到一种乐趣，这就是人到中年依然拥有祖父的乐趣。看到祖父低头修理着挂钟的齿轮，姜合营似乎听到时光在哗哗流淌着。在时间隧道里，自己一下就变成祖父。祖父呢，变成一个小伙子。

他一瞬间就被这种混淆的时间世界所震慑，不敢说话。许久，他才压低声音告诉祖父，被称为"一号堡垒"的一车间已经搬迁完毕了。今后金手牌清洗液将在新河工业区一座崭新的厂房里投入生产。

姜国瑞摘下老花镜，看了看自己的孙子："你说什么？"

"'一号堡垒'被一位日本女客商看中，准备投资改造，将它建成娱乐中心。"

姜国瑞听了这话，定定注视着自己的孙子。他缓缓放下手中的老花镜，起身在屋里走动起来。

"你刚刚当上大中华的代理厂长就把'一号堡垒'给卖啦？这真是让我感到意外。日本人从事娱乐业居然相中了'一号堡垒'？那是一座欧美风格的堡垒啊。"

姜合营告诉爷爷，不知什么原因上级任命他担任代理厂长，这真是强打鸭子上架。在此之前的唐本旺和赵则久都被免职，因为他们拒绝转让土地。光阴似水，不舍昼夜。当年由祖父姜国瑞管理的大中华日用化工厂，如今又落到姜氏嫡孙的手里。七十年真可谓峰回路转，想起来又恍如隔世。

姜国瑞放下手里的德国老挂钟，表情严肃起来："二十世纪三十年代我做过股票生意。投机与务本是不一样的。投机生意一夜之间就能暴富，可是一夜之间也能变得一无所有。合营，你要是把卖掉'一号堡垒'的资金投入股市，高点抛出获得利益，然后引用这笔资金扩大再生产，也算是一条路子啊。"

姜合营笑了笑："爷爷，您说的都是古代的故事。当年您管理大中华厂的时候，虽然也是资本主义的路数，但那时候的经验绝对已经成了化石。如今，大中华目前仍然是所谓全民所有制，用卖地皮的资金去炒股票，在您那个时代是一种增资手段，炒作得当，受益极大。今天就不行了，有人会到检察院举报我假公济私。"

姜国瑞呵呵笑了："当年我管理大中华的办法，用一两句话就能讲清楚，那就是用最小的成本生产最好的产品，然后卖出最好的价格。"

姜合营给爷爷端来一杯热茶："您说得很对。要是今天晚上您有兴趣，我就给您讲一课。平时我要是在厂里讲，很多人都不感兴趣。他们认为与自己的生活无关，这就是市民的惰性。当然市民的惰性与农民的惰性相比并不属于同一性质。爷爷我告诉您吧，我发现很多人其实仍然生活在上一个时代。虽然大家天天都谈改革开放市场经济，其实就跟感冒打喷嚏一样，只是条件反射而已……"

姜国瑞看到孙子口若悬河，心里很是高兴，端端正正坐在桌前仿佛一个小学生："好吧，你就给我讲一课吧。"

姜合营说："首先我们应当明了，中国是从计划经济转向市场经济的。工厂呢是以国有企业的身份走入市场，我们一时还和不好这块面。往往面多了，添水；水多了，再添面，并不能进入真正的市场经济。现代市场经济要求我们建立现代企业制度。什么是现代企业制度呢？简单说就是市场经济条件下的企业制度。它以企业法人制度为基础，以有限责任制度为核心，以法人治理结构为特征。它产权清晰，权责明确，政企分开，管理科学……"

姜国瑞静静听着，尽管有的语义他根本无法听懂，但他乐于倾听。姜合营讲着，非常投入，甚至忘记了听讲者是自己的祖父。平时，姜合营看了很多经济学著作，但他弄不懂中国的工厂。他知道这是一个讲究国情的国家，因此应当出现一门"工厂学"。而率先站到讲台上讲解"工厂学"的，兴许是工厂门卫韩春利那样的家伙。

姜合营继续讲着："如今的国有企业，大都面临困境。咱厂目前的状况概括起来，就是设备陈旧，产品老化。主要的问题是必须改变产业结构，盘活资产存量。目前的问题是我们资金短缺，很难进入良性循环，所以处处都显得比较被动。就拿三车间打比方吧，常常是没钱买原料，等米下锅……"

屋里沉寂了片刻。

"有没有最为简单实用的办法……"

姜合营立即答道："有，那就是建立股份制企业。有的工人成了股东，资金来源呢也就不单纯依靠银行了，同时还省下高额的贷款利息……总之，股份制企业优点很多，似乎是一条必由之路。"

祖父说："那你就着手建立股份制企业吧。"

"是啊，路要一步步走。"

老人突然想起孙媳，问道："这一连二十多天，我怎么没有见小娅呢？"

他告诉祖父，莫小娅在滨海新区工作很忙，每天都与公文打交道，所以只有周末才能回来。听到这里姜国瑞说："你什么时候能让我见到第四代人呢？"

姜合营笑了笑："我与小娅都有自己的事业……"

他当然不能告诉祖父，小娅不愿生育——他俩组成的是一个"丁克家庭"。

在这个家庭里夫妻关系几乎达到一种君子之交：彼此尊重，互不干涉。夫妻生活也是"每周一歌"，平静而从容。有时候，姜合营怀疑这种独特的夫妻关系正是自己生命衰退的表现，说明自己无力拥有。每逢这种时候，他就认为夫妻关系乃是世界上最为复杂的关系，谁也说不清楚。

姜国瑞目光深邃地注视着姜合营。姜合营在祖父面前总有一种插翅难逃的感觉。祖父活到这般年纪，肯定已经成精了。人间的万物万事，统统难以逃过老人家的眼睛。但是，对于生猛海鲜般的现实生活，老人家未必清楚。譬如说国有企业如何"抓大放小"走出困境，譬如说究竟谁是企业的主人翁的争论。这一系列的问题，纸上谈兵容易，亲手操作就难了。

他想问一问爷爷，还有什么事情要嘱咐。姜国瑞似乎已经看透了孙儿的心思，颇为深沉地说道："如今依然是公有制社会，所以你万万不可忘记，大中华日用化工厂是一座国有企业。国有企业嘛，天塌下来砸众人。你治理企业呢，也要依靠众人才行。我就怕人家说咱们打算重新当上资本家，打算继续骑在劳动人民头上作威作福……"

"爷爷，咱们国家的民营企业就是私人企业。"说到这里，姜合营突然问道："爷爷，您是不是还想将大中华厂变为自己的私人企业？"

姜国瑞被孙儿问得微微一愣，之后就嘿嘿笑了。

姜合营大声说："我早就看出来了！"

听了这话，姜国瑞哈哈大笑起来。姜合营看到，爷爷竟然笑出了泪花。

"你看得一针见血。我的确是贼心不死，总想有机会重新管理大中华日用化工厂！哪怕只让我管理三个月呢，保准能让它井井有条蒸蒸日上。"

为了不拂祖父的兴致，姜合营微微一笑。

老人家豪兴大发，指了指墙上挂的胡琴："拉弦儿！我给你唱上一段《定军山》，老谭派。"

心里惦记着大田保子的事情，姜合营有些心不在焉。可是爷爷发话，又不得不执行命令。他从墙上摘下二胡，往凳子上一坐，膝盖上搭了一块白布，弦儿就拉响了。

姜国瑞清了清喉咙，打开略显沙哑的嗓子，唱了起来：

　　师爷说话言太差，不由黄忠怒气发，一十三岁习弓马，威名镇守在长沙。

　　自从归顺了皇叔爷的驾，匹马单刀我取过了巫峡。斩关夺寨功劳大，军师爷不信在功劳簿上查一查。非是我黄忠夸大话。铁胎宝弓手中拿，满满搭上朱红扣，帐下儿郎个个夸。二次再用这两膀力，人有精神力又加。三次开弓秋月样，再与师爷把话答。

姜合营为祖父操琴伴奏，心中暗想，如今早已不是黄忠耍大刀的时代了。

一段唱罢，姜国瑞意犹未尽，接过二胡要为孙儿伴奏。姜合营此时并没有唱戏的兴致，正不知如何搪塞，院子大门咣当一响，工厂办公室的秘书许文章大步走了进来。

"小许，这么晚了你怎么知道我在这里？"

文质彬彬的许文章气喘吁吁，手里拿着一块粗糙的鹅卵石："你家锁着门，给滨海新区打电话没有人接，我就估计你在这里。今天晚上我在厂里值班，电传机响了……"

姜合营多年爱好京戏，同时又是一位兴趣高涨的奇石收藏者。看到许文章手里的石头，他拿在手里仔细看着。这块暗绿色的鹅卵石，果然不同凡响。石纹之中，竟然含着一条紫红色的小鱼。这小鱼，栩栩如生，却已是化石了。

姜合营忘情地叫了一声好，爱不释手。许文章又说："我不是专门给你送石头来的。刚才我说的那个电传你猜是谁发来的？"

姜合营盯着许文章说："大田保子？"

许文章点了点头，然后掏出手绢擦着额头的汗水。

他告诉祖父厂里来了急事，要马上回去。然后就噔噔迈着大步带领许文章走出爷爷独身居住的小院。

月光如水。

走进厂长办公室，姜合营从许文章手里接过电传纸，就让他回值班室休息了。之后，姜合营给自己沏了一杯热茶，拿起大田保子的电传，读了起来。

大中华日用化工厂厂长阁下：

　　我染病入院疗治，一时未与贵方联络，深表歉意。鉴于我的健康状况，关于"一号堡垒"的合作意向，只得作罢。对此，我将终生遗憾。大田保子鞠躬。

姜合营读罢，呆呆坐着不动。过了许久，他使劲一拍桌子："妈的！真是没有想到，一车间刚刚搬迁完毕，这个女日本鬼子就变卦啦！这纯粹是开国际玩笑。阚大智同志您怎么把一个说变就变的女士硬塞给我们呢？"

他怒气难当，在屋里走来走去，活像一只困兽。站在桌前抄起电话，他拨通了诸葛云裳的住宅，响了八声才传来一个女人的声音。他说道："对不起，我没想到你睡得这么早……"

独身女子诸葛云裳睡意很浓："你的手表是格林威治时间吧？北京时间现在是深夜一点五十分。"

姜合营说："我只想告诉你，你果然一语成谶。那位可爱的大田保子女士发来电传，以身体有病为托词，推掉了项目。从此她再也不会露面了。"

诸葛云裳睡意顿消："天啊！吃饭的时候我只是随便说着玩儿的。怎么一下子就成了真事儿？真是对不起……"

他觉得自己是在听一个女修道士忏悔，就告诫自己必须振作起来。他笑着说："大田保子为什么跟你长得一模一样呢？恩格斯说世界上没有两片相同的树叶。可是你跟大田保子偏偏长在同一株大树上。"

诸葛云裳说："谬误。我是社会主义的树叶！"

这种幽默睿智的对话，令姜合营感到非常愉快。放下电话，严酷的现实生活又如同乌云一般压在心头。

放下电话，他站在窗前，呆呆望着天上月亮，又想起那句话："你要做好准备啊。"

4

代理厂长姜合营在办公室的沙发上躺了一夜，天快亮的时候他却睡着了。阳光渐渐强烈起来，抚摸着他的脸颊，唤他醒来。他突然醒来了，躺在沙发上一动不动，望着窗外明亮的阳光。不知为什么他想起《日出》最后一句台词：太阳出来了，我们要睡了。

这又是一句谶言。他从沙发上坐起，看了看手表。他又想起海明威的小说《太阳照样升起》。今天我这是怎么啦？变成了文学爱好者。这时他猛地想起那个梦境。这个梦境也能写成一篇小说。梦里那个白胡子老汉对他说，大田保子与诸葛云裳本是同一个女人，乃是天神将她变成两个女人，一个叫大田保子，与他进行商战，这代表现实生活；另一个叫诸葛云裳，与他心灵相悦，代表着精神生活。说罢，白胡子老汉就化作一朵白云飘去了——似乎完成了对他的点化。

姜合营回味着这个梦境，觉得颇有几分意味。目前要做的事情就是与现实生活中的大田保子女士打交道，向她讨回一个说法。

"大田保子你凭什么说变就变，你把我们撂在旱岸上你却坐船走啦。"

看看时间还早，他坐在办公桌前抄起电话拨通莫小娅床前的电话。这是一只音乐电话，即使在主人最不愿意接电话的时候，它的声音也显得那样轻柔，胜过贴身仆人。

响了九声，没人接。他放下电话。莫小娅不是说我不是当厂长的材料吗？其实她没有看到如今恰恰是一个逆向思维的年代。天生不是当厂长材料的人当了厂长，往往大获成功。于是他那空空荡荡的胃里渐渐盛满自信，拿出本子，一条接一条写出思考提纲：

一、大田保子发来的是一纸电传，这说明她不想与我直接对话。那么我必须与她直接对话，最好电话能够录音。可惜工厂太穷，根本没有录音电话。

二、阚大智热衷撮合此事。现在大田保子一纸电传就宣告结束，毫无商界诚信作风。我怎么办呢？若将此事告诉阚大智，他有可能恼羞成怒，也有可能装聋作哑，更有可能以忘记此事为托词。看来暂时不能与阚氏接触。

三、与大田保子通话之后，立即向沈鸿总经理汇报。

找出大田保子的名片，上面印着三个电话号码，有东京的，有名古屋的，还有广岛的。他拿起电话，要总机先接东京的号码。值班的又是纪格格，她说，姜厂长国际长途很贵啊。他说，让你接哪里你就接哪里吧。纪格格说请等候。

他点燃一支香烟，等候着。

办公室的门咣地被推开了，顶天立地走进来三车间主任于红旗。这位因伤病转业的部队篮球运动员，没有赶上职业化俱乐部时代，落在工厂当了车间主任。工厂里有顺口溜流行，描述车间主任的艰辛：上辈子赃心烂肾，这辈子投胎车间主任！

于红旗站着太高，代理厂长必须仰视。他进门主动坐在对面的椅子上，看着姜合营。姜合营扔给他一支烟卷："有事儿啊大于？"

大于说有事儿，然后从上衣兜儿里掏出两张百元钞票递过来。姜合营满目狐疑，不知道这是怎么回事儿。

于红旗说："这是车间每月给厂长进贡的银子。以前是给唐本旺，后来是赵则久，现在换了你。请笑纳吧。"

姜合营知道这就是人们常说的灰色收入。于红旗又说："你不要嫌这二百块钱太少，它说明了你的分量。全厂将近一千人，我为什么非给你呢？这说明了你的权威啊。这个月我们三车间效益不好，下个月要是缓过来，就不止二百啦。"

姜合营说："我要是不收这钱呢？"

于红旗笑了："我当车间主任三年啦，还没见过拒收这笔钱的厂长哪。你要是真的拒收，我心里就特别佩服你。同时呢你也成了危险人物。世人皆浊你独清，大伙就要提防你，久而久之就要把你搞下去。你明白吗？"

姜合营点了点头，将于放在桌子上的二百块钱收到抽屉里。

于红旗说："你进步真快啊。"说完，这位高大中锋起身走了。

电话铃响了。纪格格说东京的电话接通了。姜合营手持听筒，那边电话铃响着，没人接。

他挂断电话，告诉纪格格大田保子名片上的另外两个号码：一个是名古屋的，一个是广岛的。

莫非大田保子女士变成一滴水，被太阳蒸发掉啦？

纪格格很快接通日本方面的电话。大田保子名古屋住宅是录音电话，首先播出的主人留言是日语和英语，最后是汉语。大田保子在汉语录音里说，她飞赴马来西亚参加项目投标，有事请留言。姜合营对着话筒大声说："大田保子女士，我是大中华日用化工厂的代理厂长姜合营。我收到您电传之时，正是一车间搬迁结束之日。您给我们造成了巨大经济损失，我们全厂职工不会忘记您的。祝您的疾病早日康复。"

广岛的电话也是首先播出一段录音。姜合营如法炮制，不急不躁将该说的话都录在大田保子的电话里了。纪格格监听了这两次越洋电话。

姜合营在屋里踱来踱去。泥牛入海无消息，似乎不应当对大田保子抱什么幻想了。如今全厂只有两个主导产品，宛若马车的两个轮子载着全厂职工朝前走去。一个是三车间的金手牌皮革制品油系列目前尚能维持运转，再者就是一车间的金手牌清洗液生产线已经拆卸成为一堆零件。如果确认大田保子已经放弃合作，那么当务之急就是恢复一车间清洗液的生产线，力争早日恢复生产。

一车间的金手牌清洗液生产线，是安装在新河工业区的新厂房，还是迁回故址"一号堡垒"，这他妈的只能由上级化学工业总公司来做决定。

他给化学工业总公司总经理办公室拨通电话。接电话声音非常熟悉，一问才知道是他在党校参加读书班的同学温大年。他简明扼要将大田保子的变故讲给温大年听，然后打探沈鸿总经理今天心情如何。如果沈总心情甚好，他就趁机报告这个坏消息；如果沈总心情不好，那么就改日再禀。

温大年是秘书。温秘书说沈总不在总公司。之后透露了个最新消息："我市主管工业的副市长阚大智已经调任中央，担任某工业部常务副部长。"

放下电话，姜合营若有所思走出屋去。楼道没人，他踱过去又踱回来，不知不觉走进邓援朝的办公室。

党委副书记邓援朝正在埋头编制四季度党委工作计划，抬头见姜合营走进来，很是意外。两人一壁之隔，平时很少往来。姜合营蓦然发觉误入他室，显得非常尴尬。邓援朝站起身来。此时姜合营倒觉得应当沟通一下，顺势坐了下来。他定了定心神，告诉邓援朝大田保子突然间变卦，人也没处找号儿了。

邓援朝显然受到极大的震动，张着嘴巴瞪大眼睛，定定注视着姜合营。

"收到电传之后我给日本打了两个电话，大田保子的电话录音留言说是飞赴马来西亚投标去啦。这时我仍然抱有幻想。刚才我给总公司打电话知道阚大智调到北京当常务副部长去了，心里咯噔一下就明白啦！计划经济向市场经济转型，双轨制中间存在着权力经济。阚大智不在其位难谋其政，大田保子立马改变投资方向。敢情小日本儿也学会打一枪换一个地方啦！"

邓援朝听着，脸颊两侧的咬肌一跳一跳，脸色渐渐涨成紫色。他张了张口，从嘴里迸出一个脏字。

姜合营说："我想下午开会研究一下，然后给总公司打报告。咱们一车间本来有血有肉，现在给拆成一堆排骨。咱们要想恢复起来，至少一个多月时间。本来企业就在困境边缘上，这才叫雪上加霜呢。"

邓援朝张了张口，又闭上了。

赵则久风风火火走进来。这位素以稳重著称的副厂长当头就问："小姜啊，黄大发什么时候从你办公室走的？"

姜合营说今天根本没见黄大发的影子。

赵则久若有所思："怪事儿。黄大发打电话告诉新厂房工地，说他到姜厂长办公室汇报工作，怎么两边不见日头呢？"

姜合营说："老赵，你坐下我跟你说件大事情。大田保子变卦逃票啦！"

赵则久推了推鼻梁上的眼镜，猛然激动起来："上级天天催命！当初跟大田保子连一份正经的合同都没签订。如今就是打官司咱们都没有凭据。唉！小姜你还年轻，这都是经验教训啊！"

姜合营从赵则久的话里听出几分淡淡的抱怨的味道，心里别扭起来。大田保子是阚大智硬派下来的项目，化学工业总公司又好像判官催命，一天打来八个电话。

姜合营不愿说出心里想的，起身要回到自己办公室去。这时候一对男女推门冲了进来，那女的大声嚷道："你们仨里头，谁是姜合营？"

邓援朝与赵则久面面相觑。

姜合营说："你们是干什么的？"

男的身穿西装，紫红脸膛，看德行是个乡镇企业的头头。他拍了拍胸脯嘿嘿笑着说："我看你三块豆腐干儿的样子，就是姜合营吧？"

"你们是谁啊？"

女的穿一件金黄色的上衣，头发也染得金黄。她一只手上戴了四个戒指，说起话来寒气逼人："告诉你就得吓你一跳，我们是死者朴万植的家属！"

姜合营说："你是朴万植的女儿金晓凤？可遗体告别式那天，我反复派人去请你们，你们当时一口咬定拒绝参加啊。怎么今天又跑来无理取闹呢？"

朴万植的女婿说："你不要放屁！那天拒绝参加，是老子不愿意参加。今天，老子来是要你拿一个说法。你以为朴万植就白白死啦？你得赔命……"

"好吧！我是这次工伤事故的主要责任者。劳动保护监察处的张副处长就在二楼会议室里办公，你们想申冤想报仇，就到他那里去申诉。我服从法律制裁！"

金晓凤冲上来朝姜合营左脸抽了一巴掌，然后转身哭叫着冲到楼道里："厂长打人啦！厂长打人啦！我的爹你死得好惨啊！"

金晓凤的丈夫杜宝成也随着跑出办公室，站在楼道里大声喊叫。

赵则久一动不动坐在邓援朝对面的沙发上。邓援朝跑出去，然后又跑进来，拉住姜合营的胳膊说："冷……静……"

劳动保护监察处的张副处长出现在楼道里大声问道："哪个厂长打人啦？哪个厂长打人啦？"

朴万植的女儿金晓凤哭号着说："我父亲出工伤死啦，都是姜合营的责任。他这样的人怎么能当领导呢？我强烈要求撤了姜合营的厂长职务！"

姜合营看出这是一出早有预谋的闹剧。

5

姜合营右眼的瘀血还没有完全消褪，左眼又被泼妇金晓凤打了一巴掌。我这哪里是厂长啊，成了挨打专业户啦。他不得不从抽屉里找出一副墨镜，戴在脸上。

"绝对新形象。"他在办公室里照了照镜子，认为自己的形象差强人意。走出办公楼不见那辆破上海轿车的影子，他知道司机小马又在恶作剧，无奈大步朝着车库走去。小马站在远处抽烟，一副满不在乎的样子。走到近前他笑眯眯问小马："刚才我在电话里要你把车开到办公楼前面，你听见了吗？"

小马颇为无赖地说："在哪儿上车都是一样的。咱们走吧厂长。"

坐在车里，他拍了拍小马肩头："我估计你打算让这辆车在半路上抛锚吧？"

小马回过头来面无表情地说："姜厂长，这辆车实在是老掉牙了。抛不抛锚，我怎么知道呢？"

姜合营从怀里掏出驾驶执照："小马你不要跟我装孙子。你他妈的给我听着，我与你之间毫无成见，你呢总是跟我过不去。上次去见大田保子，半道上你存心弄出故障，拿我开涮。今天我明确告诉你，我要是治不了你就不当这个厂长啦。现在摆在你这个浑蛋面前只有两条路，一呢是老老实实开车；二呢是从这辆破车上给我滚下去，回家待业，但我必须让车管科吊销你的执照。这车我自己能开。"

破旧的上海轿车里，一派沉默。

小马终于慢慢问道："有没有第三条路呢？"姜合营摘下墨镜说："有。那就是你今天回家，把你的浑蛋行为跟你亲爹说说。如果你亲爹说你是对的，明天你告诉我，你当厂长，我给你开车；如果你亲爹说你是错的，从明天起你就不要到厂里上班了，在家继续装孙子。"

小马听了不再说话，发动汽车，老老实实朝新河工业区驶去。

黄大发失踪两天了，却未见家属前来厂里找人，这足以说明黄大发并未发生意外。黄大发的去向，家属心里肯定一清二楚，只是不说罢了。黄大发这家伙掌握一车间大权多年，说失踪就失踪了。姜合营暗暗猜测他的去向。

小马果然没有让汽车中途抛锚，一路直抵新河工业区一车间新厂房。这厂房很新，却显得毫无生气。不知是谁用白灰在大墙上写了一条歪歪扭扭的标语：这里是一个烂摊子。

姜合营看了看这条标语，断定是黄大发逃亡前写的。他对走过来的一车间工人罗光说："小罗把这条标语擦了吧，影响不好。"

罗光盯了他一眼说："姜合营，听说你又被人家给打了？我们正想去厂里慰问你呢，你倒觍着个大脸来啦。"

他听出罗光嘴里火药味很浓，就不去搭话，朝着厂房里走去。他此行前来，主要是与机电设备安装公司的同志洽谈清洗液生产线安装的问题，顺便打听一下黄大发的下落。望着堆在院子里的设备，姜合营知道它们如果就这样闲置半年，肯定变成一堆废铁。

安技科长洪起顺迎了上来。看着这位安技科长憔悴的脸色，姜合营心里一阵感动。为了确保这次搬迁的安全，安技科的几位干部吃住工地现场。尤其是洪起顺，凡是危险的时刻，总是能够看到他的身影。洪起顺不无感慨地说："已经死了一个朴万植，若是再有个三长两短，我们统统进班房了。"

姜合营向洪起顺打听黄大发的下落。洪起顺却提起朴万植遗体告别仪式之前，他领着黄大发一起去杜家村的事情。那天下午去杜家村是为了通知朴万植的女儿金晓凤参加父亲的遗体告别仪式。下了车黄大发说找厕所，转身进了一个大院子。洪起顺急急忙忙找到金晓凤家，费了许多口舌。从金晓凤家出来洪起顺走到村头找到那个院子，才看清这里正是村里的私营企业。厂院里黄大发跟杜宝成交谈甚欢，正互相交换名片呢。杜宝成就是朴万植的女婿。

姜合营听了这话，心里一惊。洪起顺在中层干部会议上讲了老工人朴万植生前不为金钱所动，爱护工厂保护产品的感人事迹。真是说者无意，听者有心。没想朴万植的事迹却给道貌岸然的黄大发提供了难得的信息。此时姜合营心中断定，黄大发极有可能带着本厂金手牌清洗液的技术，前去投奔杜宝成的私营企业。这一阵子电视里正演《三国演义》，黄大发这家伙还不如蔡瑁和张允呢。

姜合营心里说：妈的，都是坏消息。

走进车间他看见机电安装公司的杨工程师手里拿着一张清单，正与工人们一起核实着装箱运来的设备。

91

杨工程师看见姜厂长来了，重重叹了一口气："姜厂长你要有思想准备哦，眼下情况非常糟糕。我不知道土地转让后你们厂能够得到多少资金，但是金手牌清洗液生产线要想恢复运行，至少需要五十万人民币……"

"什么？"姜合营听了这话心情紧张万分，"杨工您跟我详细说一说，怎么会需要这么多资金呢？我们大中华现在是破船偏遇顶头风啊……"

杨工程师说："姜厂长你不要激动。您的父亲姜纯，我们在干校的时候是同学。您的父亲对工厂非常内行，不但懂得化工，还懂得机械和电气。恕我直言，您就差远了，您对工业生产并不在行。其实您不是个例，如今厂长们对自己企业越来越外行，你们主要任务是应酬社会各界，功夫在诗外喽。"

"杨工，既然您跟我父亲是同学，我也实话实说。我对机械电气的确是外行，但我有个心愿就是让大中华尽快走出困境。您给我讲讲，这条生产线到底出了什么问题？"

姜合营真诚的态度显然感动了杨工程师。他说："我给你打个比方吧。一辆破旧的自行车，你天天骑着它去上班，并不觉得有什么妨碍，就这样骑了下去。如果你有一天将它拆了，那么当你再度组装的时候就发现滚珠剥皮了，链条拉伸了，轴档磨损了，辐条锈蚀了，车座开裂了，总而言之呢，许多零部件都必须更换。俗话说自行车越破，越拆卸不得，就是这个道理。金手牌家用清洗液的生产线，早已是掉光了牙齿的老太太了。一拆一卸，就好比一辆破旧的自行车……不过你不用着急，我听说日本开发商不是征用'一号堡垒'了吗？你从转让土地的资金里抽出五十万进行设备更新，又能得到一条完好的清洗液生产线。"

姜合营知道自己此时已经站在悬崖边上，就怀着一丝侥幸心理问道："莫说五十万，要是我手里连一万也拿不出来，这条生产线又会怎么样呢?"

杨工笑了,这个笑容对姜合营来说充满了残酷的意味。杨工告诉他,如果不更新设备进行大修,这条生产线即使开车投产也很难正常运行,必然遗患无穷。假若放弃大修,将生产线的陈旧设备搁置这里,很快就报废了。

他紧紧握着杨工的手说:"我实话告诉您吧,日本商人变卦了,把咱们撂在半道上,现在我就是上天入地也筹不到资金。看来我祖父开创的金手牌商标,就要毁灭在我手里。"

杨工愣了愣,表情很是苍凉:"中国工厂要想真正成长起来,必须建立现代企业制度啊。"

"我现在不抱怨别人,只怪自己无能……"姜合营说罢与杨工告别,走出车间大门。

"姜厂长,这里有一个记者要采访你,"洪起顺跑过来说,"日报社的……"

姜合营冷冰冰说:"我不接受采访!"

"姜合营同志,你必须接受采访。"一个身材瘦小的记者走上前来,亮出手里的记者证:"我是日报群工部的记者边卫国。关于贵厂朴万植的死亡事故,这几天死者家属连续到报社上访,反映你玩忽职守违章指挥草菅人命把工人的生命当作儿戏……"

姜合营猜出记者的来路,说:"边记者,您没有必要一口气把话都说完,歇一口气再说嘛。您的意思是不是要我引咎辞职?"

记者边卫国愣了愣:"我们不干预企业内部的干部任免问题。我只想告诉你,死者家属连续几天到报社上访,我们本着对企业负责对厂长负责的态度,跟你通一通气……"

姜合营引着记者走到破旧的上海牌轿车近前,笑了笑说:"你是大报记者,又说是来跟我通气的,那么我就把我的推理讲给你听一听。死者家属的上访，是别有用心的。一开始朴万植的女儿就连父亲的遗体告别仪式都不愿参加，丝毫不念父女之情。为什么如此绝情呢？因为朴万植生前拒绝出卖金手牌清洗液的技术资料给他的女婿杜宝成。杜宝成的私人企业早就打算生产一种名叫全手牌清洗液的东西，金手与全手一字之差，蒙混过关侵吞金手牌清洗液的市场，以谋取利润。朴万植死后，有一个人投奔到杜宝成帐下，当然啦这个人是生产金手牌清洗液的行家里手。他为杜宝成效力但有一个先决条件，那就是要求杜宝成夫妇以死者家属的身份四处上访，争取搞垮大中华日用化工厂的现任厂长。事情就是这样。边记者你听明白了吗？"

记者边卫国问："他们为什么要将你搞垮呢？"

姜合营说："你既然这样问，我就觉得你这个记者特纯。你是不是大学毕业刚刚走进社会？他们搞垮我的目的就是为了让我下台让别人上台啊。"

记者边卫国又问道："让谁上台啊？"

这时候姜合营猛然看出记者是在装傻充愣，就顺水推舟说："让你上台呗。"说罢，姜合营拉开车门坐进车里，说了声开车。司机小马回过头来苦笑着说："姜厂长我要是骗你我不是人揍的，这车真的坏啦。"

姜合营也笑了："小马！要是老天爷开眼助咱们一臂之力让大中华走出困境，我买一辆奥迪让你开！"

小马嘿嘿笑了："我能保住这辆破'上海'，就知足啦！"

第 三 章

1

没治聋，却哑了。一条好端端的生产线经过一番折腾，终于趴窝，动弹不得。若想使这条年久失修的生产线动弹起来，办法非常简单：从钱包里掏出五十万人民币。可是大田保子中途撤伙，到哪里去印这五十万元钞票呢？这就叫天有不测风云。其实搬迁决策者阚大智应当预料到这个结局。难道一条生产线是可以随意搬来搬去的吗？这不是儿童游戏。下台厂长唐本旺坐在化学工业总公司总经理沈鸿的办公室里，毫不避讳地将矛头指向有关领导同志。

"这个决策者阚大智同志一贯讲究包办代替，好像旧社会的媒婆。如今事实已经证明当初我抵抗出让土地是正确的，为什么至今不给我平反？我已经给市委写了一封信，要讨一个说法。如果市委在这个问题上态度暧昧，我就给党中央写信。如今已经是市场经济时代了，他凭什么指手画脚把企业当成小媳妇对待？既然阚大智是企业的婆婆，那么我就要求他把大田保子交出来！"

沈鸿听了这话脸上显出几分紧张："关于阚大智同志，我们不能随便就给他下这样或那样的结论。他调到北京担任常务副部长，仍然是我们的领导嘛。我们应当对事不对人。厂里有什么困难摆什么困难，不要动不动就将领导同志牵扯进来，这样于事无补，反而有害。"

唐本旺斗志旺盛地说："那不行！国家财产难道就可以这样随意糟践吗？我现在要求总公司先给我一个说法。"

沈鸿总经理说："你不要激动，先把厂里的情况给我讲一讲，目前究竟是一个什么状况？"

"一塌糊涂。"人高马大的唐本旺并不是一个口若悬河的演讲家，但只要是说起大中华厂的事情，他就如数家珍。

唐本旺向沈鸿总经理勾勒的这幅大中华日用化工厂风景图，的确令人感到灰心丧气。他说，如果将这座企业比喻为一个两条腿走路的人，那么他的右腿是一车间金手牌清洗液系列，左腿是三车间金手牌皮制品油系列，多年来企业依靠这两条腿朝前走去。大田保子事件造成一车间清洗液生产线趴窝，大中华日用化工厂立即成了瘸子。瘸子是不能在激烈的市场竞争中立足的。

沈鸿总经理问："目前亟待解决的问题是……"

唐本旺对答如流，仿佛心里有一个"大中华日用化工厂问题研究所"，唐本旺是这个研究所的所长。

他告诉沈总，目前厂里有两个问题亟待解决。一、领导班子问题。姜合营上台伊始就出现死亡事故，全厂人心浮动，劳动保护监察部门对此非常重视，很有可能追究企业主要领导者的法律责任；家属也不依不饶到处上访，听说已经告到市委市政府啦，姜合营恐怕已经威望扫地，无法行使厂长职责。二、一车间生产线趴窝是由于搬迁造成的，而搬迁又是姜合营上任以来唯一的"业绩"。事实证明搬迁是错误的，姜合营又是这个错误执行者。因此，由谁来率领全厂职工走出困境，就成了头等大事。

沈鸿总经理笑了："老唐啊，你说有两个问题亟待解决，我听你说了半天实际只有一个问题，那就是领导班子问题，简言之就是厂长的问题。好吧，我给你透露一个信息，这几天市政府对大中华厂很关注，打算将它列为企业改革的试点企业，当然也要扶持一下啦。你少安毋躁，估计这几天就会有消息……"

唐本旺听罢又拱了一步卒："企业成了这个烂摊子，我可是等不及啦！"

沈总岔开话题："听说一车间的主任失踪啦？"

唐本旺没有想到沈总突然问到这个问题，就闪烁其词道："正在寻找哪！"

沈鸿总经理办公桌上的红色电话机突然尖声叫了起来。唐本旺知道这是市直机关的保密线路，俗称"红机子"。沈总抄起电话喂了一声，立即变了脸色。

"有多少人？什么……好，我立即采取措施！"

放下电话，沈总起身说道："瞎胡闹！一车间的工人跑到市政府门前，上访去啦！足有六十多人，已经构成群体事件了……"

唐本旺听了，表情极其焦急，其实心中窃喜，这又够姜合营喝一壶了。

沈总打电话叫来秘书温大年，要他立即与大中华厂联系，采取得力措施，配合市政府警卫处，将这件事情化解到最小程度。如果事态已经扩大，只能由市里定性了。

温大年埋头记录着沈总的指示，然后瞥了一眼唐本旺："沈总，这位同志是大中华厂的领导吧？"

沈总拍了拍脑门："忙晕了头！老唐啊你应当立即乘车赶往市政府门前，当场把事态控制住。无论如何也要说服工人们立即返回工厂！"

唐本旺挺身站起说："沈总！我恨不能立即赶到现场，可是我目前不在其位，弄不好将我列为上访分子给抓起来……"

"目前是救火呀！老唐你很快就会重新出来工作的，不要顾虑重重的，马上出发吧。"

听了沈总"你很快就会重新出来工作"这句话，唐本旺心里有了底数。他起身走出沈总办公室，匆匆赶往市政府。

市政府门前的小广场上，秩序井然。唐本旺知道市政府警卫处是不会让上访工人长时间停留的。市政府后院里有两排清静的平房，警卫处长办公室就在那里。厂长当久了成了人精，唐本旺什么都知道，唯一不知道的是自己什么时候死去。

他走进市政府警卫室，告诉小战士接通警卫处长电话。小战士见他熟知这里的门槛，抄起电话就拨通了。

唐本旺对警卫处长说："我是大中华日用化工厂的唐本旺。我接到上级通知就赶来了……"

电话里的警卫处长说："刚刚给你们厂打了电话……你进来吧。"

穿过月亮门，唐本旺走进市政府后院。迎面是几株枣树，拐过去就会看到海棠。这时候一个手里拿着对讲机的黑胖汉子慢条斯理走过来，唐本旺猜测这就是警卫处长。

黑胖汉子果然就是警卫处长，说："你们厂是怎么搞的？这一拨上访的工人足有一个连的兵力。那个名叫刁振华的二话不说就推搡我们警卫人员，丝毫没有法制观念。工人应当以工为主啊，怎么呼啦都跑到社会上来了。你当厂长的睡着啦！"

"他们都在什么地方啦？"唐本旺问道，"没有什么出格的行为吧？"

警卫处长说："刁振华肯定是不能走了，治安拘留。其余的在西厅里坐着，我们副秘书长正苦口婆心呢。"听了这句话，唐本旺心里踏实了。除了刁振华，看来上访的工人们没惹出什么大祸端。

西厅里的地板上满满腾腾坐着大中华日用化工厂一车间的工人。唐本旺瞥了一眼就知道这一拨足有八十人。是哪个家伙拥有这么大的号召力，拉出来这样一支上访的队伍？市政府副秘书长谭良德正在给工人们讲话，谭副秘书长态度和蔼，举止斯文，平凡之中蕴藏着后发制人的力量。

谭副秘书长正讲到企业遇到难题"要找市场，不要找市长"，一个名叫罗光的小个子工人举起手说："唐厂长来啦。"

唐本旺向屋子里的工人们招手致意——但立即察觉到这个动作有工人领袖之嫌，就垂下双臂，定定站在门口。

谭副秘书长走到门口，极其镇定地说道："你是大中华日用化工厂的？"

唐本旺说出自己的名字，谭副秘书长记在本子上，然后将他引到海棠树下，沉下面孔说道："你们是怎么搞的？市政府三令五申，一定要稳定大局，安定团结是压倒一切的因素。你们居然让工人跑到市政府大门口来啦？刚才那个名叫刁振华的工人与警卫处人员扭成一团，一个外国记者抢着拍照，被我们请到贵宾厅喝茶去了……"

"刁振华这名职工回厂之后我们一定加强教育。好在绝大多数工人还没有什么过激的言行。你请指示吧！我立即着手采取弥补措施。"在唐本旺印象之中秘书长这类的角色都是婆婆妈妈，就打断他的絮叨，主动请战。

谭副秘书长有些不悦："目前工人情绪很大。他们说领导屈从上级的压力，将土地转让给日本人又被日本人骗啦。搬迁毁了一条生产线，工人一夜之间都变成待业者，他们要求市政府给一个说法。市政府能给什么说法？最终还是要由企业解决问题嘛。你们厂是不是有一个姜厂长？"

"姜是代理厂长，刚刚上任主持工作，就出现一起死亡事故，弄得全厂人心涣散，士气低落。死者家属不依不饶，目前仍然在四处上访。"唐本旺轻描淡写说着。

谭副秘书长哦了一声："你说的这个死者家属，好像昨天还到市政府哭闹，也要求给一个说法。你们厂的职工怎么都跑到市政府来讨说法呢？你们的工作到处存在薄弱环节呀！你现在马上找一辆大轿子车，将工人们都拉回到厂里去，中途不要停车。至于厂领导班子嘛，你们要做出严肃深刻的思想检查，听候处理！"

唐本旺跑去打电话给公交一场的刘调度，要求半小时之内开来一辆汽车，停在市政府后门。

谭副秘书长对唐本旺的干练很是欣赏，说："你叫什么名字？"

唐本旺将自己的名片递过来说："上面印的职务都已经被撤销了，我现在是义务奉献。"

谭副秘书长说："你们回去等待内部通报批评吧。今天我要留下两个工人，为刁振华打人事件做一做笔录……"

"刁振华只是一个普通的工人，我想还是应当以教育为主……"

公交一场的大轿子车果然在半小时之内开到市政府后门，大中华日用化工厂的上访工人，在警卫处同志的监护之下，鱼贯而行，上车坐定。谭副秘书长在队尾伸手一拦，留下两位。一个是邹忠诚，一个是马兴富。

见同伴们都稳稳当当坐在车上，邹忠诚的表情显出几分张皇。他看了看马兴富，随即又镇定下来。马兴富小声说："不怕！我越是艰险越向前……"

唐本旺走过来拍了拍邹忠诚的肩膀："谈话的时候，一定要积极配合领导，不要阴阳怪气的……"

马兴富说："你才阴阳怪气呢！当厂长的没有一个是好东西。"

邹忠诚扯了扯马兴富的袖口："不要四面出击，要有理有力有节……"

"我们应当把刁振华保出来！大家一起来的，还应当一起回去。"

马兴富朝车上大声喊着，却听不到车上的回应。

唐本旺在警卫室给化学工业总公司打了一个电话，可巧是沈鸿总经理接的。他扼要向沈总汇报了事情的经过，说前来上访的工人都已坐在大轿子车里，马上开回厂里。沈总听到这个结果，非常满意，在电话里连声说好。唐本旺表示厂领导班子对这次工人集体上访一定要做出深刻的思想检查，杜绝此类现象的发生。这样，对市政府也有一个交代。沈总表示完全同意，说这几天一定要到厂里听取专题汇报。满载上访工人的大轿子车缓缓驶离市政府后门。唐本旺坐在车上，这才喘出一口气："总算没闹出什么大乱子啊。"

市政府的后院里，警卫处的一个小伙子手里拿着两份盒饭。谭副秘书长对邹忠诚和马兴富说："先吃饭吧，你俩肯定都饿了。"

马兴富一定是将自己比作林祥谦或者顾正红，就大声说道："我不饿！"

谭副秘书长笑了。

这时候，那辆破旧的上海轿车载着姜合营和邓援朝以及工会主席魏如海，驶到市政府门前。

为时已晚。

2

劳动保护监察处的张副处长昨天撤离大中华厂，说工作暂时告一段落。于是二楼的小会议室腾了出来，公交大轿车开进工厂大门，唐本旺就让工人们都到那里去集中。

二车间和三车间的工人们听说一车间的工人们回来了，都跑出来看热闹。也有声援的，扔过来一瓶瓶自制矿泉水。

唐本旺扔给司机一条"希尔顿"说："你辛苦啦，明天我给刘调度打电话!"

司机接过香烟,压低声音问道:"这伙闹事的工人一个个都得倒霉吧?"

身材高大的唐本旺正色说道:"倒霉?他们根本没有闹事倒什么霉呀?他们相信党,相信政府,结伴到市里去反映问题,这是正常现象嘛。"

司机笑着发动汽车:"您说话跟阿庆嫂一样,滴水不漏。"

大轿车开走了。唐本旺又给食堂打电话,命令立即做出八十份快餐送到二楼小会议室。食堂方面不敢怠慢,立即报上菜谱:鱼香肉丝、大米饭、鸡蛋汤。

很久没有行使权力了,唐本旺感到十分惬意。是啊,他当了六年厂长,完全习惯了这种生活。其实在这座困难重重的企业里当厂长,很不轻松。但唐本旺舍不得那把椅子,遭到免职以来,他几乎无法适应丧失权力的生活。首先他失去了那一笔笔灰色收入,也就是车间主任们每月的"表示"。其实重要的不仅仅是钱,而是自己的存在价值。不在其位,一切皆无。许多昔日点头哈腰的人,迎面走来竟然擦肩而过。唐本旺感到失落,觉得自己成了一个多余的人。

造成目前人生窘境的原因只有一个,那就是因为他被撤销了厂长的职务。厂长的职务就是一副面具,这副面具能改变别人的命运,也能够改变自己的命运。

唐本旺的人生不能没有这个面具。不吃饭,行;不当厂长,不行。他甚至认为自己生来就是当厂长的,这是命。

工人们聚集在二楼小会议室里,挤得满满腾腾。小个子罗光大声说:"唐厂长,别看你被免职了我还是叫你唐厂长。邹忠诚跟马兴富不是给留下了吗?假如有个三长两短的,你能把他俩保出来吗?"

"你胡思乱想!工人到市政府门口去反映企业里存在的问题,有什

102

么三长两短啊？这是正常情况。不过，以后不要这样做了，有什么情况可以逐级反映嘛，用不着这样兴师动众的。大家不要着急，鱼香肉丝、大米饭、鸡蛋汤一会儿就到！"

工人们都是天生的乐观主义者，已经席地而坐，开始甩扑克了。

姜合营赶到市政府的时候，扑空。被谭副秘书长训了一顿——只好当作午餐吃到肚里。小马开着破旧的上海轿车拉着姜厂长和邓书记赶回厂里的时候，工人们刚刚吃罢鱼香肉丝就大米饭，正在喝鸡蛋汤。

走到自己的办公室门前，姜合营看到新添了一副对联，就仔细看了起来。

　　上联是：唐赵二位抵抗女倭丢掉乌纱落一个玉石俱焚
　　下联是：姜代厂长顺从男官搬迁车间弄一场鸡飞蛋打
　　横批是：工人最苦

姜合营心里想，事到如今，我成了汉奸、草包、卖厂求荣的罪人以及姜氏的不肖子孙。唐本旺和赵则久成了八年抗战的民族英雄。

想到这里，他气鼓鼓走向二楼小会议室。

邓援朝从自己办公室里走出来，朝着姜合营的背影哎了一声，大步走上来递给姜合营一张当天的日报，指了指第四版的右下角。

姜合营接过报纸，在第四版的显著位置上看到一则寻人启事：

　　大田保子（中文名李玉梅），日本国民，女，四十八岁，日本先之施有限公司执行董事兼总经理。日前与大中华日用化工厂签署合作意向书，拟租赁一车间（麦格路）土地使用权十五年，兴办"堡垒夜总会娱乐中心"。奉上级指示我厂一车间业已全面停产，拆迁设备，职工下岗。万事俱备，静候大田保子女士光临合作。有知下落者，请电告 36566782 赵则久、唐本旺先生。必有重谢。

原来唐本旺与赵则久对副市长阚大智的独断专行已经到了怒火满腔的地步，他们深知自己的力量难以撼动大山，便向大田保子开火，以宣泄心头之恨。赵则久虽然官复原职，但毕竟仍在姜合营之下，于是他与唐本旺合伙凑了五千块钱，在报社广告部找了一个关系，优惠价格，一共刊登十二次"寻人启事"。目的是以此扩大事态的影响，争取早日讨还公道。

姜合营看罢寻人启事，对邓援朝说："老邓，这个寻人启事若是让阚大智看到了，他一定会发脾气的。你我如今身在其位，如履薄冰啊。"

邓援朝点了点头说："嗯……"

这时候一群工人们拥进楼道，呼啦一声围了上来。

姜合营以为是一车间的工人，细看才知道来了一伙全厂著名的病号。于是姜合营大义凛然对邓援朝说："邓书记，你先到二楼会议室去吧，我随后就到! 让一车间的工人等得久了，也会造成情绪爆发的。"邓援朝上楼去了。姜合营打开办公室的门，说："最长不要超过十分钟，你们也都看到了，我现在是热锅上的蚂蚁。"

老病号们一声不吭，随着他走进办公室。

姜合营坐在办公桌前，心里就笑了。要说天下的事情最没有道理可讲，如今当厂长，你躲债的日子永远不会告一段落。新债旧债三角债，人事债人情债，永远没了休止。眼前这一群老病号，人人手里拿着一沓子医药费单据找厂长报销。你就是生出三头六臂，也够你喝一壶的。

"诸位，有仇的报仇，有冤的报冤，说吧。"

二车间著名病号秦金符咳嗽了一声说："姜厂长，目前你只是一个代理厂长，我们就来找你磨牙，真是不好意思。可是我们也没有胆量到市政府去闹哄。我们没有办法呀！谁让我们的身体不争气呢，治病就得吃药，如今去一趟医院至少一两百块钱。俗话说好死不如赖活着，我们总得吃药看病吧？只想多活几年看到改革开放的大好成果……"

三车间著名病号王寿明说："我是在计划经济时期得的风湿性肺心病，公费医疗使我活了下来。如今市场经济了，我呢连续五年看病吃药自己花钱。家里被我这个老病号拖累得一贫如洗。"

五车间的郭福成是胃癌患者，他说自己目前的任务是天天去做化疗，"像我这样的活一天算一天的人，厂里必须给我报销医药费！哪怕先给报销百分之十，也能缓解我们家里的经济压力，算是人道主义援助吧。"

这十几位老病号你一言我一语，站在姜合营的办公桌前诉说起来。

四车间的缝纫男工张义说："其实咱厂的一车间挺好的，可是偏偏来了一个日本女士要买咱们的地皮！买就买吧，一下子又流了产，真是麻子不叫麻子，坑人！我早就说日本鬼子最不是东西！从甲午海战开始他们就没停止欺负咱们。"

姜合营觉得眉清目秀的张义说出话来与众不同，就说："最近，厂领导班子针对一车间的不幸遭遇，已经开会专门研究出路问题，我看很快就会拿出一个办法的。同样，医药费的困难也是暂时的。我平时呢有个头疼脑热的，也是舍不得看病吃药，就这么硬扛着。"

二车间的老病号秦金符："你头疼脑热扛一扛就过去了，我这肺气肿能扛吗？一口气上不来就要蹬腿咽气！姜厂长你真是站着说话不腰疼啊。"

姜合营说："是啊，我什么时候要是患上肺气肿，咱俩就同等待遇啦。"

张义苦苦哀求说："姜厂长你跟财务科说一声儿，每人先给他们报上二百块钱。虽然解不了穷，也解一解急。你看行不行啊?"

"一人二百，十人就是两千，一百人就是两万啊。咱厂要是富余那么多钱，三车间不早就能够买来原料开工生产了吗？咱厂没钱呀！最能赚钱的一车间的生产线又趴了窝。我当上这个代理厂长时间不长，大家容我一段时间。再有三五个月，我估计形势就能好转！"

说着姜合营站起身："今天就谈到这里，咱们明天接着谈，行吗？"

电话铃终于响了。抄起听筒，姜合营听到的是总机电话员纪格格的声音：

"姜厂长，唐厂长催您马上到二楼小会议室去……"

姜合营说："电话催我去开会啦……"

"姜厂长你是不是成心躲着我们？"秦金符问。

"我躲得过初一，躲得过十五吗？"他拍了拍秦师傅的肩膀，众人也就随着站起来，往办公室外边走。

站在楼道里秦金符又说："我们这一代人论年岁吧，不老不小的，活得真没意思！"

姜合营听了这话，默然，转身朝二楼会议室走去。

还没走进会议室，就听到唐本旺的声音，慷慨激越大声讲着："是啊，当务之急就是为一车间一百六十八名下岗工人找到一条出路。你们没事可干，吃什么喝什么呀？我虽然是冤案下台，但是我要竭尽全力为你们呼吁！争取尽快找到一个切实可行的办法，把眼前这一道难关闯过去！"

姜合营推门走进小会议室。唐本旺看了他一眼，继续说："咱们毕竟还是社会主义企业，不可能让工人阶级没有饭吃！"

小个子罗光站起来说："姜厂长来啦……"

姜合营看到，邓援朝和赵则久坐在东边，工会主席魏如海坐在西边。唐本旺站在中央，显然已经成为中心人物。

大个子何彭森立即说："老厂长、新厂长都在这里，你们今天必须给我们一个答复！我们一车间一百六十八名职工，本来情况挺好，车间生产秩序和经济效益也都说得过去，你们偏偏要跟那个日本娘儿们合作什么地皮项目。俗话说不见棺材不掉泪，不见兔子不撒鹰。你们呢？硬逼着我们停止生产，拆迁设备，腾空厂房，真跟当年鬼子进村一样。可事到如今，那个日本娘儿们倒没了踪影。这她妈的叫什么事情啊！"

小个子工人罗光挥着拳头接着说："起先，我们只知道搬迁，并不知道内幕。现在搬迁完成了，我们才明白，敢情好端端一条生产流水线就这样毁啦！要想恢复这条生产线，没有百八十万是不成的。我们这一百六十八名工人怎么办呢？喝西北风啊。所以，我们才动身到市政府去上访。我们要问一问李立刚市长，怎么越改革越开放，我们却越没有活儿干呢？到底是谁负这个责任？那个日本娘儿们到底是谁给引来的？"

姜合营朝大家摆了摆手说："大家不要闹哄。这里面存在一个重大失误，就是我们轻信了对方，让那个大田保子跟我们开了一个国际玩笑。当然这里还有复杂的原因。对已经过去的事情，大家不要纠缠啦。"

一个女工喊道："不要纠缠啦？那朴万植就白白死啦！你当厂长的要对死人负责……"

唐本旺大声说："大家静一静，听姜厂长有什么办法解决大家的待业问题！"

"关于一车间工人的出路问题，我们正在积极研究。大家放心吧，实在没有办法咱们还可以向上级申请享受失业救济金……"

一个老工人站起来说："失业救济金根本就打不了一壶醋！"

"我们要工作！我们不吃救济！"

"除了失业救济金，你就没有别的办法啦？"

"你们这几个当厂长的怎么没有待业的时候呢？当工人最倒霉！"

邓援朝呼地站起身来，张了张嘴却硬是说不出话来。看来离开说唱节奏，这位党委副书记真的很难表达自己的观点。

小个子罗光又蹿起来说："眼下我们虽然没有活儿干，但是大家天天都到厂里来上班。唯独车间主任黄大发，无影无踪！咱也不知道他跑到哪个窑子里当茶壶去啦。"

人们哄堂大笑。

何彭森走到姜合营近前，指着代理厂长的鼻子说："唐厂长和赵厂长怎么都能顶住上头的压力，不同意出让厂房的地皮呢？你要也能像他们那样顶住，我们一车间的一百六十八名工人也不至于没了饭碗。姜合营你要是有脸有皮，应当立即自动下台！不要靦着大脸站在这儿冒充大尾巴鹰！"

"说得好！"小会议室里响起一阵掌声。

唐本旺拦住工人们的掌声说："今天不是讨论谁当厂长的问题，今天要讨论的是一车间全体职工吃饭的问题。大家不要东一榔头，西一棒槌的，瞎嚷嚷！"

这位前任厂长心里非常清楚，一车间一百六十八名职工重新上岗的问题，除了神仙下凡，谁也解决不了。因此必须将姜合营牢牢钉在这根柱子上，让他不得逃脱。

小会议室的地板发出吱吱的声响。姜合营急中生智，大声说道："这里是百年危楼，承受不了这么多人，请大家赶紧疏散到楼下去吧！"

工人们听了这话，一愣。这时候，一个洪亮的声音在小会议室门外响起："是啊，大家疏散到院子里去，我有话跟大家讲一讲！"

听到这京戏大花脸的嗓音，姜合营就知道是角儿来了。这时何彭森站在椅子上大声问道："你是谁啊？"

"我是谁？我是神州化工厂的厂长诸葛光荣！你们厂中心实验室的主任诸葛云裳是我女儿。大伙都认识我了吧？"

人群听了这话流动起来，朝楼下厂院里拥去。

姜合营心里想："这是半路杀出一个程咬金呢还是有意安排的角色

108

出场啦?"

多云间阴的天气。工人们拥出会议室就在厂院里形成一个圆圈儿,定定注视着诸葛光荣。这是一个身材高大、脸膛黢黑的老人。嗓音洪亮,颇有几分《锁五龙》里单雄信转世的味道。他站在人群围成的圆圈儿中央,大大咧咧招了招手:"唐厂长、赵厂长,你们俩都过来啊!"

唐本旺走进圈儿里:"老诸葛,你这是要唱哪一出啊?"

赵则久也乐乐呵呵走了过来。

姜合营混在工人群里,注视着诸葛光荣。天下的事情无巧不成书。这位诸葛光荣,也是一位京戏票友,唱黑头,学裘。姜合营望着身材高大、面孔黢黑的老汉,心里不由笑了。诸葛光荣与诸葛云裳,站在一起绝对不像父女。诸葛云裳身材窈窕,皮肤白皙,一双丹凤眼看着很是文静。军人出身的诸葛光荣,身上永远保持着尚武的风格。

诸葛光荣左手拉住唐本旺,右手拉住赵则久,哈哈大笑。唐本旺说:"你这是要唱《十老安刘》啊?"

诸葛光荣满面红光,显然对唐本旺打的这个比方非常满意:"今天我不唱《十老安刘》。今天我要唱'一老安厂'!"

何彭森站在人群里喊道:"'一老安厂'!这一老是谁?安什么厂啊?"

诸葛光荣愈发得意了:"问得好!'十老安刘'的故事你们都清楚。刘邦之后诸吕动乱,十位元老同心携手稳固刘氏天下。今天呢,大中华日用化工厂遇到了困难,我呢无论是出于阶级感情还是出于联营单位,都应当站出来帮一把。一车间不是有一百六十八名工人没了饭碗吗?我们神州化工厂是一个集体企业,小厂,可毕竟是我说了算。来!拨出八十名工人,到我厂里去上班!工资奖金照发不误。"

这真是让人意想不到。姜合营看着神州化工厂厂长诸葛光荣,感到一阵模糊。如今已经是二十世纪九十年代了,可是面前出现的这一幕分明是计划经济时代的活剧。那时候全国工业一盘棋，企业与企业之间的关系是"调拨"。河北的任务不足，一个指令就从江西调拨半年的生产计划。东三省的产品，也是无偿划拨给云南贵州。那是一个令人感到天下即将大同的时代，令人激动，也令人觉得僵化。如今市场经济，没有永远的朋友，也没有永远的敌人，有的只是永远的利益。诸葛光荣真是个人物，居然超越时代局限，祭出"一大二公"的法宝，无私吸纳八十名下岗职工。姜合营对诸葛光荣并不了解，却被老汉的义举深深打动了。

唐本旺似乎也对此举颇感意外，紧紧拉住诸葛光荣的双手，连声致谢。

赵则久大声喊道："姜厂长！邓书记！你俩是现任的一党一政，赶快过来谢一谢老诸葛啊！"

姜合营与邓援朝这才大步跑了上去，与诸葛光荣紧紧握手。

厂办秘书许文章举起照相机，前前后后忙着拍照。一时间，诸葛光荣成了一车间下岗待业工人的大救星。

姜合营笑着对诸葛光荣说："我担任代理厂长时间不长，跟您不太熟悉……"

诸葛光荣哈哈大笑："普天之下，工人阶级是一家。无论换了谁当厂长，咱们两个厂子永远是兄弟……"

已经多年没有听到这种计划经济时代的豪言壮语了。一车间的工人们自从停产搬迁，就泡在苦水里没见过喜字，面对从天而降的好事，思想准备不足，只是怔怔站着，默默看着这个场面。

唐本旺与诸葛光荣显然是老交情了："诸葛厂长关键时刻伸出援助之手，一车间的职工有信心闯过这个难关！"一车间的工人们这才如梦方醒，纷纷鼓起掌来。

诸葛光荣笑得没了眼睛："我是瞎唱，挂什么头牌啊！不过我已经

110

十年没勾脸儿彩唱了。咱们也真得过一过瘾啦！"

人群里，一向乐观的小个子罗光说："诸葛厂长豪情万丈，令人敬佩。虽然招去八十名工人，治标不治本啊。"

"只要是疖子，早晚就得出脓。我觉得诸葛光荣是一个好人，虽然这个好人已经落伍啦。"何彭森说得很动感情。

这时候，几个工人不知从什么地方找来了白酒，打开瓶子就喝。

"咱们又有了工作啦！"

"有工作就有饭吃！有饭吃就能养活老婆孩子！"

一群工人们又蹦又跳，滚在一起摔跤，仿佛是在庆祝抗战胜利。

诸葛光荣一声大吼："工作时间，厂里不许喝酒！"

一贯散漫的一车间工人，被这位外来的神仙给镇住了。

姜合营心里思忖："天上掉下一个诸葛光荣，这到底是怎么一回事儿呢？"

3

身穿工作服的两个小伙子，一胖一瘦，瘦的在前，胖的在后，横穿马路走向时代广场，远处就是那幢十八层大厦。走在前面的邹忠诚回过头问走在后面的马兴富："咱们到哪儿去啊？"

马兴富说："坐在边道牙子上歇一会儿吧。咱们时间富余。"

下岗待业的工人，时间当然富余。

于是，两人静静坐在边道牙子上，远远望着时代广场上那幢据说是由丹麦建筑设计师劳德鲁比设计的六角形十八层大厦。据说劳德鲁比因此获得国家建筑设计大奖。邹忠诚遥遥望着劳德鲁比的六角形建筑作品，觉得它很像一枚巨大无比的螺母，于是他就猜测那位著名建筑设计师曾经是工厂的钳工。

邹忠诚和马兴富身上穿的都是工作服，但洗得非常干净——似乎是想表现一种热爱清洁的精神。邹忠诚翻腕看了看手表，下午两点整。他对马兴富说："是啊，咱们时间富余。"上访的大队人马都乘坐大轿子车走了，只留下邹忠诚和马兴富做笔录。谭副秘书长忙别的事情去了，负责笔录的是一位戴眼镜的中年女干部。邹忠诚坚决反对"刁振华殴打警卫人员"这个说法，他说是警卫人员首先使劲推搡刁振华，刁振华忍无可忍才给予回击的。

中年女干部沉着面孔说道："记住，做伪证是要承担法律责任的。"

邹忠诚说："你也给我记住，往一个工人身上栽赃，也是腐败行为。"马兴富在笔录的时候，态度更是强硬。他要求市政府立即释放刁振华，否则一切后果由市政府承担。

他们两人都在记录纸上按了鲜红的手印，然后走出市政府的后院，漫无目的地来到大街上。

马兴富为刁振华的处境担忧。邹忠诚认为大可不必忧心忡忡，刁振华最多只能治安拘留十五天，掉十几斤肉。

邹忠诚其实是一个精明强干的小伙子，不知为什么，身穿工作服他就显出几分憨态——使人想起老土。同时这也恰恰说明工作服的魔力，工作服使精明变得憨实，令飘逸显得沉重，将休闲与繁忙嫁接，将一个大活人抽象成为一个符号。这一切都是其他服装所不能比拟的。

就这样，两个"符号"横穿马路。一辆大巴驶来，又一辆大巴驶去。这两个"符号"躲来闪去的，几经周折终于走到马路对面，站在邮筒旁边。

一个身穿绿色工作服的邮局小伙子，哼唱着新近上市的流行歌曲，掏出钥匙打开邮筒，取出一沓沓信件，装入一只帆布包里，飞一样骑走了。看来这个世界上凡是身穿工作服的人，大多都在忙于工作。只有这两个身穿工作服而又无处工作的工人，来到市政府上访。什么叫作上访呢？邹忠诚在心里问着自己。上访就是向管理这座城市的高级官员申诉企业所面临的困境。

拐向森林路，马兴富突然叫了一声："胡丽英！"

邹忠诚循声望去，一个浓妆艳抹的女子身穿一件紧紧绷在身上的棕色皮衣，手里夹着一支女士雪茄，站在一家歌舞厅门前。她听到马兴富的喊声，居然灿烂地笑了。

这就是一车间的统计员胡丽英，从前身穿蓝色工作服头戴蓝色工作帽，腋下夹着一沓子表格，天天走工段串班组，忙着统计各项指标。如今的胡丽英怎么变成这个样子？邹忠诚无论如何想不到胡丽英量变之后产生这样一个质的飞跃。

马兴富小声说道："坏啦！她已经成了坐台小姐啦。"

没有人知道邹忠诚早在心里偷偷爱着胡丽英。他情不自禁走上前去："小胡，这一程子你的情况还好吧？"

胡丽英是个中专毕业生，说起话来略有文化："邹忠诚，这一程子我混得还可以。商品经济呗！您一向都好吧？"说着，她递来一支乐福门。邹忠诚木木地接在手里，不知说什么才好。

胡丽英又将香烟递给马兴富。马兴富也接了，拿在手里看着。

邹忠诚突然问道："小胡，要是咱厂形势好转了，你还回厂上班吗？"

胡丽英吸着香烟说："我走到这一步，怕是开弓没有回头箭啦。你知道我现在一个人的花销，每天至少也得二百块钱。咱厂每月能给我开六千块钱工资？肯定不能。你说我还能回厂上班吗？这辈子恐怕也不可能啦。"

马兴富说："小胡，话可不能这么说。这人活着总有老的时候啊。老了，你怎么办呢？"

胡丽英咯咯笑了起来："老？活一天算一天。马兴富您真是杞人忧天了，说不定哪一天地球就爆炸啦！兴许咱们都没有晚年啦！"

听了胡丽英的话，邹忠诚受到很大震动。

一个油头粉面的小伙子从歌舞厅里走出来朝胡丽英小声说："蒋老板正等着您哪！您怎么关键时刻总是掉链子呢？"

胡丽英朝着昔日工厂的两位同事挥了挥手，笑吟吟走进了歌舞厅。

邹与马站在歌舞厅门口，愣了一会儿，就转身离开这里朝前走去。前面是一个街心花园，马兴富将胡丽英给的坤式雪茄扔到路边的垃圾箱里："哼，这烟卷是用卖肉的钱买来的，老子不抽！"

邹忠诚说："老马你不要激动。中国古代不是也有妓女吗？杜十娘就是好人……"

虽然嘴里这样说，但邹忠诚内心受到很大刺激。猛然见到自己心仪的女子成了坐台小姐，严酷的现实使他对生活的认识急剧加深。他将胡丽英给的女式雪茄叼在嘴上，掏出打火机点燃，狠狠吸了两口。

一辆红色轿车嘎的一声停在他们面前。一个戴墨镜的男子摇下车窗玻璃探出身来大声问道："到我们公司当清扫工，愿意不愿意去啊？"

马兴富环视着左右，还以为这个男子是在跟别人说话。邹忠诚毕竟反应机敏，立即问道："什么公司？"

车里的中年男子笑了："你们出来不就是打工嘛，什么公司跟你们又有什么关系呢？"

马兴富扯了扯邹忠诚的袖口，对车里的中年男子说："我们是到市政府上访的下岗工人，不打工。"

车里的中年男子非常惊讶："如今这种年月处处都有活路，怎么还有到市政府上访的下岗工人呢？下岗待业？这正是你们破釜沉舟然后走向社会发财致富的契机呀！"

邹忠诚正色说道："照你这么一说，一个工人只要下岗待业，背水一战拼死一搏就能成为大款？要这样中国得有多少亿万富翁啊！"

"我的意思是说，人啊只有到了谷底，才能彻底解放思想，拼死一搏。就说你们俩这样的，干什么不行？凭脑子吃饭，凭胆子吃饭，凭膀子吃饭，凭嗓子吃饭，干什么不行啊！非得厚着脸皮到市政府上访？当初我也是一个工人，工厂关门了，我蹬板儿车，当家庭教师，赴南非出劳务，在开普敦纸箱厂当工人，后来又到新加坡当船员。五行八作，除了犯罪我什么都干过。"

马兴富看着这辆叫不上牌子的红色轿车说："您现在是大款啦？"

车里递出一张名片："回到中国我才明白，人生的道路风云变幻，今天你是款爷，明天兴许就是负债累累的孙子！无论如何你必须坚定不移走下去。如果你们愿意到我公司做清洁工，这上面有地址。"

说罢，红色轿车疾驶而去，眨眼之间，消逝在大街的尽头。邹忠诚读着名片："金铁龙，澳大利亚 WM 有限公司中国市场高级专员……"

马兴富说："哦，袋鼠国家。"

邹忠诚说："不，是骑在羊背上的国家。"

之后，两人不再说话，坐在街心花园的边道牙子上。街上车流滚滚，人人都忙着奔向天堂。远处的教堂钟楼上，传来深沉的钟声。多云天气里的钟声，别有况味。太阳偶尔透过云层，投来一片匆匆的阳光。多云天气下的城市，面孔渐渐暧昧起来。

邹忠诚叹了一口气。

马兴富说："邹忠诚你的心思我明白。即使下岗待业，你的活路也比我们多。今天你是为了大伙的利益，才跟我们一起到市政府上访的。"

邹忠诚说："你不要把我说成雷锋一样，我可没有那么高的境界……"

马兴富说："前年政府为了发展出租汽车，鼓励个人贷款买车，银行还有优惠政策。我呢犹豫了，一下子就错过了机会。如今我媳妇一想起这件事情就骂我是饭桶。"

邹忠诚说："这就叫机不可失，时不再来。跟你一样，我也是前年京剧节的时候来了一位香港票友，大公司的董事长，杨派老生。他呢喜欢我的弦儿，为了吊嗓子方便，非要我到香港他的公司工作。说是白领，还说不出三年保准让我得到工作签证。我呢，一犹豫，没去。后悔也来不及啦！"

马兴富说："你凭着拉胡琴的本事，到了港台也算是弘扬民族传统文化。我呢是回族，要去也只能去阿拉伯。可是海湾啊中东啊总是不能和平，我呢也就没处可去，还是扎根神州大地吧。"

两人一问一答聊了起来，渐渐有了几分活力。马兴富为人仗义，总担心刁振华有个三长两短。邹忠诚劝他不要担忧，人民政府是不会无故扣压人民的。

这时候，一个身穿米色风衣的男子走过街心花园，站在边道上似乎是在寻找出租汽车。

邹忠诚扯来嗓子大声喊道："黄——大——发！"

那人猛然回头，果然就是那个失踪多日的车间主任黄大发。邹忠诚和马兴富一起大步走上前去。

黄大发看到他俩，先是露出几分吃惊的神色，随即镇定下来，大声问道："你们俩怎么跑到这里来啦？"邹忠诚定定注视着黄大发——身上的米色风衣是名牌，手里拎的密码箱也是名牌。脚上的皮鞋虽然看不出牌子，但也不是一般货色。尤其是他的头型，多年来都是一团乱草，今日却理成"板寸"，看着煞是精神。这黄大发，已经是另外一个人了。马兴富问道："黄主任这些天你跑到哪里去啦？我们都以为你叛国投敌啦！"说者无意，听者有心。黄大发脸色一暗："人往高处走，水往低处流。只要能够发挥自己的一技之长，到哪里不是工作啊？叛国投敌就叛国投敌呗！"

邹忠诚笑了笑："老黄你不要紧张，我们不是出来逮你的。我们是到市政府上访来啦。"

黄大发笑了笑，主动换了一个话题："这些天我终于想明白啦！改革开放对我们来说，就是重新站队。原先你是穷人吧？如今你可以重新给自己定位，选择一条由穷人变为富人的道路。譬如说你可倾尽全家积蓄，去买股票。一夜之间就可能暴富，变为上等人。这不就是重新站队吗？怕就怕你站在原来的队伍里不动弹，只能等待死亡。我呢，就是重新站队啦，将自己定位在高级白领这个档次上，这很好嘛。你们怎么还有精力跑来上访呢？"

邹忠诚说："你这个车间主任是不是拿着清洗液的技术，投奔乡镇企业啦？"

马兴富说："其实你投奔乡镇企业也没什么不对，可是你应当跟大伙打个招呼吧？朴万植刚死，车间里人心大乱，这种节骨眼儿你趁机跑了，显得偷偷摸摸的，缺少几分风度。"

邹忠诚说："行啦！知道了你黄大发的下落，也就放心了。我们今天回到车间跟大伙说一说你的情况，大伙也就不念叨你了。哎你到底跑到哪个乡镇企业里去当高参啦？"

黄大发支支吾吾说："暂时保密……"

马兴富颇为鄙视说道："瞧你吓得那个样子！没人想争你的饭碗！"

"咱们毕竟同事一场，等我说话算数了，就邀你们去那里挣大钱，"黄大发说着拎了拎手里的密码箱，"我现在是技术总监……"

一辆红色出租车停了下来，黄大发匆匆钻进去，一溜烟走了。

马兴富说："咱们有体力有技术，干吗非得在一棵树上吊死。你说是吧？"

"是啊，想上吊也用不着非得找一片森林。"

两个人又默默坐了一会儿。马兴富说："咱们厂算是完蛋啦。愿意等待工厂崛起的，就耐心等待；不愿意等待的，就走向社会，去重新站队。"

邹忠诚点了点头："走上社会觅食，尽量不要做触犯法律的事情。"

马兴富摇了摇头说："我总想去营救刁振华……"

街心花园，两人挥了挥手，各奔西东。

邹忠诚拿出金铁龙的名片，重新阅读一番，然后他招手拦了一辆"面的"，拉开车门他指着名片上的地址大声问司机："梧桐南路六百七十五号！去不去？"

坐在车里，邹忠诚望着车外的街景。这时候他切实感到世界很大：太阳在山那边，山又在太阳那边，太阳与山，互为表里，山与太阳，相映成趣。世界因此永无极根。

梧桐南路与麦格路一样，是一条林荫路。马路两侧的法国梧桐，都是当年殖民主义者栽下的，今人在不忘国耻的同时，尽得绿荫。

行驶在梧桐南路上，"面的"司机不停咂着嘴，表示无奈，看来他遇到了难处。驶过大街上的一座座大门，墙上往往写着两个门牌，让人无所适从。司机终于见到梧桐南路六百七十五号的门牌，而门上却用白色油漆写着二百三十七号。

"面的"司机摇了摇头："一个地址两个门牌，到底听谁的呢？"

邹忠诚看见门前挂着 WM 的标志，就笑着说："这就是市场经济与计划经济的双轨制。一匹马两个脑袋，一个人两个名字，一件事两个说法。结果呢，弄得大家谁也找不着真正的大门。"

"面的"司机认为邹忠诚的比喻非常生动，就哈哈大笑："说得好！我看出来啦，你是出来挣钱的下岗工人。厂子黄了吧？我也是下岗工人。我收你半价，只给五块钱就行！"

一席话说得邹忠诚很是感动。社会主义处处有亲人啊。

邹忠诚手持名片走进挂着 WM 铜牌的院子，面前是一幢意大利风格的小洋楼。

一位中年女子正在庭院里给一株冬青剪枝。邹忠诚打了一个招呼，说找金铁龙。

中年女子说金铁龙出去了，又问他找金铁龙有什么事情。

"我是来给你们公司做清洁工的。"

中年女子似乎是WM公司的内务总管。她将邹忠诚引到一间会客室里，说金铁龙马上就来。她问："你还会做别的工作吗？譬如说园艺。"

邹忠诚说只要认真学习，很快就能学会的。

他注视着脚下光可鉴人的地板，又看了看屋角的意大利式壁炉，随手从沙发上拿起一本外国小说，翻了翻。他看到这是一个名叫马克·吐温的人写的《汤姆·索亚历险记》。他随手翻到一处，看了起来。此时，汤姆·索亚正在波莉姨妈家里，粉刷着那道三十码长、九英尺高的木板围墙。

很快他就读得入迷了。当读到汤姆·索亚用这份刷墙的苦差事换来一只大苹果的时候，邹忠诚嘿嘿笑了。汤姆这小子真是一个鬼精灵。

金铁龙穿着一套高贵的西装悄无声响走进来，看到坐在沙发上的邹忠诚他显得惊讶："你怎么跑到这里来啦？"

邹忠诚搁下《汤姆·索亚历险记》说："我来做清洁工啊。"

身穿西装的金铁龙显得一表人才，笑了笑问道："怎么，你不想从事'工人运动'啦？"

邹忠诚正色道："我们厂已经到了崩溃的边缘，工人们走投无路才到市政府去呼吁的……"

"你在哪个工厂上班？"

邹忠诚说出自己工厂的名字。

"大中华日用化工厂，是不是金手商标的那个厂子？"金铁龙微微一愣，然后目光定定注视着邹忠诚，"我向你打听一个人，姜合营？"

"姜合营现在是代理厂长。"金铁龙仿佛是战场上的工兵正在探测地雷，"姜合营的妻子，是不是名叫莫小娅？"

"对。莫小娅现在滨海新区管理委员会里当秘书……"鉴于多年拉弦伴奏的经验，邹忠诚蓦然产生一个直觉：金铁龙似乎与姜合营有着一段昔日的纠葛。

金铁龙在屋里踱来踱去："你跟姜合营的关系比较密切吧？"

邹忠诚说："他是票友，工老旦，我多年为他操琴伴奏。"

"您已经很多年没有见到莫小娅了吧？"邹忠诚突然问道。

金铁龙显然为往事所缠绕："是啊，已经很多年啦……"

邹忠诚认为自己应当告辞了，站起身离开沙发说："要是您这里不需要清洁工，我就走啦。"金铁龙陷入沉思，显得神情恍惚。"姜合营啊姜合营，从小学到高中，你处处总是比我强，就连去郊外逮蛐蛐，你捕的也比我的个儿大。这太不公平啦。今天你当了这么一个困难企业的厂长，我总算有机会胜你一筹了。我有资金，可以给你贷款；我有项目，可以跟你合资；我有市场，可以帮你开拓海外渠道。嘿嘿，如今我处处都比你强啦……"

邹忠诚见金铁龙陷入遐想，就走出会客室。

金铁龙追出来问邹忠诚："你知道滨海新区管委会的电话号码吗？"

邹忠诚说："您知道九河大厦吗？那里悬挂着滨海新区的招商广告，每天晚上你都能在霓虹灯上看到管理委员会的电话号码。"

金铁龙连声说着谢谢。

邹忠诚走出WM公司的院子，身后传来金铁龙的声音："你从明天开始，就可以来我们这里上班了……"邹忠诚回头朝金铁龙笑了笑。

大街上遇到一家新华书店，邹忠诚心里想："这个世界是先有的蛋呢还是先有的鸡呢？"这样想着，他走进书店问营业员："小姐，有《汤姆·索亚历险记》这本书吗？"

当天晚上六点半钟，身穿西装的金铁龙赶到九河大厦，抬头凝视着楼顶五光十色的霓虹灯。这时候邹忠诚突然出现在他的面前："金铁龙先生，您好。"

金铁龙疑惑地看着身穿崭新西装的邹忠诚，感到非常意外。

邹忠诚指着空中的霓虹灯说："这里没有您要找的电话号码吧？真抱歉。我专门赶来告诉您莫小娅同志的电话号码：8711122。"

金铁龙也不避讳，连忙掏出卡片记在上面。邹忠诚看着他这个样子，笑了笑转身就走。

金铁龙追了几步："请你留步……"

"我的名字叫邹忠诚。"

"哦，邹先生。我很想听你说一说姜合营的情况，我与他十年没见面了。"

邹忠诚说："除了姜合营，你好像还想知道莫小娅的情况。"

金铁龙点了点头："如果你不介意，咱们到美食城坐一坐吧。"

邹忠诚说："我是一个普通蓝领，从来没去过那种高级场所。"

金铁龙说："今天就算是开端吧。"

走进美食城的大门，邹忠诚意识到自己已经进入一个全新的故事。凭窗望去，灯光如河。大都市的夜生活开始了。

4

诸葛光荣的出现，使中华日用化工厂沉浸在一派突如其来的喜悦之中。起初人们并不相信，市场经济时代竟然拥来一阵共产主义之风。这时候厂办秘书许文章发现，临近工厂院墙的一株大槐树上搭了一只喜鹊窝。于是人们奔走相告，说峰回路转，合该大中华日用化工厂交上几年好运了。尤其是一车间的工人们，满脸春风回家去，祈祷自己成为诸葛光荣那八十名工人之中的一员。就这样，生活之中又有了期待。

唐本旺与诸葛光荣打了多年交道，彼此最为熟悉。熟悉归熟悉，唐本旺万万没有想到诸葛光荣能够在关键时刻挺身而出，一张口就能消化八十名下岗职工。唐本旺激动起来，想起当年"七四七大会战"。那时候全国工业一盘棋，一厂有难，八方支援，根本不谈"金钱"二字。怀旧所引发的激动心情，使唐本旺再度进入厂长角色，重新开始发号施令。他对厂办秘书许文章说："不能让老诸葛空着肚子回厂，你赶快给新光酒楼打一电话，咱们订一桌！"

许文章当然知道目前厂里的经济状况，就眨眨眼睛看着姜合营。姜合营笑了笑说："我与诸葛厂长以前没有更多的接触。今天咱们坐一坐吧，也算是合作的开端吧。新光酒楼档次太低，小许你给南洋饭店打电话，预订一桌。"

许文章深知吃饭是要花钱的。他跑到财务科，找代理科长宁淑欣要支票。宁科长说目前正在大煞公款吃喝的歪风，还是用现金结账为好。打开保险柜，只有四百元现金。南洋饭店一桌酒席至少两千元。

宁淑欣说："小许你先掏自己的腰包垫付吧，明天我去银行领来现金就给你报销。我听说诸葛厂长能给一车间的八十名下岗职工找到工作？"

许文章说："这八十名工人都安排在诸葛厂长的神州化工厂。"

宁淑欣脸上现出老处女少有的微笑："诸葛厂长真了不起啊。看来还是老同志关键时刻能够挺身而出。如今的年轻人恐怕很难做到……"

如今人人都在怀旧——怀念逝去的时光成了人们共同的话题。只有初生的婴儿无旧可怀。每个人的衣兜里都装着自己一份沉甸甸的历史，与现实共勉。许文章给南洋饭店打了电话，就跑到车库将那辆上海牌老爷车调到办公楼前等候。司机小马憋了一肚子牢骚，正不知道找谁发泄。见了许文章，小马就说自己结婚多年至今还住在岳父家里，天天看人家脸色，活得实在窝囊。

许文章说："小马你好歹还有个媳妇，我连老婆都还找不着呢。我们只能高唱《国际歌》为自己壮胆，等待光明的到来。"

二楼小会议室里，唐本旺、赵则久以及邓援朝，陪着诸葛光荣聊天儿，说的都是过去的事情。姜合营无旧可怀，因此就插不上嘴。他为自己的处境感到尴尬。这时刘亮湖推开小会议室的门，伸头探脑好像是要找人。

姜合营迎上去问他找谁。刘亮湖笑了笑："找您。"听了这话姜合营非常高兴，朝诸葛光荣打了个招呼，就领着刘亮湖来到自己的办公室。

停薪留职的一车间工程师刘亮湖是一个沉默寡言的男子。他之所以停薪留职离开工厂是因为车间主任黄大发的排挤。黄大发是一个码头搬运工的儿子，自幼身上沾染许多江湖习气。他所统治的一车间，派性风气极其严重。刘亮湖没派，黄大发就故意打击他，刘亮湖只得离开车间。多少年来刘亮湖都认为中国工业就是一座座坚不可摧的堡垒群，工厂呢就是一座堡垒，堡垒坚若磐石。不知从什么时候开始，生活猛然变成一派汪洋，这时他蓦然感到，堡垒正在汪洋里漂浮。

堡垒漂浮。刘亮湖认为这是一种前所未有的感觉，进而他认为这是一种人生状态。人过中年，工厂面临困境，他毅然走上社会谋生，在公路管理处领了一份工作，给麦格路边的栅栏刷漆。这件工作在如今的大都市里就连外省来的民工也不愿做，刘亮湖却任劳任怨做了十天。十天就足够了。刘亮湖喜欢麦格路，找到这份在麦格路上给栅栏刷漆的工作，他很高兴。他只想将自己镶嵌在麦格路的风景里。这是一种十分古典的心情。他正是怀着这种古典心情，遇到那个白种女孩儿玛丽，并且给她讲了《汤姆·索亚历险记》里的一个故事。

其实这是刘亮湖少年时代读到的一部马克·吐温的长篇小说，小说主人公汤姆·索亚是一个令人难忘的孩子。刘亮湖在为玛丽讲述这个故

123

事的同时，竟然受到这个故事的强烈震撼。蓦然回首，他似乎对人生的真谛有所感悟。

当时刘亮湖并不知道，白种女孩儿玛丽的父亲，就是美国李斯特化学集团驻中国的首席商务代表希尔顿先生——那是一位喜欢驾驶林肯牌加长轿车满街兜风的美国先生。

刘亮湖随着姜合营走进办公室，平时很少走进厂长办公室的他感到一阵局促。姜合营问他有什么事情。他低头想了想，然后抬起头来说："有一件事情我想跟您商量一下，有人想租用一车间的空闲厂房，只租十天。每天租金三千，另付水电的费用……"

姜合营听罢，呆呆注视着刘亮湖。

刘亮湖以为自己说了错话，抬着看了看姜合营，又低头看了看自己的衣裳："事情的确就是这样的……"

"刘工，你说的这件事情，不会是从大街上听别人说的吧？"姜合营问道。刘亮湖终于看出姜合营对自己的不信任，就苦笑了："这样吧，明天是六号，公休日，上午八点钟，我领着那位陈先生到厂里来，你们当面锣对面鼓谈一谈。谈妥了就签一个合同，谈不妥呢就算啦。姜厂长您看这样可以吗？"

姜合营点了点头说："你说的那个陈先生租用空空荡荡的厂房，他打算做什么呀？"

刘亮湖的笑容里透出几分狡黠说："明天一见面，您就清楚了。咱们一言为定，我先走啦。"说罢，刘亮湖朝代理厂长微微一欠身，走出办公室。

姜合营坐在办公桌前将刘亮湖约定的时间记录在台历上，暗自思忖："这大中华日用化工厂莫非交了好运？诸葛光荣从天而降，解决了一车间八十名下岗职工的困难。刘亮湖又介绍一个什么陈先生，租用一车间空空荡荡的厂房。而且租金是一天三千，十天就是三万块钱啊！真是好事成双，从天上吧嗒一声就掉下两个热气腾腾的馅饼，还是三鲜馅的。"

这时候，姜合营又看了看桌上的台历，才猛地想起今天是周末。而每逢周末的六点半钟，他都与妻子在维多利亚西餐厅门前准时会合，共进晚餐。他将此举称为"一周大事"。

楼道里有了动静。诸葛光荣在众人的簇拥之下，走下楼去。姜合营不敢怠慢，走出办公室紧紧随上。厂院里诸葛光荣看到破旧的上海轿车，神色凝重起来。"如今当厂长的，最次也得坐一辆桑塔纳吧？你们还是这辆老爷车。唉！跟你们相比，我真是腐败啦！老唐老赵咱们仨坐我这辆奥迪。小姜小邓你们年轻，坐那辆'上海'吧。"

诸葛光荣说罢，率先钻进自己的奥迪，唐本旺和赵则久也随着坐了进去。两辆车一前一后开往南洋饭店。行驶在麦格路上，路灯已经亮了，大街两边的建筑处处渗透着欧洲风情。洋楼鳞次栉比，一座座虽然破旧，式样却绝无重复。高耸奇拔的哥特式样，广远炫目的巴洛克风格；曼塞尔屋顶，爱奥尼克圆柱，古罗马墙檐，拜占庭塔楼以及俄罗斯穹窿……云集万国建筑，使这里成为一条名副其实的折中主义大街。姜合营暗暗惊讶，祖父当年居然一眼相中这五座美国营盘，买到手里就改成工厂。遥想祖父那气魄真是非同一般，并不亚于当时的权贵政要。

麦格路的静谧与安适，令人陶醉。既有百年孤独的大树，也有踏上去让人感到舒心的草地。在这座欲望城市里，此处成了唯一的心灵绿洲，怪不得大田保子相中了这块地方。汽车行驶着，两侧街景令姜合营产生了一个幻觉：爷爷走在麦格路上，朝气勃勃的样子。时光如瀑哗哗流淌着，百岁老人姜国瑞蓦然之间变成一个年轻的经理，管理大中华日用化工厂。

姜合营坐在司机一侧，低声对小马说："先送我到维多利亚西餐厅。"

坐在后排的许文章立即小声问道："您不陪诸葛厂长啦?"姜合营告诉小许,他必须先去维多利亚西餐厅见一个人,然后单独赶往南洋饭店。

破旧的上海轿车驶到维多利亚西餐厅门前的时候,六点五十四分。跳下汽车,一个果皮箱立在路边,对他的到来表示欢迎。他朝破旧的上海轿车挥了挥手,大步走进维多利亚西餐厅——他的身材、他的步姿以及他考究的西装,看上去都会使别人认为他是一位雷厉风行的日本游客。他知道莫小娅是一个惜时如金的女人,在她的人生辞典里,最不可谅解的就是失约的男人,当然也包括失约的丈夫。走进大厅,领班小姐认出他是姜先生,迎上来说,莫小姐已经走了。

"她去哪里啦?"

领班小姐笑了笑,说不知道。

"她有没有留言?"

领班小姐摇了摇头说,莫小姐坐在大厅里吃了一份大笨熊牌冰激凌,然后不言不语走了。姜合营苦笑了。他知道莫小娅只有要愤怒的时候,才吃冰激凌——那种每天从香港空运来的大笨熊牌冰激凌。

姜合营觉得此时自己就是一只大笨熊。

看来我心里还在爱着莫小娅,否则,明知时间已过,明知她过时不候,我为什么还要气喘吁吁赶到这里,做一次无谓的冲刺呢?

他站在路旁,一辆黄色大发主动停了下来,问他去哪里。他一时竟然想不起自己应当去的地方。坐进车里,司机再次问他到哪里去。他拍着自己的脑袋,非常痛恨的样子。司机以为他遇到烦恼,就说:"这位先生不要着急,人生就是有赔有赚嘛。"

这时候,他想起南洋饭店。他与莫小娅的婚宴,八年前就是在那里举办的。那时候莫小娅还没有去滨海新区工作,他也只是工厂生产科的科员。是啊,人生真是一场邂逅,我怎么会与莫小娅相识并且娶她为妻呢？坐在出租车里望着街上的灯火，姜合营回首往事，心中涌起难以言状的感慨。对于一个乐观主义者来说，这是一种很少出现的心情。

这时，已经到达南洋饭店的门前。

今天，我肯定要喝得酩酊大醉，一塌糊涂。他心里这样说着，走进饭店大厅。许文章站在大厅里等他，见他来了，迎上来就问："没出什么事情吧？"

虽然许文章只是厂办的一个秘书，但姜合营被他的善解人意感动了。他故意装得冷漠，说没出什么事情。许文章又问道："他们已经进了雅间。今天咱们吃什么标准的？"

他笑了笑："我敢断定，唐本旺已经定了标准。你为了顾及我的面子，才故意这样问我，是不是这样？"

许文章也笑了："你这个代理厂长真是不好当。其实老唐这个人应当急流勇退了，天天跑到厂里来，这样一来，大家都很难，不知道应当将他摆在什么位置才好。"

他拍了拍许文章的肩膀，说："你看过上海京剧团的曹操与杨修吗？"说着两人一起走进二楼的雅间。

雅间里，诸葛光荣颇有燕赵慷慨之风，讲起当年朝鲜战场的故事，情感激越：一个朝鲜女子爱上一个志愿军班长，强烈要求跟他回中国成亲。就在爱情的关键时刻，姜合营推门走了进来。他看了看阵式，就近坐在赵则久的左侧。这时，坐在赵则久右侧的邓援朝朝雅间小姐招了招手，示意可以斟酒了。

根本无法达成一致，五个人喝的是五种液体：诸葛光荣喝北京二锅头，唐本旺喝孔府宴酒，赵则久喝青岛啤酒，邓援朝喝长城干白，许文章喝可口可乐。

姜合营喝白开水。

诸葛光荣显然是以老前辈的口吻说："小姜厂长，今天你是必须要

127

喝酒的!"

姜合营不言不语朝着诸葛光荣微微一笑,端起玻璃杯喝了一口白开水。

唐本旺探过身子笑着对姜合营说:"人家老诸葛对咱们厂的支持真是雪中送炭啊!你怎么能不敬人家几杯白酒呢?

服务小姐上菜很快,首轮的八个凉菜眨眼之间摆上桌子,看着有山有水。

姜合营从这八个凉菜就估计出这桌酒宴的底价:不会低于两千元。

赵则久举起了酒杯:"来,我代表大中华日用化工厂的全体职工,感谢诸葛厂长对我们兄弟般的情义!"

见赵则久不合时宜地代表全厂敬酒,许文章偷偷注视着姜合营,唯恐他将心中的不悦溢于言表。没想到姜合营举起手中的玻璃杯,积极参加敬酒。

赵则久看到玻璃杯,脸色立即不悦:"小姜,感谢诸葛厂长的情义,你怎么端着白开水敬酒啊?是不是太淡啦!"

姜合营诚恳地说:"邓书记是了解我的,我平时滴酒不沾。"

邓援朝点了点头:"啊……"

唐本旺抄起孔府宴酒的瓶子:"这是给诸葛厂长敬酒,你今天必须破例!"

大家站起来举着杯子,众目睽睽之下等待姜合营倒掉白水,斟满白酒。

"真的,我滴酒不沾……"

屋里的空气骤然紧张起来。诸葛光荣端着酒杯虽然哈哈笑着,但谁都能看出来这位老汉心里对姜合营的消极态度很不满意。

赵则久嘟哝着:"人家诸葛厂长一句话就接下咱们八十名工人,这年头到哪里去找这种共产主义大协作的精神……"

这句话仿佛起到了点石成金的作用，姜合营猫腰将玻璃杯里的白开水泼在雅间的地毯上，伸手拿过桌子上的北京二锅头，咚咚咚斟满玻璃杯，然后抬起头来看着诸葛光荣。

　　"诸葛厂长，你是老前辈了。关于你的光荣历史，以前也听诸葛云裳讲过几句。那时候我跟她一起研制电子报警安全手杖。今天，你给了我们大中华这么大的支持，我呢，占着代理厂长这个位置，平时滴酒不沾，沾酒就醉。可是，为了表示谢意，我舍命陪君子啦！"

　　唐本旺与赵则久异口同声："好！"

　　姜合营笑了。此时的酒桌上，只有许文章一人能够从姜合营的这种笑容里，看出几分狡诈的智慧。

　　姜合营的表情郑重起来："容我再说几句。从今天诸葛厂长身上，我真的看到姜是老的辣。俗话说好事要办好，俗话还说老将出马一个顶俩，所以我看啊，当然这件事情我也来不及跟邓书记商量了，我看就请唐厂长老将出马，全权负责从一车间那一百六十八个工人里，选出八十名工人，张榜公布然后由唐厂长带队，率领这八十名工人开进神州化工厂，配合诸葛厂长指挥生产……"

　　诸葛光荣听罢，带头鼓掌："好！年轻人就是要尊重老领导嘛。哈哈……"

　　唐本旺似乎意识到自己的复出指日可待，就用上级评价下属的口吻说："从前对小姜不太了解，只知道他爱唱京戏。今天看来小姜还是很愿意合作的嘛。"

　　赵则久端起酒杯："哈哈……"

　　姜合营望着邓援朝："邓书记，你看我这样安排……"

　　邓援朝端起酒杯："好……"

　　许文章定定注视着大义凛然的姜厂长。

　　姜合营说："干杯！"说着就将手中满满一玻璃杯二锅头喝了下去。

诸葛光荣对姜合营这个后生的表现非常满意："有你这样的厂长，今后大中华日用化工厂定有出头之日！"

酒桌上的气氛，热烈起来。

没有等到红烧大虾上桌，姜合营就感到天旋地转。他摇摇晃晃站起身来，朝诸葛光荣行了一个拱手礼："实在抱歉，我、我先走一步啦……"

唐本旺豪情万丈说："小许啊，今天姜厂长已经胜利完成任务。你送他回去，我们留下跟诸葛厂长接着喝。"

诸葛光荣起身大声说："姜厂长你是好样的！有你今天这个表现，往后咱们之间，有什么事情都好说，有什么事情都好办。你我改日一定好好叙一叙！"

走到楼下洗手间，姜合营将手指伸进嘴里，去抠喉咙深处，胃里一阵翻腾，他将喝下去的白酒哇哇吐了出来。

许文章站在一旁给他捶着脊背："好多了吧？吐出来就不难受了。"

姜合营漱了漱口，两眼因呕吐而布满血丝："跟我走，咱俩找一个小餐馆去吃饭……"

许文章说："我去银台把他们的账给结了。"

晚上九点半钟，两人走进一条小街上的一家名叫卧龙岗的小餐馆。

"好，这小饭馆的名字起得好！"姜合营突然觉得心情很好，就想唱戏。

饭馆掌柜的说："我们这小地方，还没进过穿您这么高级西装的客人哪。"姜合营要了云吞。许文章要了小笼烧卖。

"你这个厂长，当得真不容易啊！"许文章大发感慨。

姜合营说："说不容易就不容易，说容易也容易。刚才我就顺水推舟办了一件大事，而且深受诸葛光荣的好评。你以为从那一百六十八个里头挑出八十个来就那么容易啊？绝对头疼。这颗蜡就让唐本旺一个人去做吧……"

许文章笑了:"老唐真是不甘寂寞。从一百六十八名工人里选出八十名,最棘手。然后还要带队到神州化工厂现场指挥,真是一件受累不讨好的差事。你顺水推舟,表现得大智若愚。"

外面下起了小雨。

姜合营突然说:"我想喝一点儿酒……"

"你开玩笑吧?好不容易刚刚吐出去,又喝?"

"刚才吐出来的,那是别人强迫我喝进去的。此时,是我自己从心里想喝。"

许文章不解:"你平时不是滴酒不沾吗?你要是真想喝,我就陪你喝。"说罢他起身走到柜台前找掌柜的要了一瓶半斤装的"男子汉"白酒,平均斟在两只杯子里,端了回来。

姜合营喝了一大口,辣得皱了皱眉,说道:"从我祖父兴办工业,传来我这儿是第三代了。我爷爷他老人家将近一百岁了,竟然打算出来管理企业。我父亲呢,彻底看破红尘,提前退休到九华山学习气功去了。三代单传我当上大中华日用化工厂的厂长,还是一个代理。我心理压力很大啊。我必须把厂子从困境里带出来,朝前走上几步,也就功德圆满了。要不我连老爷子那一关都过不了。"

许文章又叫了一个泡菜一个熏鱼,然后说:"总会有办法的。国家不能眼瞅着国有企业统统倒闭吧?"

"话不能这么说了。该倒闭的,就得倒闭,政府想救你也没有办法。为什么呢?因为如今是市场经济。宁可找市场,也不找市长。"

许文章喝了一口酒:"谁说不能找市长?阚大智搞包办代替,非让咱们把'一号堡垒'腾给大田保子。结果还是企业倒霉呗!我看就应该找阚大智讨个说法。"

"阚大智已经调到北京去当常务副部长了,咱们今后再也不要提起这件事情啦。一切都要朝前看嘛。"

沉默了片刻，姜合营突然说："找一个机会，我想提拔你当办公室副主任，不过要等待一个合适机会。"

许文章低着头说："行啦，有你这么一句话，我就心满意足了。"

这时候外边的雨下得大了。一场秋雨一场凉。姜合营的心情，一下子变得湿乎乎的，很是压抑。不知道为什么，泪水就涌了出来。

许文章又要了一瓶半斤装的"男子汉"白酒，指了指姜合营说："男子汉落泪，说明你还有真性情！"

深夜十二点，姜合营喝得醉醺醺的，一步三晃走出小餐馆，哼起了京戏，是《打龙袍》里皇太后的唱段：

> 好一个聪明的小包拯，打龙袍犹如臣打君。
>
> 包拯近前听封赠，我封你太子太保在朝门。
>
> ……

许文章也喝多了，跟在后边低一声高一声喝彩："好！国粹……"

十字路口，许文章说："重、振、雄、风……"

姜合营说："走、向、世、界……"

两个醉汉在十字路口唏嘘不已，握手告别。

东摇西晃走进家门，屋里台灯亮着，他蒙蒙眬眬觉得床上躺着一个活人。走近细看，是莫小娅。嗅到丈夫满嘴酒气，她缓缓爬起身来，坐在床边："刚刚当上代理厂长，你就堕落成这个样子啦？"

姜合营连忙解释："从前我是不喝酒的……"

"是啊，从前你不喝酒，今后你就不喝水了。"

"有时候，人的心情不好，就需要亲人的支持……"姜合营说。

莫小娅抬起头来说："你现在需要酒精的支持。"

说完，莫小娅起身下床，穿上衣服拎起提包："今天晚上我真不该回到这个家里来！"说罢，拂袖而去。

饮酒过度的姜合营一头栽倒在床上，自言自语说："国有大中型企业正在走出困境……"

然后就呼呼睡了起来。

5

秋雨潇潇的夜晚，正是男人酩酊大醉的黄金时刻。诸葛光荣走出南洋饭店，与唐本旺握了握手，大声说道："老唐，年轻人认为你我已经落伍啦！瞎说。我看凭经验咱们还是能够抵挡一阵的。"说罢，他猫腰钻进奥迪轿车，说开车。司机不敢怠慢，立即启动。谁都知道诸葛光荣醉酒之后，绝对暴君。对别人的好意，他一概拒绝。你若是去搀扶他，弄不好就要遭到他的痛骂。唐本旺、赵则久、邓援朝站在绵绵秋雨里望着渐渐远去的黑色奥迪，心中很是感动。

唐本旺说，多好的一个老汉啊。

赵则久说，如今这样的好老汉已经不多了。

邓援朝张了张嘴，突然想起流行在工厂里的一首歌谣："老汉是个好老汉，就是枪里没子弹。"

就觉出几分滑稽。

诸葛光荣坐在轿车里，异常兴奋。酒精令他的心绪颇有江河决堤奔腾万里的气势。驶过森林路，他让司机停车，说自己要走回家去。司机望着这个走起路来晃晃摇摇的老汉，毫无办法。诸葛光荣在厂里的独裁统治人尽皆知，他想做的事情，大概联合国安理会也拦不住。

诸葛光荣走在夜晚的大街上，司机减低车速悄悄跟在身后，保持着十米的距离。拐过云达路，司机跟着近了，他猛地转过身来，指着黑色

133

奥迪大声喊道："我要自己走回家，你快滚开！"司机无奈，开起车子朝前驶去了。诸葛光荣哈哈大笑，冒雨朝前走去。

他似乎是在与天公赌气。天公就是主宰天气的权威，绝不会因为诸葛光荣的赌气而终止降雨。很快，诸葛光荣就被秋水淋得透湿。这时他感到异常痛快，扯开嗓子唱了几句《锁五龙》，雨一下子就小了。诸葛光荣在雨中行走，头脑清醒了许多。一生的荣辱，百感交集。我今年已经六十二岁了，仍然稳坐神州化工厂厂长的椅子，也算是破了纪录。一般的厂长只要过了五十五岁，立即退位。我呢，年过花甲仍在其位。上级领导执意挽留，厂里职工一致拥戴，我老汉此生足矣。想到自己多灾多难的历史，雨中的诸葛光荣呜咽了。

诸葛光荣是一个典型的民族主义者。然而命运偏偏在血气方刚的十八岁那年跟他开了一个国际玩笑——在大雪纷飞的朝鲜战场上成了美军的俘虏。从此他便成为一个悲剧人物。当克拉克将军不得不在朝鲜停战协议书上签字的时候，中朝两国人民再次成为胜利者。然而诸葛光荣的人生无疑充满失败。中美交换战俘他返回国门，脱下军装成为一座边远农场里的电工。

对诸葛光荣来说，逝去的岁月统统都是噩梦，他不愿永远生活在噩梦里而惊悸成疾。因此三十年来，他只字不提朝鲜战场，甚至抗美援朝题材的电影，他也从不去看。他知道面对银幕上的伟大胜利，自己一定会痛哭失声的。他一生都在追问自己，关键时刻为什么被炮弹震得昏倒在战壕里呢？一起被俘的还有团长郭志群。他永远也不会忘记，背着身负重伤的郭志群爬出战壕，敌人的炮火愈发猛烈起来。血泊之中郭志群团长举起望远镜望着猖狂进攻的美军，咬牙切齿说道："李斯特·李就是美军鼓吹的王牌将军，我果然败在他的手里！"之后郭志群团长就昏了过去。

诸葛光荣从团长胸前摘下那架苏式望远镜，举在眼前朝着不远处的那个小山包望去，果然那里就是李斯特·李的指挥部。诸葛光荣知道李斯特·李就是叫嚣"打过鸭绿江去过圣诞节"的美国强硬派将领。诸葛光荣朝前爬去。这时候，敌人的炮兵停止射击，步兵发起最后一轮冲锋。诸葛光荣从望远镜里看到李斯特·李头戴钢盔跨出指挥部，大步朝着诸葛光荣的望远镜里走来。诸葛光荣就这样举着望远镜，一动不动看着这个著名的美国将军。望远镜里李斯特·李越走越近，他看到李斯特·李的眉心有一颗黑痣，那颗黑痣越变越大，蓦地——放大成一轮黑色的太阳。

这时候诸葛光荣被美军的最后一轮炮火震昏过去，他永远也不会知道，李斯特·李的皮靴踏过战壕的时候踩碎了郭团长那架苏式望远镜。美军第八十三师向北方战区的纵深发展使年轻的志愿军战士们成为战俘。

一九七三年，诸葛光荣在中国出版的内部报纸《参考消息》上读到关于李斯特·李的消息。那年李斯特·李退役，转入华尔街金融界，在一家大银行担任副总裁。读罢这条消息，诸葛光荣默然，他无言以对。虽然李斯特·李的"到鸭绿江边过圣诞节"的狂言成了中朝人民的笑柄，但诸葛光荣毕竟是美八十三师的俘虏。

诸葛光荣是在五十二岁那年彻底战胜自我从而敢于直面人生的，这可能与五十二岁那年他当上神州化工厂厂长有关。他能够以平常之心观看电视里播出的有关抗美援朝的电视剧或电影。他渐渐添了一句口头禅：胜败乃兵家常事。有时谈兴大发，人们从他的口中竟然听到朝鲜战场的故事。

在计划经济时代的最后几年里，他将神州化工厂治理得井井有条，成为厂长堆儿里的名人。他渐渐尝到了强者的滋味。他拥有了回首往事的资本。他承认人生有胜有败。工作之中遇到挫折，他回到家里端起酒盅安慰自己："我连战俘都当过了，还怕什么呢？这个世界没有什么了不起的!"

五十二岁那年他当上厂长。五十八岁那年他退居二线。退居二线的半年之后,神州化工厂陷入混乱,岌岌可危,全厂职工五百三十七人联名给上级领导化学工业总公司总经理写信,强烈要求退休在家的老厂长诸葛光荣同志重新出山,收拾残局。记得那也是一个大雪纷飞的日子,诸葛光荣回到厂里重掌帅印,坐在办公室里他自言自语说:"我已经是一个老人了,神州化工厂还是离不开我。这说明什么问题呢?"当时他猛地看到桌上的日历——蓦然想起三十五年前的这一天也是大雪纷飞,一个名叫诸葛光荣的志愿军战士在朝鲜战场上成为美军俘虏。

他笑了,觉得生活真的是跟自己开了一个国际玩笑。

就这样,他一步一步走到了今天。今天是一个特殊的日子——他宣布大中华日用化工厂的八十名待业的工人重新上岗,手里又有了饭碗。

他为自己感到自豪,于是就自豪地在雨中行走着。

一辆车身很长的林肯牌轿车迎面驶来。诸葛光荣虽然对进口轿车知之甚少,但他还是看出这是一辆颇有身份的轿车。雨夜的大街上,空无一人,于是冒雨行走的诸葛光荣也就引起"林肯轿车"的注意。驾驶这辆轿车的正是美国李斯特化学集团驻中国首席商务代表希尔顿先生。这位已届中年的美国男子来到中国工作只有半年时光,他的最大嗜好就是开车上街兜风,无论是白天还是夜晚。在这座城市里,他最喜欢的就是麦格路的街景与天地之间的蒙蒙细雨。

希尔顿先生的林肯牌轿车缓缓驶近诸葛光荣。他撤下车窗玻璃,用英语问道:"您需要我的帮助吗?"

诸葛光荣看到嵌在车窗里的是一张洋人的面孔,不知为什么就想起当年的朝鲜战场。他听不懂对方的英语,于是就摇了摇头。

希尔顿先生看到的是一双冷漠的眼睛,他无奈地耸了耸肩,朝前方驶去了。

望着远去的汽车，诸葛光荣喃喃说道："我不会猜错的，这肯定是一个美国人。美国人跟苏联人是不一样的。我知道怎样跟美国人打交道，四十年前我就知道怎样跟美国人打交道。"

　　他继续朝前走去，心情突然沉闷起来。他知道这与刚才看到那个美国人有关。人的情绪，好似小孩儿的脸，说变就变。诸葛光荣朝前走着，似乎重新走向军旅生涯。在那遥远的朝鲜战场上，有着他的光荣，也有着他的耻辱。他恰恰是在这荣辱交加之中，度过自己的大好年华，白了鬓发。无论什么时候，只要想起冰天雪地的朝鲜战场，他的心儿就变成一块冻肉，难以开释。他不知道自己晚年会不会丧失记忆而抛掉这个情结。总之他的人生制高点就是被俘的青峰山——他在晚年将不遗余力地去跨越这个高度。

　　走进福赛小区的大门，诸葛光荣感到腰部一阵疼痛。毕竟是六十开外的老人了，喝这么多白酒，又在雨里步行近十里路，就是"铁人三项"的运动员也未必能够承受。这时他觉得视力有些模糊，但还是看清了十三号楼。走进一幢，攀上三楼，他伸手到腰间寻找钥匙。

　　钥匙丢了。

　　深更半夜的，只能动手敲门了。他抬起右手，门却无声无息打开了。厅里灯光明亮，门口逆光站着自己的女儿诸葛云裳。

　　诸葛光荣见到女儿就感觉理亏，嘿嘿笑了。

　　诸葛云裳低声细语说："您根本就不像一个千人大厂的厂长，暴饮暴食还不如一个学龄前儿童呢！卫生间里已经烧好了热水，您快去暖和暖和吧。"

　　听着女儿的数落，诸葛光荣一语不发，反而觉得十分惬意。他从女儿手里接过浴袍，一头钻进了热雾弥漫的卫生间。他的心儿随着热气而热烈起来。人老了，还是有个女儿好啊。转念一想，又觉得这属于特殊情况，因为女儿大了总要出嫁的。诸葛云裳这种女大不嫁的老姑娘，还是比较少见的。

十年前妻子弥留之际拉着他的手说："我走啦，给你留下一儿一女照顾你，我也就放心了。"这个辛苦半生的女人，给一个战俘做了三十年的妻子，中年早逝。

儿子名叫诸葛云林。诸葛云林成家立业娶妻生子，诸葛光荣终于见到了第三代人。他给自己的孙子起名诸葛小明，含有步诸葛孔明后尘之意。儿子和儿媳学的都是地质专业，响应号召前去援藏。如今诸葛小明十二岁了，堪称神童。只是女儿诸葛云裳孑然一身，成了他的一桩心事。

泡在热气腾腾的浴盆里，他对自己说："再干一年，将厂子调理得上了正轨，我就退休享享清福。到那时候香港、澳门也都回归了，我就去旅游观光。"

穿好睡袍走出卫生间，他看见女儿仍然坐在客厅里，就问她怎么还不去睡觉。

诸葛云裳笑了笑："爸爸，我建议您再婚，娶一个老伴儿吧。那样就省得我伺候您，让我昼夜都处于战备状态。您喝米粥还是喝面汤？"

"我不喝米粥也不喝面汤，更不娶老伴儿。"

"不行！老伴儿您可以不娶，米粥或面汤必须要喝。胃里装了那么多酒精，不吃流质稀释怎么能行呢？您已经成了我们工厂一车间的大救星了，我有责任保护您的身体健康。"

诸葛光荣哈哈大笑："为了你们工厂一车间的八十名工人，我就喝一碗大米粥吧。"

诸葛云裳转身走进厨房，十分利索地操作起来。

五分钟之后，摆上桌子的不仅有大米粥，还有微波炉制作的西式点心，自家腌制的八宝小菜，以及两只煎蛋。

坐在餐桌前，诸葛光荣吃了起来。

"您大义凛然招来八十名工人，有地方安排他们吗？"

诸葛光荣喝下一口大米粥说："想一想办法吧。多年的兄弟厂，又是联营单位，遇到困难我能袖手旁观吗？不能，绝对不能。"

诸葛云裳说："我觉得您还是在沿用传统管理的手段，就好像评书里说的兵来将挡，水来土掩，这样下去铁打的企业恐怕也难持久。"

诸葛光荣端着一碗米粥大声说："目前国家对国有企业的改革已经有了明确的说法，那就是'抓大放小'，'放小'就是放活小企业，主要吧有七种方式，一是改组，二是兼并，三是联合，四是租赁，五是承包，六是出售，七是股份制……"

"爸，您快喝粥吧，凉啦。"

诸葛光荣的谈兴并未受到抑制："这七种方式，有的涉及企业产权，有的不涉及企业产权。国家吧准备试点卖掉一批小型企业……"

诸葛云裳说："那我就拿出全部积蓄，买下一个小厂子，当老板。"

"你哪儿来的那么多积蓄呀？"诸葛光荣喝光了一碗大米粥。

这时候，电话铃响了。

深夜两点多钟，竟然还有夜猫子打来电话。诸葛光荣满目狐疑看着女儿。诸葛云裳非常镇定，拿起电话，音色优美喂了一声。

诸葛光荣走上前低声问道："是谁来的电话？"

诸葛云裳捂住听筒说："姜合营。"

"他深更半夜给你打什么电话？"

诸葛云裳笑了笑："他一定是知道您喝醉了酒，又冒雨步行回家，所以打来电话表示问候。"

"告诉他，我一切正常！"

诸葛云裳立即将父亲的意思转告对方，然后就放下电话，到厨房洗碗去了。诸葛光荣打着哈欠，回到自己的房间里睡觉去了。

十分钟之后，诸葛云裳走出厨房，坐在客厅里的沙发上喝了一杯热茶。之后她拿起电话拨了一个号码，听筒里传来姜合营的声音。

"云裳，刚才你怎么敷衍了几句，就挂断了电话呢？"

她告诉姜合营，刚才老头子在场，现在可以交谈了。"你深更半夜打来电话，你妻子不反对吗？"

"我妻子见我醉成这个样子，就走了。男人醉酒之后的样子一定非常丑陋。好啦，深更半夜我只想跟你说几句话。你说咱们厂还能够治理好吗？"

"你深更半夜打来电话就是为了跟我讨论企业改革吗？"

姜合营立即说："哦，对不起。明天早晨刘亮湖介绍一位陈先生到厂里跟我洽谈租用一车间厂房的事情。多亏你提醒，不然我还忘了。"

她笑了："我并没有提醒你啊。"

电话里沉默了片刻，姜合营似乎有些犹豫，不知如何说起。诸葛云裳饶有兴趣等待着，心里猜测今天夜里这位代理厂长将对自己一吐衷肠。

代理厂长经过短暂的踌躇，终于开口。

诸葛云裳屏住呼吸听着。她以为这是一个意义重大的夜晚，她敢断定在这个意义重大的夜晚，姜合营将对她直抒胸臆，话语意味深长。

姜合营在电话里说："我生下来的时候，你猜我爷爷给我起了个什么乳名？"

诸葛云裳根本没有想到姜合营首先谈到乳名，就问："什么乳名啊？"

"金——手。给我起的乳名叫金手！"说着，姜合营在电话里哈哈大笑。

"合着你的乳名就是工厂的商标！"诸葛云裳听罢，也咯咯笑了起来。她属于那种大笑起来便难以刹车的女性——笑得捂着肚子弯着腰，笑得眼睛溢出泪花，笑得上气不接下气，笑得一发而不可收拾。

听见她笑成这个样子，姜合营继续说道："既然起了这个乳名，到了'百岁'那天，要我抓周。据说我面前摆着十几样东西，有线装的四书五经，有算盘，有铜元宝，有瑞士手表劳力士牌的，有一筒饼干，还有一个八百块钱的存折……反正东西挺多。你猜我偏偏抓了什么呀？"

这时诸葛云裳止住笑声问道："抓了什么呀？"

"金手牌鞋油！"

诸葛云裳又开始了第二个高潮的大笑。

姜合营一本正经地说："你说我来到这个世界才一百天，没受任何人的唆使，伸手就去抓那盒金手牌鞋油。什么叫命中注定？这就叫命中注定。"

诸葛云裳笑得大汗淋漓，掏出手帕擦拭着："你抓了金手牌鞋油，你爷爷有什么表示啊？是不是特别高兴，给你打了一只金颈圈儿？"

他想了想，说："不，当年正闹公私合营，我爷爷眼瞅着工厂成了国家的，据说心里好生别扭了一阵子。我的乳名金手，也就没有叫响，作废啦。"

诸葛云裳又咯咯笑了起来。

电话里突然沉默起来。不知道为什么，诸葛云裳猛然从这个关于乳名的故事里悟出几分宿命的味道，于是心情就悲怆起来。她对着话筒说："我们是不是就谈到这里……"说罢她猛地放下电话，抹一把泪水一头冲进自己的房间。大为失态的诸葛云裳此时深深感到，自己已经爱上了姜合营。

这真是一件毫无办法的事情。

过了片刻，诸葛光荣轻手轻脚走到客厅里，看了看扔在沙发上的那部红色的电话机，自言自语："企业还没弄出一个眉目，家里却先乱啦！"

他坐在客厅里抽烟，暗暗思忖："姜合营那小子有家有室的，深更半夜给我女儿打电话，弄得云裳哭哭啼啼的。云裳是个单身女子，莫非有了情况？"已经离开部队多年了，他还是爱用当年的术语。譬如说"有了情况"，其实是指"情况异常"或"出现敌情"。坐在客厅里诸葛光荣接连吸了两支烟，他很想与女儿彻底谈一谈，又担心她一时难以接受父亲的干预。

诸葛小明睡眼惺忪走到厅里，看了看墙上的挂钟，嘴里嘟嘟哝哝："爷爷，我敢断定从今以后咱家的正常生活完全被打乱啦……"说完就进了卫生间。

诸葛光荣笑了。在祖父心目之中，十二岁的诸葛小明是一个极其独特的孩子。他很爱看书，落落寡欢。一旦张口说话，满嘴都是"印刷体"的"书面用语"，好似一位袖珍学究。他对事物的判断，冷眼冷口毫不留情，童言无忌却往往能够一语中的。诸葛光荣有时根本不把诸葛小明当成自己的孙子，而将这个特殊的孩子视为自己的亲密朋友。

天色放亮。诸葛光荣站在阳台上呼吸新鲜空气，无意之中他看到几个人影在楼前走来走去的，形迹可疑。妈的，怪不得我失眠呢，莫非真的有了情况？一股军人特有的豪气从心底升起。他回到客厅，披起一件衣裳，推开单元铁门，朝楼下走去。

走出楼门，果然不出所料，那几个形迹可疑的男人见状都显神色张皇，一派不知所措的样子。他大步走上前去，喝问："你们都是干什么的？"

一个尖嘴猴腮的中年男子走上来问道："您就是诸葛厂长吧？"

"对！我就是诸葛光荣。你们到底是干什么的？"

终于又走过来几个人，七嘴八舌说："我们都是大中华日用化工厂一车间的工人……"

出乎诸葛光荣的意料，他怔了怔："你们一大早跑到这儿来干什么呀？"

尖嘴猴腮的工人说："您不是打算从一车间选拔八十名工人吗？我们都是毛遂自荐来的。我叫罗光，维修钳工，也能烧焊，今年二十八岁……"

"我叫李俊祥，您就收下我吧。"

"您派我干什么都行，我叫张子春！"

"诸葛厂长啊，这几个月我什么都干啦。卖豆腐、擦皮鞋、蹬板车、卖耗子药，还有拉网打鱼……经过这一系列的尝试，总算有了发现。发现什么呢？发现天下三百六十行，我只适合在工厂里当工人，我天生就是来当工人的。可是，想当工人也没那么容易。厂里不景气！这次挑选八十名工人到神州化工厂，您一定要考虑到我！我叫王宝军。"

这十几个工人将诸葛光荣团团围住。这位老当益壮的厂长急了，大声喊道："什么样的困难我们克服不了？你们用不着这样吵吵嚷嚷的……"

罗光说："诸葛厂长，男子汉大丈夫谁不想活得体体面面的？下岗待业的滋味您尝一尝就知道啦！跟失业没什么两样。所以我们一大早儿就找到您府上，为的是能够到您的厂里上班。我的要求并不高，只想当一个安分守己的工人，劳动吃饭。"

诸葛光荣叹了一口气，默默看着这一群渴望获得工作机会的工人，心里一阵酸楚。深秋的天气里，清晨气温不高。他招了招手对大家说："来来，先到我家里去暖和暖和吧。"

第 四 章

1

刘亮湖西服革履，神采奕奕，公休日上午八点钟准时走进姜合营办公室。他身后跟着一位留着"板寸"发型的先生。姜合营站起身来表示欢迎。

刘亮湖首次充当中间人，将这位"板寸"陈先生介绍给姜厂长。双方交换了名片。名片上陈先生的名叫陈遇，姜合营问道："陈遇先生哪里高就呢？"

陈遇的普通话略带江南口音："名片上印着呢，中外合资圣通公共事务代理公司。"

"还有这样的公司啊。"姜合营为陈遇沏了茶，摆在桌上。

刘亮湖正襟危坐，似乎已经完成了牵线搭桥的任务。这时姜合营才发现刘亮湖的崭新形象，暗暗吃惊。多少年来，刘亮湖的衣着从来都是窝窝囊囊的，永远一派灰色。今日服饰陡然一变，说明刘亮湖已经步入新生活。

陈遇开门见山，提出租用一车间厂房的事情。与刘亮湖事先介绍的情况完全一致，租期十天，每天租金三千元，预付定金一万元。十天之内消耗的水电费用，由圣通公共事务代理公司承担。

姜合营笑了笑，看见陈遇脚上皮鞋锃亮，就问他平时用什么牌子的鞋油。陈遇对这个突发的问题毫无思想准备，一时语塞。之后他喝了一口茶水，反问道："姜厂长，这个问题非常重要吗？"

"我这个人在供销科工作好几年，患上职业病，逢人就要推销产品。我给您提个建议，今后您使用我厂金手牌皮革制品油，保您满意。"

陈遇又喝了一口茶："我这个人很少使用鞋油……"

姜合营觉得应当进入正题，就说："咱们这次的合作应当非常顺利。不过我还是要打听一下，陈遇先生租赁厂房派什么用场啊？"

"组装银雀牌助力车。这种产品是外省名牌，首次打入这座城市。银雀牌助力车的生产厂家是克伦威尔公司，我们圣通公共事务代理公司全权代理这项产品的异地组装任务。我们可以向你出示银雀牌助力车生产许可证的影印资料以及获得部优产品的资格证书。"

姜合营看出陈遇是一个精明强干的人物，逻辑思维缜密，语言表达能力出众。他告诉陈遇，双方必须签订一个关于租赁厂房的合同。陈遇听罢，当即打开手中的密码箱，说圣通公共事务代理公司的所有经济合同都是经过公证的。然后从箱子里拿出一式五份的合同书。

姜合营与陈遇面对面坐着，字斟句酌推敲着合同的内容。姜合营又做了两点补充，然后双方开始签字。刘亮湖枯坐一旁，喝茶消磨时光。

陈遇递上一张支票："这是一万元定金。十天之后，我将所余差额两万元补齐。"

这时候姜合营很想对陈遇说，你为什么只租十天呢？如果你租上一百天，三十万，我这个代理厂长就能使用这笔款子大干一场了。

陈遇突然问道："今天几号？"

刘亮湖一旁答道："十一月六号。"

陈遇说："姜厂长今天我们就开始进货，明天开工组装。请您跟门卫说妥，到时候不要限制我们通行。我在别处租赁厂房曾经遇到蛮不讲理的门卫，那真是毫无办法的事情。如今我什么都不怕，只怕对方不遵守游戏规则。"

姜合营表示大门绝无问题。

陈遇从公文包里拿出一沓印刷精良的"出入证"说："为了避免门卫限制我们通行，请你在这二十张出入证上签章吧。最好是公章私章都盖上，这样民工们上班下班，就有了正式的手续。"

姜合营暗暗钦佩陈遇的精明能干。拉开抽屉，他在二十张出入证上逐一盖上自己的印鉴："陈遇先生做事真是既扎扎实实又轰轰烈烈。"

陈遇收起临时出入证，主动伸手告辞："姜厂长是哪个学校毕业的？"

"我没受过高等教育，"姜合营笑了笑，"如果您没有别的事情，我想留刘亮湖先生谈一谈。"

姜合营和刘亮湖送陈遇走出办公楼。陈遇钻进他的那辆黑色公爵王，疾驰而去。

工厂的大道沐浴着阳光，显出清朗的面目。昨夜一场秋雨，百花凋零，颇具寒意。此时的阳光便愈发显出暖意。今天公休日，机器们还在睡着懒觉。没有工人的工厂一派静谧，这种难得的休闲气氛感染了姜合营。

刘亮湖说："姜厂长您找我有什么事情吗？"

姜合营表示没有什么事情，只想了解一下停薪留职的工程师现状如何。当然，他不好意思直问刘亮湖是否还在路边刷漆。刘亮湖却很坦然，说前几天充当路边的油漆小工，重温了马克·吐温小说里汤姆·索亚的刷墙生活。

姜合营从前没有听过汤姆·索亚粉刷围墙的故事。

于是，刘亮湖饶有兴趣地讲了起来。

星期六的清晨，阳光分外明亮。住在波莉姨妈家里的汤姆拎着一桶灰浆出了院子，打量着那道十三码长、九尺高的木板墙。这时波莉姨妈对他处罚——他必须挥起蘸满灰浆的刷子，刷墙。他叹了一口气，快快往木板墙上刷了几下，就垂头丧气坐在一只木箱上。看着那漫无边际的还没有刷上灰浆的木板墙，汤姆心里想，什么时候能够刷完这道大墙呢？这真是一件没有指望的事情。

　　这时，吉姆提着水桶从这里走过。汤姆提出替吉姆去提水，由吉姆替他刷墙。吉姆毫不犹豫就拒绝了。汤姆无奈，只好挥着刷子继续刷墙。

　　必须想一个办法改变现状。汤姆等待着机会。这时贝恩出现了——模仿着一只大火轮走了过来。汤姆知道，看到自己的这份苦役，贝恩一定会幸灾乐祸的。果然，贝恩走到他近前大声说："哇，你在这里干活儿呢。"

　　汤姆只得继续刷墙。

　　贝恩又说："你干活儿真是津津有味啊。"这时候汤姆停下手里的刷子："你认为我这是在干活儿？"

　　贝恩啃了一口苹果说："难道你不认为这是在干活儿吗？"

　　汤姆告诉贝恩，他认为这是一件十分惬意的事情："一个孩子难道天天有机会来粉刷一道围墙吗？"

　　贝恩听了，怔怔看着汤姆。汤姆飞快地刷着，那动作显得十分潇洒。

　　贝恩心里说："是啊，一个孩子真是很少有机会粉刷一道围墙的。这的确是一个游戏。"

　　汤姆越刷越欢畅。贝恩看着，渐渐羡慕起来。

　　"汤姆，让我刷一下吧。"贝恩说。

　　汤姆并没有立即同意："不行。波莉姨妈对粉刷围墙的要求很高，一千个小孩，不，也许两千个小孩里头，都挑不出一个能够把墙刷好的孩子。"

贝恩说："让我刷几下试一试，如果达不到波莉姨妈的要求，你就立即把我替换下来。行吗？"

贝恩开始央求，并同意将苹果核送给汤姆。见汤姆不为所动，贝恩又说愿意将这个只吃了一口的苹果送给他。

汤姆极不情愿地将刷子递给贝恩。贝恩笑了，立即站在木板墙前，欢快地刷了起来。汤姆坐在阴凉地里，吃着那个大苹果，心里盘算着怎么样去骗下一个笨蛋。

第二个笨蛋是比利。汤姆得到一只很好的风筝。比利之后是约翰尼……就这么一个接一个，到了下半晌，汤姆已经成了一个富翁。他收到十二颗弹子珠，一副没有镜片的眼镜，一把打不开任何锁头的钥匙，一段粉笔，一只锡做的兵，一个拴狗用的颈圈……如果不是那一桶灰浆用光了，汤姆一定会将全镇孩子的东西统统骗到手的。汤姆发现了人类行为的一大法则：如果你要使一个人做某件事情，你只要设法把这件事情弄得难以办到，就行了。

姜合营听罢刘亮湖讲的这个故事，哈哈大笑："汤姆，真是个好孩子啊……"

刘亮湖不笑，十分深沉地对哈哈大笑的姜合营说："汤姆是美国南北战争时期的孩子，距离如今已经二百多年了。"

姜合营止住笑声，指了指空空荡荡的工厂大道说："有时候，我们往往不如二百多年前的一个孩子。是吧？刘工，你能告诉我陈遇做的到底是什么生意吗？"

刘亮湖想了想，说："时间生意。"说罢他与姜合营握手告辞。

望着刘亮湖渐渐远去的背影，姜合营想着汤姆·索亚的故事。

远远看见两辆大卡车停在工厂门前，一个劲儿鸣笛。姜合营想，今天是公休日怎么还有大卡车进厂啊？这样想着，他就朝工厂大门走去。瘸腿门卫韩春利正朝着大卡车上的一群民工吼叫。

一个民工头目手里拿着盖有姜合营印鉴的出入证，疑惑地看着韩春利："这是你们姜厂长签发的出入证，没效啊？"

韩春利嘿嘿一笑，说没效，转身走进传达室。

陈遇的黑色公爵王驶到工厂门口，他西服革履走下车来。这时候姜合营走了上来说："陈遇先生真是动作神速啊。"

"我这是生意，不敢怠慢啊。什么时候姜厂长成了私营企业主，就能够理解我这种如履薄冰的心情了。您看，果然是门卫出了问题……"

姜合营有些尴尬，走进传达室大声告诉韩春利，今后只要见到由他签发的临时出入证，一律放行。

韩春利并不示弱，说以后凡是这种事情都要先跟门卫打个招呼。

此时不是整治门卫的时候。姜合营走出传达室，对陈遇说："让民工们卸货吧。"陈遇指挥着大卡车朝一车间开去了。

又细又高的邓援朝骑着车子进了工厂大门。姜合营朝他这位党委副书记点了点头："公休日你还跑到厂里来啊？"

邓援朝的笑容总是显得干干巴巴："你你你没休息吗……"

姜合营简明扼要将出租一车间厂房的事情跟他讲了讲。邓援朝听到出租十天就能得到三万元租金，不禁脸色一喜。说着，两人快步朝一车间走去。

远处已经热闹起来，原本空空荡荡的"一号堡垒"，此时骤然升温。走进车间姜合营看到一个工头儿模样的小伙子，拎着漆桶将车间场地划分成八个区域。几个电工忙着铺设临时线路，安装了一组照明灯光。民工们已经进入自己的区域，安放工位器具。陈遇巡回督战。

看来工厂必须生产才有人气啊，姜合营对邓援朝发着感慨。邓援朝点了点头，不言不语。

姜合营走过去问陈遇什么时候开工。陈遇毫无表情地告诉他，今天夜间十点钟各就各位。

"这十天里头，陈先生您都在现场指挥吧?"

"不。我统统不管。八个工作区域，我雇用八个工头儿，包产到户，核算到人，计件工资，下班结账。这虽然属于原始管理，但从事这种短平快的生产，还是非常有效的。"陈遇说得有板有眼。

姜合营小心翼翼问道:"刘亮湖怎么没来呢?"

"刘先生不是我们公司雇员，他将贵厂空闲的厂房介绍给我们，使命就完成了。我们公司做这种生意走了九个城市，只有你们这里租金最便宜。这是社会主义的优越性吧。"

"已经走了九个城市啦?"

陈遇看了看姜合营，淡淡一笑:"姜厂长您当年学过毛著吧? 兴许您当年还是学毛著积极分子呢。其实谁能做到活学活用理论，谁就能发财致富，成为一代大款。"

姜合营笑了，问道:"这十天里你们组装的银雀牌助力车，完全投放本市市场?"

陈遇依然毫无表情:"对不起，这是商业秘密。"

姜合营认为看懂了陈遇摆下的八卦阵，就说:"用地道战的话说，您是打一枪换一个地方，不准放空枪。"

陈遇怔了怔说:"姜厂长您还有别的事情吗?"

姜合营与陈遇握了握手，转身离开。这时他看到邓援朝沿着划定的八个区域走着，仿佛晚餐之后的散步。

陈遇立即大步走上前去:"先生，您是……"

邓援朝目光定定站在那里，仿佛在空空荡荡的大礼堂里独自观看无声电影，譬如说卓别林的《摩登时代》或者《城市之光》。

陈遇再次发问:"您有什么问题吗? 为了安全起见，请您离开施工现场。"

邓援朝咧了咧嘴，算是对陈遇的答复。在陈遇眼里这是个极其复杂的笑容。他大步追上姜合营低声询问。姜合营告诉他这位是大中华日用化工厂党委副书记邓援朝。

姜合营与邓援朝走出一车间大门，阳光强烈起来。邓援朝从怀里掏出小本子，边走边写，然后递给姜合营看。小本子上写着："开展生产自救，其实我们也能组装助力车。"

姜合营笑了："老邓，你想的跟我想的碰到一块儿啦！"

邓援朝又在本子上写了一行文字："一慢二看三通过。"姜合营说："刚才咱俩已经搞了调研，看准机会咱们也该动弹了。"

英雄所见略同。这令姜合营感到非常愉快，他认为邓援朝这人，还行。

邓援朝又在本子上写了一句："刚才我在马路上看见了一车间主任黄大发。"

姜合营一怔："这小子终于露面啦？"

2

市政府派出的三人工作组，乘坐红色桑塔纳轿车驶向大中华日用化工厂。这是个多云的上午。三人工作组由三位老同志组成，二男一女，都是"工业通"。退休之前，他们都是市政府工业调整办公室的决策人物，多年参与城市工业长远规划设计。如今这座城市落成这个样子，他们也不肯安度晚年。市政府发挥老同志的余热，将他们编为工业咨询委员会成员，时不时分派任务给他们。这次市政府派他们进驻大中华日用化工厂，说是开展调查研究工作。

三人工作组的组长是个慈眉善目的副局级调研员，姓申，名秀绪。

副组长是位形象端庄的女性，也是副局级调研员，名叫刘冀玲。她经验丰富，处变不惊。组员李群由于多年仕途坎坷，总是忧心忡忡的样子，沦为悲观主义者。

工作组乘坐的红色桑塔纳轿车驶入麦格路，司机猛然一个急刹车，几乎与迎面驶来的林肯牌轿车瞬间相撞。满车惊叫。好在苍天有眼，两车擦肩而停，有惊无险。

林肯轿车里钻出个大胡子白种人，他推开双手，哇啦哇啦说着什么。工作组的三位政府官员，外语一窍不通。驾驶桑塔纳的司机也只能讲不太标准的普通话。于是，这就形成一场聋子般的对话。

工作组的组长申秀绪坐在车里大发感慨："谁说公务员用不上外语？今天就是个典型的例证。应当引起大家的反思嘛。"

大胡子洋人显然是被对方的漠然所激怒，走上前来大声喊叫，分明是在提出强烈抗议。

工作组副组长刘冀玲说："冷静，一定要冷静，我们一定要冷静。他冲动我们不能冲动，我们要做到有理有力有节，我们更要注意双边关系，不要因小失大引发外交事件……"

工作组组员李群说："倘若十分钟之内仍然没有翻译出现，双方无法沟通，我敢说事态一定升级。"

工作组的司机回头问坐在车里的三位领导："大胡子洋人讲的是英语还是法语？"

这时，一个戴眼镜的中年男人骑着破旧的自行车经过现场。他显然能够听懂大胡子嘴里发出的响动，主动停下自行车，听着。

这真是从天上掉下一个翻译来。工作组组长申秀绪立即指示工作组组员李群："请这位骑自行车的同志充当翻译，咱们跟这位外国朋友现场对话。"

戴眼镜的中年男子与大胡子洋人攀谈起来。申秀绪坐在车里大声说道："这位戴眼镜的同志，请你快把我的话翻译给外国朋友，这是一场有惊无险的误会。"

戴眼镜的中年男子与大胡子洋人，交谈甚欢。

大胡子洋人操着美国口音的英语对戴眼镜的中年男子说："我的小女儿玛丽几次向我提起，麦格路上有位中国先生能用英语讲汤姆·索亚的故事给她听，一定就是您吧？这是一座拥有殖民文化历史的城市，可是我只遇到您会讲英语，所以非常高兴。我姓希尔顿。请告诉我您的名字。"

"我叫刘亮湖。我的英文名字叫路易。"

希尔顿先生掏出名片，大声说谢谢路易，然后问路易在哪里供职。路易说目前处于失业状态，昨天做了一次中间人把空闲厂房介绍给外地商人。希尔顿听了，按照美国的逻辑认为路易是个经纪人。

希尔顿与路易握了握手，坐到林肯牌轿车里。他摇下玻璃朝着市政府工作组的红色桑塔纳轿车挥了挥手，似乎表示着某种程度的歉意。

刘亮湖走到红色桑塔纳近前，对坐在车里的政府官员说这是一场误会，那位来自美国的先生已经表示歉意。这时坐在车里的工作组组长申秀绪轻声问道："那位驾驶林肯牌轿车的美国先生是干什么的？"

"美国李斯特化学集团驻中国首席商务代表希尔顿先生。"

"你是哪个单位的？"工作组副组长刘冀玲问刘亮湖。

"我是大中华日用化工厂的下岗职工。你们几位都是政府官员吧？我看得出你们几位都是政府官员。你们还有什么问题吗？"

车里没人说话。刘亮湖说："我可以走了吧？"然后小心翼翼扶起那辆破旧的自行车，骑行而去。

望着麦格路上刘亮湖远去的背影，工作组组长申秀绪说："俗话说不看不知道，大中华日用化工厂人才济济嘛！这个骑自行车的就是合格的外语人才。企业为什么迟迟不能走出困境？我看首先是领导班子问

153

题，要善于发现人才使用人才嘛。同时，领导干部一定要带头讲政治。"

工作组副组长刘冀玲说："是啊，我们无形之中开了一个碰头会。这个碰头会开得及时，使我们在进厂之前，统一了思想认识，为今后的调查研究打下一个良好的基础。是不是可以开车啦？"

红色桑塔纳朝着大中华日用化工厂的方向驶去。

麦格路被人们称为"万国建筑博览会"，真是千真万确。一路上工作组的同志交口夸赞道路两侧那一幢幢风格迥异的小洋楼。驶过街心草坪，汽车减速。司机看见路边大门口挂着"大中华日用化工厂"的牌子，就停了下来。

不知什么原因，工厂大门附近聚着一大群人。申秀绪其实是一个好奇的人，他推开车门，朝着人群走了过去。凭着多年的工作经验，他远远就看出这是一群工人。走到近处，他感到一种神秘的气氛笼罩在人群上空。

"你们这是干什么呀？"工作组组长申秀绪轻声问道。

一个瘦猴儿模样的青年工人回过头来低声说："搞科研！"

申秀绪更加好奇："搞科研？搞什么科研！"

"依靠科学探索人生奥秘。"

人墙闪开一道缝隙，工作组的组长这才看到人群中央竟是一辆轮椅。轮椅上坐着一个形似米老鼠的老头儿，正在闭目沉思。

申秀绪慢慢挤进人群，低声问道："这是谁呀？"

身边一个工人小声说："你怎么连田大师都不认识？他能预测未来。"

看来这位坐在轮椅里的老头儿就是田大师了。田大师的轮椅上还插着一支黄色的小旗子，旗子上印着两行红字：

　　　　不算天，不算地，

　　　　只算"好运"有没有你。

田大师睁开眼睛，对蹲坐在面前的一个黑脸工人说："这八十个工人的名单里，没你。"

黑脸工人非常沮丧："田大师，您给我指一条明路。这八十个工人名单里没我，那我什么时候才有好运呢？总这样下去，全家可就穷死啦！"

田大师双目微闭说："多行善事吧。"

黑脸工人嘟哝着挤出人群："我没做伤天害理的事情啊。"

那个瘦猴儿模样的工人挤到轮椅近前："田大师，我也是一车间的工人，我叫罗光。您测一测那八十名工人里头，有我吗？"

田大师抓住瘦猴儿工人的左手："你说一个字儿。"

瘦猴儿想了想，说出一个"好"字。

田大师点了点头："你结婚了吗？"

"结了。可是我媳妇没工作，在马路上卖冰糕。"

"好啦。那八十个工人的名单里，有你。"

瘦猴儿一下子激动起来，掏出十块钱大声说："我穷，这十块不算是卦金，算是我的一丁点儿心意……"

田大师冷着面孔说："这钱你拿回去孝敬父母吧。我给工人测字，只收一元卦金。"

瘦猴儿千恩万谢，挤出人群。

一个胖头胖脑的工人要求测字。

田大师神情悲悯："这次名单里没你。不过三个月之内还有一个机会，你安心等待吧。"

"田大师，请您告诉我那是一个什么机会呀？"

田大师挥了挥说："东边日出西边雨。"

"东边日出西边雨？"人们嗡嗡嗡议论起来。

这时，申秀绪已经挤到轮椅近前，压低声音说："您也给我测一测吧。"

田大师闭目养神："今天我被请到这里，只给工厂的工人测字。"

工作组的组长说："我也是工人啊。"

田大师并不睁眼："你不是工人。你从来就不是工人。你快离开这里吧。"工作组组长申秀绪心中一惊。看来这位田大师果然法力非凡。

一个小伙子说："田大师说话，从来都是一针见血。我看你满面红光的模样，一定是个当官的。你快走吧。我们这一群下岗工人，可都不是好脾气！"

申秀绪无可奈何，只得转身快快挤出人群。工人们仍然在议论着："这年头儿有冒充大款的，也有冒充高干的，还没见过冒充工人的。"

"冒充工人有什么用啊？反而让人瞧不起……"

挤出人群，申秀绪心中很有一番感慨："唯心主义真是太猖獗啦！"然后朝着红色桑塔纳走去。

申秀绪走到桑塔纳轿车近前。刘冀玲从车里钻出来，指着马路对面说："大中华日用化工厂就是怪事多。你看，那里又来了一个摆摊的……"

一位老翁坐在边道上，地上摆开一行写在报纸上的大字：

收购工厂，价格面议。

虽说大中华日用化工厂坐落在高尚住宅区，这里的人们同样喜欢围观新鲜事物。平淡的生活之中猛然出现一个收购工厂的老人，这不啻一道风景从天而降。过往行人看着姜国瑞摆在地上的"收购工厂，价格面议"八个大字，都感到非常惊讶。

"收购工厂？您老人家大概是从台湾回来的富翁吧？"

"收购工厂可是一件大活儿啊！这老先生兴许三朝元老，府上保险柜里存着几十条黄金呢。"

姜国瑞目不斜视，目光定定注视着工厂的大门。

工商稽查大队的摩托车从这里驶过，见路旁聚着围观的人群，他们就停下摩托车走了过来。一个稽查队长模样的男子拨开人群，挤到前面。他看到地上摆着"收购工厂，价格面议"八个大字，很是诧异。他竟然兴奋起来转身喊道："都过来吧，这里又有一个无照经营的……"

工商稽查大队的队员们纷纷挤上前来，围成一只铁桶，铁桶里面坐着闭目养神的姜国瑞。

"喂，老头儿你有经营执照吗？"

姜国瑞睁开眼睛看了看，并不言语。

稽查队长模样的男人显然是在繁忙的工作当中寻找轻松与幽默："老人家，你在这里摆摊，属于无照经营的小商小贩。说你是小商小贩，可你做的又是中国头一号大生意，收购工厂！你的气魄比市委第一书记田春德同志还要大。照您这样，今后在蟋蟀市场上我们也能逮着倒卖原子弹的！"

人们哄堂大笑。

姜国瑞不笑，他抬起头看了看稽查队长："我的目的是唤起社会各界都来关心国有企业……"

稽查队长正色说道："你关心国有企业谁也不反对。我就是没见过在马路上摆地摊收购工厂的。若在前几年，这就是严重的政治问题！看你一把年纪了今天就饶了你。你有没有儿女？你今年有八十岁了吧？你在什么地方住呢？你马上给我收摊回家！以后不许四处乱跑啦。"

"四处乱跑？我从来也没有四处乱跑。我出门散步，只到这里来。因为在很久以前，这座工厂是我开的，那时候我把这座工厂管理得很好……"

姜国瑞的独白，再次引发人们的哄笑。

老人弄不明白人们为什么发笑，又说："我的目的就是要呼吁社会各界关注困境之中的国营企业。譬如说民众集资，将国有企业转换成为股份制企业，你们觉得这很可笑吗？"

一个稽查队员问："听口气您是一个退休的大学教授吧？专门研究马克思的政治经济学。"

申秀绪平时坐在市直机关办公室里，心静如水。见到此处怪事连篇，万象嘈杂，不禁连连摇头："收购工厂，真是莫名其妙！"

老翁听了这话站起身来："这位同志，我想向你请教，如今是不是允许私营企业存在？如果允许私营企业存在，那么请你告诉我什么叫莫名其妙？"

申秀绪只得苦笑。自从走出红色桑塔纳他就接连遇到重创，先是被工人们从算卦的人群里清理出来，然后又遭到这位摆摊老翁的当面诘问。

他朝摆摊的老翁摆了摆手，做出大人不与小人怪的姿态，走到大中华日用化工厂传达室门前，大声对值班的门卫说："我们是市政府派来的工作组。"

韩春利拖着一条瘸腿迎上前来："太好啦，我们可把你们给盼来啦！你们可一定给工人做主啊。"

听着这几句没头没脑的话，工作组的成员们面面相觑。

一辆大卡车停在工厂大门口，司机大声问道："我们是来卸货的，银雀助力车！手里有出入证。姜合营姜厂长已经批准我们出入啦。"

韩春利沉下面孔说："姜厂长批准，我怎么不知道？不准通行！"

然后，韩春利紧紧拉住工作组组长的手："我告诉您吧，一车间的工人到市政府去上访，刁振华被公安局给抓起来啦！至今下落不明啊。

家属都要急死了……"

"收购工厂"的摆摊老翁拄着一支电子报警安全手杖，横着身子站在工厂门口，歪着脖子注视着工作组组长："原来你们是市政府派来的工作组啊？我要求与您谈一谈。您知道我是谁吗？我是金手商标的创始人姜国瑞！"

申秀绪笑了笑说："我跟您约一个时间，再谈。您看好吗？"

姜国瑞执意说道："当年，我将金手商标献给了国家；今天，我要将金手商标收购回来，自己管理！"

门口那一大群热衷算卦的工人听说来了市政府工作组，一下子围拢过来，鸡一嘴鸭一嘴与工作组的同志诉起苦来。一时间，大中华日用化工厂门口乱哄哄好像一个自由市场。

见瘸腿门卫不让大卡车进厂卸货，送货的大卡车上跳下一个中年男子，掏出手机拨通大中华日用化工厂厂长办公室的电话。

姜合营从厂里跑了出来。面对这个阵势，这位代理厂长一时看不清楚到底是来了几路兵马。他看见一辆红色桑塔纳缓缓开进厂里，不知车里坐着的就是市政府派来的工作组。于是他先对门卫韩春利说："已经明文通知你啦，凡是手里有通行证的，门卫一概不得阻拦。改革开放，我们连国门都打开了，怎么你还要故意刁难呢？韩春利你要是不打算吃这碗饭，就赶紧回家去抱孩子！马上给我开门放行。"

瘸腿门卫韩春利嘟嘟哝哝："哼！当厂长的没有一个好东西……"

姜合营隔着马路看见自己的祖父——名牌金手商标的创立者。虽然已是百岁老人，他依然目光炯炯，清瘦的身躯穿一套灰布制服，蕴藏着一股脱俗的力量。这时姜合营被祖父的形象感动了。

他跑到祖父面前，伸手将摆在地上的八个大字拾掇起来："爷爷，我看您还是先回家吧。什么时候政府允许出售工厂了，我就去告诉您，行吗？"

159

围观的人群里似乎有知情者，小声向听众介绍着情况："这老先生从前是这个工厂的资方。"

一辆红色夏利驶了过来。姜合营挥了挥手，走上前去压低声音对出租汽车司机说："这是二十块钱，你务必把我爷爷送到家里，他住在西藏路东面的怀仁公寓，就是从前的大公报宿舍……"

姜国瑞继续说道："合营，我只想唤起社会各界关注大中华日用化工厂。金手商标是国货精品，一定要给我保住啊！"围观的人们受到老人豪情的感染，为伏枥的老骥热烈鼓掌。

姜合营笑了笑："拜托诸位，千万别鼓掌啦！再鼓掌你们就把我爷爷给害啦。让一个世纪同龄人管理这座工厂？如今又不是佘太君挂帅的时代。"

姜合营附在祖父耳旁低语："现在我很忙。您放心吧，只要我当一天厂长，就会竭尽全力的。您想一想吧，历史上咱们姜姓还没出过孬种呢。从直钩钓鱼的姜子牙到蜀汉大将姜维，从农民诗人姜秀珍到复旦大学的辩论能手姜丰，您数一数吧，一个反面人物都没有……"

姜国瑞听了这话，孩子似的笑了。

出租汽车司机扶着老人坐进车里："这位老先生您是想买国营工厂啊？我看您是一个民族英雄。"姜合营趁机说："这位司机师傅，我祖父最关心工厂的命运，您就跟他老人家好好聊一聊吧。"姜国瑞从车窗里伸出手来抓住孙儿的胳膊，颤颤抖抖说道："合营，千千万万不能让工人饿肚子啊。"

姜合营的泪水，一下就充满了眼窝。

这时瘸腿门卫韩春利大声朝着姜合营喊道："市政府派来的工作组已经进厂啦……"

姜合营撒腿就朝厂里跑去。

3

大中华日用化工厂多少年来接待过多少工作组，难以数计。不过那都是以前的事情。如今几乎很少听到"工作组"这个称谓，满天飞舞的字眼是"股票反弹""楼宇按揭""信用卡恶性透支"，不一而足。

市政府工作组此行采取低调姿态。虽然就在进厂当天，化学工业总公司的总经理沈鸿立即赶到厂里，但申秀绪还是以平常之心待之。他深知自己所率领的工作组，只是一个调研性质的临时班子，既无改组厂领导班子的任务，也没有带来什么特殊优惠政策，只是通过调查研究，向市政府领导同志反映企业动态而已。

二楼会议室里召开厂领导班子与市政府工作组的见面会，尽管彼此都已见过面了，但还是要有这个仪式的。姜合营、邓援朝、赵则久出席会议，沈鸿总经理让唐本旺作为列席代表出现在会议室。这时姜合营敏感地意识到，唐本旺极有可能复出。

会上，工作组组长申秀绪同志做了一个极其简要的讲话。与以往工作组所不同的是，他没有给人以深不可测的感觉，而是开门见山。

申秀绪说，这一次市政府向大中华日用化工厂派出工作组，是由于三起上访事件引起的：一是工伤事故的死者朴万植家属上访；二是患病职工家属的上访，以苗定根家属为首；三是一车间下岗职工的集体上访。应当说这三起上访事件造成很坏影响，有的场面还被外国记者拍摄。因此市政府对大中华日用化工厂能否维持一个安定局面很是关注，这就是上级派出工作组的初衷。听了申秀绪同志的这一番开场白，姜合营心里很是失望。他恨不能市政府派员对大中华日用化工厂实施大型手术，快刀斩乱麻。

申秀绪对大中华日用化工厂的分析，准确而生动："大中华日用化工厂属于国有中型企业（处于中型与小型的边缘），同时它又是一家拥有近七十年历史的老企业。它拥有一种或几种曾经在国内家喻户晓的名牌产品，譬如说金手牌清洗液系列，金手牌皮革制品油系列，等等。该厂拥有一支综合素质较高的职工队伍（与乡镇企业相比），五年前，尚属行业龙头企业；三年前，也属中游企业。随着改革开放的进一步深化，在近年的急剧变化的市场竞争中，处于被动局面。这种类型的企业面临的主要问题是，设备老化，产品结构有待调整，资金缺乏。建议以'嫁接'为主要手段，吸纳外资，对企业实行全面改造；或者试行股份制，用两年时间争取进入良性循环。"

申秀绪的发言结束之后，工作组副组长刘冀玲同志说：

"大家应当对大中华日用化工厂的前景充满信心。如果我没有记错的话，前年的十二月二十五日，大中华日用化工厂与神州化工厂达成协议，神州化工厂的一分厂成为大中华日用化工厂的联营企业。因为这项工作当时是我抓的，所以我记得非常清楚。联营期限为十五年，联营产品为金手牌皮革制品油系列中的金手牌鞋油。我们为什么要搞联营企业呢？这基于市政府关于调整工业结构的总体思路，那就是通过一个行业的龙头企业，带动和带活一批中小企业。大中华日用化工厂当然是行业的龙头企业啦！为了你们的龙头作用，我们将神州化工厂这样的集体所有制企业，划为你的联营企业。联营期限内神州化工厂已经衍生出"金足牌"商标。事实证明，大中华日用化工厂是一家颇有实力的企业。我相信大家所面临的只是一个暂时的困难阶段。咬牙挺住，就是胜利。"

李群的发言更为短暂："我们进厂是来搞调查研究的，然后去粗取精去伪存真，将企业情况反映给市政府领导同志。"

会议临近尾声的时候，沈总要姜合营发言。姜合营笑了笑，说没什么可讲的。申秀绪还是要他说几句话。姜合营不再推辞，开始发言了。

"工作组的领导同志让我讲，我就讲几句。首先要表态，既然市政府派出工作组是由于我厂的三起上访事件，那么我承认自己应当负有主要责任。我的工作没有做好，给市政府添了麻烦。今后对这类事情我们一定要严加防范。这是我表的第一个态。我要表的第二个态是什么呢？我以党性保证，我觉得自己担当这个代理厂长是不适合的。我在企业里工作很多年了，自以为了解工厂，其实不然。通过几件事情，我终于认清了自己，我对工厂，并非一目了然。因为心中压力很大，非一般能力所能管理。我呢请求工作组转告上级组织部门，从速确定大中华日用化工厂厂长人选。我只是一个过渡人物，但是我保证站好最后一班岗。至于这个厂的党委书记嘛，我认为邓援朝同志还是能够胜任的，我拥护他的工作。

"目前国有企业实行的是厂长责任制，也就是说厂长是一把手，主持全面工作。所以从这个意义上说，领导班子就要配备齐全。我只是一个代理厂长，如果任命正式厂长，就应当配齐副职。起码要有两位副厂长吧？不能什么事情都是一个人说了算。我们毕竟搞的是具有中国特色的社会主义。

"下面我要说一说具体问题。说到具体问题就难免得罪别人，那么我在这里事先请求原谅。好在大家都是党员，承受力应当很强。

"关于唐本旺同志，是这个企业的老领导了，理应受到尊重。我是代理厂长，曾经委托唐本旺同志全权负责'八十位工人名单'的初选。现在这项工作基本结束，估计明天就要张榜公布了。这儿天一车间的工人们四处活动，都希望自己能够入选。但是我没有发现唐本旺同志有什么吃私舞弊的行为。最后所确定的名单，当然存在遗珠，但基本能够做到一碗水端平。在此，我对唐本旺同志提出表扬。同时我还要指出，好事一定要办好。这'八十名工人名单'的最后确定，必须经过厂领导班子的确认，不能一个人说了算，希望能够引起唐本旺同志的注意。

"关于一车间主任黄大发失踪一事，目前还没有确凿证据，但有人看到黄大发已经出现在杜家村的私营企业，也就是说，极有可能他已将咱厂一车间金手牌清洗液的生产技术全盘带到杜宝成的私营企业。那么，不久我们就会看到全手牌清洗液的问世。这种似是而非的侵权行为，必然对我们金手牌商标造成难以估量的损害。

"最后，关于朴万植的死亡事故，我乐意接受任何形式的处分。"

会议室里静了一会儿。

沈鸿说："作为代理厂长，姜合营同志对目前全厂工作的总体思路，有没有一个具体的想法啊？"

姜合营立即答道："没有。"

申秀绪问道："为什么没有呢？"

"因为这个总体思路必须是在领导班子共同商议之下产生的。也就是说，我们要用集体的智慧战胜困难，尤其是应当在领导班子健全之后……"

"关于健全领导班子的问题，我想很快就会解决的，"沈鸿总经理从公文包里拿出一页文件，"今天我到厂里来主要任务是宣读总公司党委的一个处分决定。这就是关于朴万植死亡事故对企业主要责任人姜合营同志的处理决定。当然，下达处分决定之前，应当与姜合营谈话。可是时间太紧了，我就在这个会上宣布一下。根据劳动保护监察处对朴万植死亡事故的调查报告，最初，他们有追究法律责任的意向。经总公司党委研究决定，给予姜合营同志行政记过处分……"

会议室里又静了一会儿。

唐本旺低声说道："据说死者家属目前仍然四处上访，扬言处理不公就到北京去告状……"

姜合营突然笑了："事情明摆着，只要撤了我的代理厂长职务，死者家属马上就不闹了。有人暗中打的就是这张牌，不信咱们就试一试。"说罢，他瞥了唐本旺一眼。

唐本旺佯作喝茶，侧过脸去。

申秀绪郑重脸色说道："姜合营同志，上级任命你担任代理厂长，是无须经过什么试验的。希望你能够安心工作，不要胡思乱想。即使有人暗中指使死者家属上访，这又能起到什么作用呢？"

沈总经理做了一个总结性的发言。他说，工作组进厂，对大中华日用化工厂是一个极大鼓舞，说明市委市政府对处于困境之中的国有企业非常重视。大中华厂的领导班子应当积极配合市政府工作组，借工作组的东风，争取使全厂工作进入一个新的阶段。

申秀绪笑了。他已经从沈鸿的发言中听出几分滋味，称工作组为"东风"就是一种姿态，希望工作组手眼通天，为大中华厂从市里要来优惠政策待遇。申秀绪已经体会到"十年河东，十年河西"这句俗语的苍凉含义。今非昔比。计划经济时代工作组进驻企业，绝对钦差大臣，开展调查研究，总结基层经验，树立先进典型，以点带面，锦上添花，一句话就能将这个企业抬起来，一句话也能将这个企业贬下去，手中握有兴邦丧邦的大权。如今市场经济时代工作组进驻企业，手中没了尚方宝剑，只能口头上声援企业走出困境而已。申秀绪深知其中三昧，心中自有主张。工作组与厂领导班子的见面会议就这样散了。

市政府派来工作组的消息，立即传遍大中华日用化工厂。总机电话员纪格格功不可没——她将这个消息通过电话告诉自己所有的熟人。

于是，工作组进驻工厂当天的下午，就繁忙起来，主要工作是接待一拨又一拨的来访职工。大中华日用化工厂似乎积累着无穷无尽的问题，工作组的到来使广大职工颇有"八路军回来啦"的感觉，就使劲诉苦，尽管他们心里知道这仅仅是诉苦而已。

前来申诉的职工，按问题内容分类：一、诉说住房困难的，仅老少三辈同居一室的，就三十八户。二、诉说夫妻离异财产分配不公的。三、控诉公费医疗形同虚设的。由十三位著名病号组成的群体，申诉起来字字血声声泪。其中一位是参加革命的老干部,吃药看病也是自己花钱。四、举报厂领导的。有不愿透露姓名的科室干部检举唐本旺的经济问题。有工人揭发姜合营与诸葛云裳关系暧昧。五、杂项。其中包括计划生育等问题。

全厂职工如此信赖,工作组的同志们深受感动,不禁干劲倍增。申秀绪将工作组的工作分为三个调研层面:一是找车间主任谈话,二是找班组长谈话,三是找工人谈话。工作组办公室的墙上挂了一张"全厂结构示意图",并附有备注一栏,看上去全局在握,一目了然:

一车间——当年俗称"一号堡垒"。(大田保子项目)使生产流水线拆除,一百六十八名工人下岗。厂房空旷。车间主任黄大发(下落不明)。

二车间——当年俗称"二号堡垒"。产品为电热驱蚊器和电子报警安全手杖(其中百分之六十的产品依靠职工外出推销)。车间主任关伟勤(女,满族)。

三车间——当年俗称"三号堡垒"。主要生产金手牌鞋油系列产品。其中三种规格的鞋油以及金属软管已经扩散到联营企业神州化工厂生产。该车间职工平均收入五百五十五元,列各车间之首。车间主任于红旗。

四车间——当年俗称"总督堡垒"。自谋生路改为缝纫车间,为外商独资公司来料加工制作柔柔牌女式内衣内裤。全车间百分之九十为女工。最为关心的事情是"订单"。车间主任莫吉。

五车间——俗称"自由堡垒"。职工全部放假回家,每月八号"返厂"。一般职工只发百分之四十工资。车间主任李文开(已故)。

望着墙上这一幅并不景气的画卷,工作组全体同志感到任重道远。

申秀绪意识到唐本旺是一个关键人物,临近下班的时候,找他单独谈了谈。

166

唐本旺竟然能够做到畅所欲言，这很令申秀绪感到意外。谈起话来，唐本旺激动起来，滔滔不绝说着，根本不容对方掺言。申秀绪看出，与唐本旺这样的人在一起工作，很难相处。要么你自拜下风，要么你敬而远之。他太好强了，事事走在前面，处处不甘人后。这样的性格管理工厂，往往造成一言堂局面。唐本旺开门见山却也咄咄逼人，认为大中华日用化工厂目前的被动局面，完全是由于上级行政干预，一车间被迫搬迁造成的。大田保子无踪无影，阚大智调任北京，大中华日用化工厂陷入困境。眼巴巴看着清洗液生产线就这样趴了窝，事情就这样无声无息过去啦。谁来承担这次失误的主要责任呢？市政府对此必须拿出一个说法。

　　申秀绪这时已经看出，五十六岁的唐本旺，属于兴奋型人物，经过这么多年的摔打磨炼，仍然处于"点火就着，给油就走"的启动状态。目前身为免职厂长，却俨然一派"无人指挥我指挥"的风采，斗志旺盛。使用这种干部管理企业，有喜有忧。

　　申秀绪终于在唐本旺的话语里寻找到一个间歇，说："你的这些观点都很独特。除此之外，你还有什么要求吗？"

　　唐本旺愈发激动起来："事实证明，当时我抵制阚副市长的指示是正确的。日报记者钱大飞为此已经写了内参。我不知道市领导是否看到，我要求为自己平反。"

　　申秀绪想了想，告诉唐本旺这个问题迟早要有一个说法的。

　　申秀绪突然问道："你觉得姜合营这个人怎么样？"

　　唐本旺想了想，说："再摔打摔打吧。"

　　申秀绪的作风是马不停蹄，与唐本旺谈话之后他立即找到现任副厂长赵则久谈话。赵则久属于安静型人物。这个安静型的人物却不愿坐在办公室里谈话。他领着申秀绪踱出门来，朝着生产车间的方向走去。应当说这是一个明媚的下午。明媚的天气里，人们往往容易促膝谈心。

他们走进俗称"自由堡垒"的五车间。这里的职工全部放假回家自谋生路，人去屋空，剩下的只是生锈的机器和沉甸甸的历史。

赵则久说，唐本旺当厂长就好像是京剧里的大武生，能唱能打，情绪饱满，闪躲腾挪，场面炽烈，常常博得满堂喝彩。在漫长的计划经济时代，这种类型的厂长很多，也容易走红成名，被称为"性格厂长"而一领风骚。

"那么你属于哪种类型呢？"申秀绪问道。

"我属于哪种类型？如果把人生比喻成一台京戏，我肯定不是大武生。我属于'里子老生'吧。什么是里子老生呢？就是衬里的意思。配角，《文昭关》里的东皋公，《杨门女将》里的采药老人。只有那么几句唱腔，烘托主要人物。"

申秀绪指着空空荡荡的五车间问这位副厂长："你说，大中华日用化工厂是怎样弄成今天这种惨况的呢？"

赵则久认为，一车间的搬迁失败，对大中华日用化工厂来说的确是雪上加霜，但是企业陷入困境与大田保子的言而无信并无绝对关系。大中华日用化工厂走出困境的关键不在于言而有信的大田保子，在于体制——必须完成真正的变革，建立现代企业制度。

工作组组长问道："你能说得更为具体吗？"

赵则久咬了咬牙说："突然死亡法。"

"你是说长痛不如短痛？"

赵则久说："置之死地而后生。"

申秀绪与唐本旺、赵则久谈话之后，回到工作组立即召开内部会议，统一思想认识。

李群说："在工业系统工作了几十年，什么样的企业都见过。但如今我们处于计划经济与市场经济之间的前所未有的时代，可以说是老革命遇到了新问题。"

刘冀玲对大中华日用化工厂现状感到担忧。她认为市场经济就是一个大水塘，有如鱼得水者，也有溺水身亡的。如今再不组织生产，那么必然有一大批企业因不适应激烈竞争而倒闭。我说的激烈竞争，包括优胜劣汰，也包括优汰劣胜。所以，我们要动手抢救大中华厂，给它最后一个机会。就凭它为国家创造了几十年的利润，我们也应当给它最后提供一个机会。

申秀绪问："一个什么机会呢？"

刘冀玲与李群异口同声："嫁接外资。"

申秀绪说："是啊，除了输血，恐怕我们也想不出什么更好的办法了。"

"明天几号？"申秀绪问李群。

李群看了看手表说："今天七号……"

"据说，每月八号是大中华厂的集日。全厂职工都在这一天进厂赶集……"

4

八号这天姜合营很早就起了床，赶往厂里。他知道今天发薪，不比寻常。走进办公室，他想起自己很久没唱戏了，就哼了几句《钓金龟》。刚唱出头一句"叫张义……"，办公室的门就被推开了——进来一个活的张义。

这位活的张义，是四车间的缝纫男工。如今在厂里说起他，已是大中华日用化工厂无人不晓的人物了。他其貌不扬，与姜合营年岁相仿。走起路来，八字脚，在厂里原本属于名不见经传的群众角色。去年企业渐入困境，张义所在的四车间的主导产品"万年油"积压在库，没了市场，只得停产。车间主任莫吉，外号"老母鸡"，急得团团转，好像

169

一只飞旋的陀螺。"老母鸡"毕竟有"老母鸡"的办法，历尽千难万苦，鸡啄碎米终于觅到一条生路：来料加工。为一家外商独资公司生产柔柔牌女式高级内衣内裤。立即动手改造车间布局，"老母鸡"果然不凡，三天就将四车间变成缝纫场。上岗的工人，当然是清一色的女工。

张义找到"老母鸡"，要求上岗。

"老母鸡"问道："你一个大老爷儿们跟着起什么哄啊？坐在缝纫机前边你比那老娘儿们多一条腿，能往那高级乳罩上轧花？"

张义承认自己对高级乳罩那东西很不熟悉——妻子平时只穿中式背心。但他仍然强烈要求上岗试工。"老母鸡"无奈，只得让他上岗一试。消息传出，立即成了全厂的笑谈。张义却不为所动，第二天早晨上班，就坐在缝纫机前，干了起来。"老母鸡"很是惊讶："张义从前你干过缝纫啊？"

张义摇了摇头告诉"老母鸡"，自己只是在家里练了一天一夜。

"老母鸡"暗暗统计，张义的缝纫速度，比一般女工稍慢。于是，他就同意张义上岗。第四天的时候，张义就成了缝纫工序的轧花冠军，所有缝纫女工，都无法追上他的进度。张义得到了一个绰号："张大娘儿们"。

张义说适者生存，人必须随着环境变。四车间变成缝纫车间，因此张义也就变成"张大娘儿们"了。人们都说张义这样不男不女的做法，是给改革开放抹黑。

张义乐此不疲，奖金常拿车间第一。企业落入困境以来，人们眼珠儿都胖了，全厂只有缝纫男工张义成了唯一受益者。很多人说，改革的第一成果就是把张义改革成一个缝纫男工。有人怀疑，坐在缝纫机前的张义已经不是男人了。于是每当张义走进厕所的时候，身后总是跟着几个好奇的工人。

工人们都说，企业开始改革，张义就变成了娘儿们，真是没劲。张义自己倒不觉得有什么不好，工人嘛就劳动吃饭，有活儿干，有工资奖金，有老婆孩子，足矣。

一大早儿张义就来到厂长办公室，姜合营不知道他有什么事情。

"姜厂长我有几句话要对你说……"

姜合营似乎想起张义这几天的表现："你跟着那群老病号一起找我谈过报销医药费的事儿。我也让你们给闹糊涂了，张义你不是病号呀，跟着起什么哄呀！"

张义苦笑着说："从前我是没病没灾的，可是天有不测风云啊！"

姜合营笑了笑说："你有什么事情就说吧。"

张义环顾左右，然后压低声音说道："姜厂长我告诉你一件事情！你没看出我有什么反常的地方吗？我得了一种怪病，胡子越来越少啦……"

"胡子越来越少啦？"姜合营抬起头来，盯着张义的脸颊。是啊，张义此言不虚，无论是他的上唇还是腮旁，当初"亩产上纲要"的沃土竟然变成稀稀拉拉的盐碱滩，几乎成了不毛之地。"张义，这到底是怎么搞的？"

"我到医院查了，从验血到 CT，查了好多项目，医院纯粹是为了赚钱。大夫也说不出子丑寅卯，就让我先注射一个疗程的雄性激素。医药费吃不消啦，所以我急着找你报销。"

姜合营眉头紧蹙。是啊，人们刚给张义起了一个外号"张大娘儿们"，这家伙就不长胡子了。这就叫众口成灾。难道企业陷入困境，男的也要变成女的吗？这绝对不可思议。"张义，我问一句不该问的话，你现在的夫妻生活怎样呀？"

"原来还能维持每周一歌的水平，现在更退步了，变成每月发薪了。"

不知为什么，姜合营心底涌起一股悲哀的浪潮，一个男人居然不长胡子了。目前虽然病因尚未查明，但姜合营判断这十有八九属于心理紊乱症。心理的紊乱造成角色认知的迷失，误导生理特征，便成为一个走在男女边缘的男不男女不女的"二异子"。

"张义，厂里眼下经济非常困难，肯定不会给你报销医药费。"说着姜合营伸手从上衣里摸出一只纯皮的钱夹："真不好意思，这二百块钱你拿去吧，算是我对你的声援。病，一定要抓紧治，千万可别变成女的。你要是变成女的，你老婆怎么办吧？跟你就成为姊妹关系啦？那就乱了。所以我说你关键是要树立战胜疾病的信心。"

张义将姜厂长递来的二百块钱接在手里："我自从当了缝纫男工，每月工资四百八，还能挺住……"

"挺什么呀？你都快变成女的啦。"姜合营拍了拍张义的肩膀，心中却暗想，"其实这二百块钱就是我每月的灰色收入，将它变成善款，也算修成正果啦。"

张义说："姜厂长，我不长胡子的事儿你一定要给我保密！"

姜合营心头又是一颤，做男人真是一件很不容易的事情，处世谋生已经疲累不堪，还要竭尽全力维持着男人的尊严。这时候姜合营在心中审问自己："全厂身处困境的职工很多，我为什么偏偏对张义慷慨解囊呢？平时我对弱者很少怜悯啊。这一定是因为我平时总唱《钓金龟》里张母的段子，使我对现实生活中的张义充满同情。"

这时张义说："你知道《男友》杂志吗？命题征文，叫'男人心事'，不能超过三千字。我就把自己当缝纫男工的事情写成文章，其中还提到我的外号'张大娘儿们'呢。当然我没敢写自己不长胡子的事儿。结果得了一个二等奖，寄来奖金五百块。敢情写文章也能发财呀。编辑部把评委的评语的复印件给我寄来啦。评委的评语说，这篇文章以切肤之痛描写了当前中国工薪阶层男子的处境，表现了身与心的冲突，个体生命与外部世界的激烈碰撞。还有的评语我就记不住啦。"

他对张义说："明天你把《男友》带来，我想看一看你写的文章。"

张义十分感激地笑了。他来找姜合营，正是为了满足自己心底残存的几分荣誉感。一个胡子渐渐绝迹的男人，除此之外还有什么能够引以自豪的事情呢？于是他使劲与姜合营握了握手，眼里闪着泪光扭头走了。

姜合营坐在办公桌前，接连吸了两支香烟。这时候他很想给诸葛云裳拨一个电话。拿起电话，心里又犹豫起来。

电话铃响了起来。他拿起听筒，竟然是诸葛云裳的声音。

心有灵犀。姜合营激动起来："我正要给你打电话呢。"

诸葛云裳笑了："我还是抢到你前边了。你知道今天是八号吧？今天，我的父亲诸葛光荣同志租了一辆大巴士，前往贵厂迎接那八十名工人。这是一曲共产主义精神大发扬的凯歌……"

"这真是太好啦。到时候我们一定到工厂门口去迎送。你知道我给你打电话想说什么事情吗？我想给你讲一个故事，但你必须为故事的主人公保密。"

诸葛云裳说："你快讲吧，一会儿就到上班时间了。"

"我要给你讲的是张义的故事。你知道四车间的缝纫男工张义吗？就是那个外号'张大娘儿们'的张义？"

诸葛云裳深感意外，大清早儿通电话，姜合营竟然给她讲起了"张大娘儿们"的故事。渴望姜合营在电话里一吐心曲的诸葛云裳再次感到失望，她心头一阵委屈。姜合营毫无察觉，开始给诸葛云裳讲述张义目前的处境：身患一种古怪的疾病，胡子越来越少，阳刚之气日衰。妻子与他貌合神离，生活成了一口枯井。这时候姜合营猛然发现自己讲得非常动情，仿佛是在朗诵世界名著里的一个精彩章节。随着讲述，一种激情在他胸中荡漾，唤开了人生之中尘封久矣的大门。随着大门隆隆的开启，他知道，这种走进大门，深宅之中沉睡着的那个影像，就是自己的人性。这时候，他突然语塞，不知应当如何表达自己这种复杂的心理感受。电话里静无声息，世界仿佛成了一个无底黑洞。

他下意识喂了一声。

电话里传来诸葛云裳轻微的抽泣："你可能意识不到，你讲的是张义的故事，其实也是你自己的故事……"

对方挂断了电话。

我是张义？张义是我？他在屋里踱步，觉得诸葛云裳的这个说法很是新颖。

电话铃又响了。他从桌子拿起一个硬币，轻轻一扔，心里说，正面是好事，背面是坏事。

那硬币在桌子上跳了几下，躺倒，露出的是背面。他抓起听筒，工会主席魏如海在电话里告诉他，退休老工人苗定根凌晨四点病故。考虑到苗定根的三个儿子情绪容易冲动，动不动就抬手打人，魏如海决定只身前往死者家里吊唁，厂级领导一概不要露面。

姜合营拉开抽屉，看了看四车间主任"老母鸡"送来的二百块钱灰色收入，告诉魏如海自己以私人名义送二百元，对苗定根表示悼念。老苗为厂里干了一辈子，也不容易。

他的这个举动，很是出乎魏如海的意料。放下电话，姜合营自言自语说，三车间送来的那二百元我给了张义，四车间送来的这二百元我送给苗定根，暗中得到的这几笔灰色收入统统派上用场，我心里就踏实了。

之后，他看了看桌上的硬币，觉得这东西挺有准头。这时电话铃又响了。

他再次投币，是正面。这次应当是好事情啦？

电话里一个男人的声音说："是我。"

姜合营笑了："你是谁啊？"

"你是姜合营吧？我是黄大发。我是在工厂门口给你打电话的，我有一笔生意要跟你谈一谈。你现在有时间吗？"

"有。"说罢，姜合营放下电话，盯着那枚硬币说："好的，你亮出正面说是好事儿。这是好事儿啊？黄大发这个丧门星，我等候你多时啦！"

他给自己沏了一杯热茶，放在办公桌上。

喝了一杯茶，还是不见黄大发到来。他给茶杯续了热水，心里猜测着黄大发此行的目的。

有人叩门。他起身去开门，门外站着邓援朝。他说："进来坐一坐吧？"

邓援朝摇了摇头，将一份材料递给姜合营，转身走了。

姜合营坐在办公桌前，喝着热茶看着邓援朝起草的《关于组装银雀牌助力车的调查报告》，他笑了。看来这位党委副书记颇有摩拳擦掌的气势。调查报告开篇指出，目前全市银雀牌助力车的零售点共有一百二十三家，百分之九十不具备组装能力。本市销售的整车，都是从克伦威尔集团运来散件，由本市三家临时建立的组装厂组装，处于供不应求状态。

读到这里，就有人啪啪叩门。姜合营读得十分投入，就喊了一声"进来"。门咣当一声被推开了，大摇大摆走进一个人来。

姜合营抬头一看，黄大发来了。

他就将邓援朝的调查报告放进抽屉。这时黄大发已经坐在对面的椅子上了。

黄大发变了。留了一个小平头，看上去很是精神，穿了一套运动式服装，疑为阿迪达斯牌。他掏出一盒"三五"，叼在嘴上啪的一声点燃，眯起眼睛看着姜合营。

姜合营起身将办公室的门锁碰死，回过身来看着焕然一新的黄

175

大发。

"我是从杜家村来的。"黄大发做出漫不经心的样子。姜合营沉了沉面孔，看出对方内心的怯懦："哦，我还以为你出国了呢。"

"是啊，很快我就要出国考察了。"黄大发摆出一派高屋建瓴的姿态，"既然我来了，咱们就开门见山吧。我现在是杜宝成私人企业的技术指导，眼下正在筹备民用清洗液的生产……"

姜合营打断他的话说："请先闭上你的嘴。我问你，你身为车间主任，也算是受党教育多年的人，即使打算再攀高枝也不为错误，如今提倡人才流动，可是总得办个手续吧？别忘了你是跟大中华日用化工厂签订了二十年合同的员工。你一个猛子没了踪影，今天突然出现二话不说就跟我大谈你代表私人企业来跟我谈一笔生意。黄大发你可以目中无人，但不可以目中没有大中华日用化工厂！"

黄大发一怔，随即点燃第二支香烟，变成一副嬉皮笑脸的模样："过去的事情就不要提了，反正我离开大中华日用化工厂啦，今天我是来跟你谈判的……"

姜合营缓了一口气说："好吧。在谈判之前，我把你投奔杜宝成私营企业的内幕讲一讲。当然这都是我的推测，你听听是不是符合实际情况。"姜合营又给自己的茶杯里续满热水说："你是在中层干部会议上听到朴万植生前拒绝出卖清洗液技术资料的，对不对？当时你梦想高薪，就打定主意前去投靠。这时候唐本旺找到你，要求你向杜宝成提出一个先决条件，要想得到金手牌清洗液的全套生产技术，对方必须以死者家属的身份到市政府上访，争取告倒我姜合营，让他唐本旺东山再起。为了满足你提出的先决条件，杜宝成夫妇连续多日到市政府上访，他们同时又给劳动保护监察处的张副处长送礼，要求司法部门判我渎职罪。这就是事情的全部经过，我说得对不对啊？"

黄大发定定听着，点了点头说："你接着说。"

姜合营的目光，一下子阴冷起来："今天你到我这里来，嘿嘿，是来跟我谈判购买清洗液生产线的，对不对？"

面对姜合营准确的判断，黄大发不得不点了点头："没错。那条生产线放着不用也是一堆废铁。"

"唐本旺给你撑腰壮胆，他告诉你大中华厂根本没有资金投入大修让这条生产线动弹起来，对不对？他撺掇杜宝成购买这条生产线，这样他唐本旺进可攻退可守。进呢就是官复原职继续当大中华的厂长，退呢他就跳槽到私营企业去当高级顾问，拿一份高薪。我说得对不对啊？"

黄大发脖儿一梗："姜合营，你猜得都对。你要是明智就也给自己找一条活路，不要在国有企业这一棵树上吊死！"

姜合营的脸一下子变得煞白。他缓缓走到黄大发近前，抬手就将一杯热茶泼到黄大发脸上。黄大发没有想到姜合营居然如此暴躁，尖叫一声跳了起来。姜合营指着他的鼻子，一步步朝前逼近："你这个王八蛋走进我办公室来谈判，唐本旺那个混账东西正在外面等待你的消息。对不对？你们吃里爬外，还他妈的装得一本正经。你以为你是谁？你是《红岩》里的甫志高，《节振国》里的夏连凤，《红灯记》里的王连举，《青春之歌》里的戴瑜……"

黄大发朝后退着——出于防卫的本能他顺手抄起一只烟缸儿朝姜合营掷去。姜合营根本不躲，任凭沉重的烟缸儿砸在肩上。

姜合营从屋角抄起一根竹竿，抡起来抽在黄大发的身上。黄大发抱头窜到门前，吼叫着使劲踹门，企图突围。

"没用！你一进屋我就把门锁死啦。今天这间屋里只能活着出去一个，你要是男子汉就跟我拼了死活！"姜合营狠狠说着，脸上布满杀气。

黄大发缩在办公室的角落里。姜合营放下手中的竹竿，扑上去抡起了拳头。两人在屋里滚成一团。

邓援朝是在隔壁听到姜合营办公室发来一阵响动的。接着就响起近

177

乎杀猪的嘶叫，令人坐立不安。他跑到姜合营办公室门前嘭嘭叩门，里面厮打不停却无人应声。他只得跑出办公楼绕到楼下窗前，大声喊着姜合营。这是一座小二楼，窗子距地面并不很高。终于，姜合营办公室的窗子打开了，一个人高喊"救命"，从上面跳了下来——垂直落在窗下一堆废旧的棉纱包上。

邓援朝跑上去看。啊！竟是失踪多日的一车间主任黄大发。

黄大发表情异常惊恐，额头淌血，哎哟着从棉纱包里爬起来，小声说着："我要是不跳楼啊，肯定被他打死了……"说罢，就踉踉跄跄朝着工厂大门跑了。

二楼窗前露出姜合营的身影。他面孔阴森从屋里扔出一根竹竿，然后若无其事地说："你小子敢跳楼，算你有种。你以为我总唱京戏里的老旦，就是老太婆呀？我是真正男子汉……"

邓援朝首次看到杀气，就是姜合营的这张面孔。

5

工厂大门从早晨八点钟开始就酝酿着高潮。今天是八号。八号这天大中华日用化工厂随时都可能出现高潮。今天全厂职工都来"赶集"。八点钟刚过，凝固多日的平静就被打破了。人类打破宁静的方法非常简单，那就是调动嘈杂。

大中华日用化工厂的门口，一时间人流如织，熙熙攘攘。瘸腿门卫韩春利几乎欢呼起来。每月八号这种热闹的场面都使他想起儿时农村的集市，温馨如故，他因此而激动起来。是啊，大中华日用化工厂也只有在这种时候，人气集聚。

最早一拨拥进工厂的是二车间的工人。平日里二车间松松垮垮的，只能维持半月生产，职工们的薪水也只能领到百分之四十现金，余额呢用产品来抵。二车间的产品是电热驱蚊器和电子报警安全手杖。于是每月八号是发薪的日子，车间必须停产。车间干部们全力以赴给职工们发放产品，职工们则安分守己排着长队领取"实物工资"，场面波澜壮阔。此时的人类似乎重返以物易物的"无币时代"。这一天蔚为壮观的场面是二车间的工人们怀里抱着驱蚊器，肩上扛着手杖，成群结队走出工厂大门——谁都以为这是一群抢劫商场之后狼狈逃窜的难民。更有性急的工人出了厂门直接奔向市场，摆摊叫卖起来。

因此，原本并不积压的大中华日用化工厂出产的金手牌电子驱蚊器与金手牌电子报警安全手杖，仿佛一道道小溪汇往海洋，一下就成了这座城市里最为过剩的商品。

已经有消息传出，今天上午十点，一车间八十名入选者的名单将在工厂门口张榜公布。人们期待已久的结局即将揭晓。

八点四十五分的时候，门卫韩春利看到一辆红色夏利出租车缓缓停在工厂门外。韩春利生就一双鹞眼，目力无所不及。这时他惊讶地看到，一车间的工人邹忠诚从车里稳稳当当走了出来，将两张十元钞票递给司机。

妈的，邹忠诚怎么一夜之间成了大款啦。韩春利心里极不平衡，拖着一条瘸腿迎了出来。

"邹忠诚，你是不是找到了失散多年的亲爹？"

邹忠诚对韩春利的嘲讽无动于衷："是啊，我在台湾找到了失散多年的亲爹。你呢也算有了祖父。"

韩春利恨恨地说："你肯定参加了贩毒团伙！"

邹忠诚大摇大摆走进工厂大门。

看到别人突然有了钱，韩春利心里气急败坏，一时不知如何宣泄。这时候他看到黄大发从厂里跑了出去，张皇失措的样子。他大声招呼着黄大发，这家伙却头也不回搭上一辆的士就走了。

临近九点钟，一车间的工人们仿佛从天而降，眨眼之间就在工厂门口聚齐，等待工厂张榜公布八十人名单。据可靠消息，今天上午九点半唐本旺将代表大中华日用化工厂公布"八十条好汉"的名单。千呼万唤始出来，一车间的工人们期待着这一时刻。

　　一车间的工人们心中虽然急切，聚在一起却无高声响语。这种集体的镇定，宛若一道风景，表现出工人阶级的大度品格。工厂大门的气氛，因此而郑重起来。一身肥肉的保卫科长，此时成了维持会长，跑前跑后唯恐出了什么乱子。看到一车间工人表现得如此从容镇定，胖科长刹那之间受到触动，他自言自语："是啊，工人阶级本来就是一个体面的阶级。不偷不抢，不欺不骗，不打不闹，不赌不嫖，劳动吃饭，挣的是干干净净的工资，过的是清清静静的生活，做的是堂堂正正的男人……"

　　胖科长其实也是工人出身，此时他潸然泪下，暗暗动了感情。

　　一车间的工人，就这样默默等待着。

　　出于对工人阶级的爱护，胖科长还是走上前来，唠唠叨叨说了几句："一会儿就要公布名单，希望大家无论如何都要保持冷静。名单上有你，不要撒欢儿，撒欢儿闹一个乐极生悲。名单上没你，也不要难过，老天爷饿不死瞎家雀！我跟大伙说一声，今年以来，由于企业不景气，我市已经有六十二位厂长遭到工人殴打，结果造成三十八名工人判刑，四十五名工人劳教。咱们可不能那样，咱们要团结一心争取早日走出困境。"

　　小个子罗光站在人群里，朝着胖科长笑了笑。

　　邹忠诚站在小个子罗光身旁。大个子何彭森站在邹忠诚身旁。大何小声儿问邹忠诚："我怎么觉得今天咱们都显得特别斯文呢？"

　　小个子罗光郑重说道："用词不当。不是斯文，是雄壮。"

　　邹忠诚一本正经说："你俩统统用词不当，应当说视死如归。"

大何不同意："你以为死就这么容易啊？太幼稚了。"

这时候工厂大道上走来几个人，许文章在前，唐本旺居中，赵则久殿后，朝着工厂大门款款而来。人们等待的时刻终于到来了。邹忠诚抬起目光四处寻找姜合营。他今天"打的"赶到厂里的目的就是来找姜合营的。他要告诉姜合营，今天晚上有一个重要的饭局。唐本旺大踏步走了过来，大声说："我知道你们等待多时啦。经过反复研究，这八十个人的名单，已经产生了……"

望着雄风十足的唐本旺，站在人群里的邹忠诚心中很是不解："现任厂长明明是姜合营，可是为什么由唐本旺这个已经下台的厂长主持这项工作呢？究竟是老唐越俎代庖，还是小姜礼让三先呢？"

罗光挤在邹忠诚身旁小声说："咱们人人都让田大师给测了，究竟有谁没谁，马上就能揭晓。田大师究竟真神还是假神，立即就能得到验证！"

一辆蓝白相间的大型轿车开到工厂门前，鸣笛三声，分明是催促门卫开门。胖科长跑到门前，看到诸葛光荣从大轿车里走了下来，就扭身大声喊道："老唐，是人家诸葛厂长开着大轿车接人来啦！"

唐本旺惊喜万分，挥手让胖科长立即打开大门。诸葛光荣哈哈笑着走进门来，与唐本旺热烈握手。老诸葛的到来好似腾地点燃一团烈焰，气氛热烈起来。

赵则久说："诸葛厂长，真没有想到您还开着大轿车来接！"

"好事一定要办好嘛。我为了给大家一个意外的惊喜！"诸葛光荣哈哈大笑着指挥大轿车开进厂里。这时从车里走出日报记者钱大飞和晚报记者霍春庭。今天日报虽然已发了消息，但报社领导要求纵深报道，以形成气候。因此两位记者跳下车来立即投入采访，钱记者跑去采访唐本旺，霍记者围绕着诸葛光荣，啪啪不停地拍照。就这样，猛然形成了一个始料不及的现场大会。

唐本旺一边接受日报记者的采访，一边指挥许文章马上去写三条大标语，悬挂起来。日报记者钱大飞说："要把这个现场大会开得既隆重又感人，明天头版见报。"

晚报记者霍春庭采访诸葛光荣。这位老当益壮的厂长动情地说："刚才在路上我就想，国有企业面临困境，今天呢我们就是要给身处困境的兄弟企业鼓一鼓劲儿头！大家发扬团结互助的精神，树立信心走出谷底，攀登新高峰！"

人们受到感染，噼噼啪啪鼓起掌来。是啊，一个企业对另一个企业施以无私的援助，这是一种久违的场面，也是一种久违的心情。

许文章果然是一个合格的秘书，两幅长长的标语从中心检验室三楼窗户倾泻下来，引起人们一阵欢呼。

一条标语是："大中华"与"神州"心连心，携手共创企业改革新局面！一条标语是：团结奋斗，走出困境，再接再厉，勇攀高峰！

唐本旺大声对许文章说："快去，把工作组的三个同志请来。"

许文章凑到唐本旺耳边小声说："刚才就去请了，工作组的办公室挂着锁头，说是到市里参加紧急会议去了……"

"姜厂长和邓书记呢？"唐本旺问许文章。

赵则久答道："他俩正在仓库里算账呢。"

唐本旺俨然一个现任厂长："仓库里……算什么账啊？"

许文章说："说是要设法盘活企业资产存量，争取在阳历年的时候，给全厂职工每人发五升花生油两瓶酒……"唐本旺脱口说道："五升花生油两瓶酒，就能盘活资产存量？乱弹琴！"

赵则久扯了扯他的袖口说："老唐，说话一定要注意分寸。你现在毕竟还没有官复原职。俗话说不在其位，不谋其政嘛。"

两位记者拍照完毕，唐本旺让许文章悄悄上前塞了红包儿。

这时诸葛光荣已经发表了简短讲话："……最后，请唐本旺同志宣

182

读借调到神州化工厂去工作的八十名职工的名单！"

空气一下子凝重起来。

人高马大的唐本旺戴上老花镜，从怀里掏出一个崭新的本子，走上前去。

今天我专门用了一个崭新的本子，写上这八十名职工的名字。我打算拿这个本子将来做一个纪念。纪念什么呢？我也说不清楚。就算是为了纪念一种心情吧！什么心情呢？激动的心情。如今是商品社会，一切都要服从经济规律。可是诸葛厂长正是在这种形势下，朝我们伸出援助之手！这就叫工人阶级。尽管如今已经改成工薪阶层啦！但是我们心里有数。因此，我永远感谢诸葛光荣同志……"

说到这里，唐本旺难以自已，热泪涌流下来。

会场上鸦雀无声。

邹忠诚心里说："真是悲壮啊。"

只是一个停顿，在工业战线上摸爬滚打四十年的唐本旺就稳住情绪，开始宣读这个意味着有人继续失业，有人得到工作的悲喜交集的名单。

"王宝军、于志明、商义、李俊祥、邹忠诚、何彭森、牟勇……"

工人堆儿里悄声议论："田大师测得真准啊！王宝军、李俊祥，还有商义跟牟勇，都测准啦！嗯，还有于志明，测中率百分之八十五吧？神了。"

人群出现了一个小小的波动——罗光压低声音说道："怎么没有我呢？田大师明明说有我啊。"

唐本旺继续宣读名单：

"李力如、张保勤、白同泉、刘建洪、吴友键、宋超、刘伟华、孙卫……"

人群里不断出现小小的波动。有人高兴得搓着双手，有人沉默着，也有人开始说笑。这时候唐本旺念出一个令人感到意外的名字：

"刁——振——华。"

人群嗡的一声议论起来。

无论是咒骂这个名单任人唯亲的，还是赞扬这个名单大公无私的，此时都无话可说，默默望着唐本旺。刁振华就是到市政府上访与警卫人员发生冲突目前正在治安拘留的一车间工人。唐本旺居然能在这个名单里给刁振华一席之地，着实令人感动不已。诸葛光荣走上前来大声说："工人都是好样的！犯了错误的工人只要改正，照旧还是好样的！"现场大会响起一阵热烈的掌声。

唐本旺顿了顿，大声宣布："名单，念完啦！由于名额有限，不可能将一车间的全体职工都迁到神州化工厂去。所以，希望落选的同志，能够正确对待……"

唐本旺的话音刚刚落地，邹忠诚一步迈出人群，举起右手大声说："唐厂长，我想说几句话！"

"名单里明明有你啊？"唐本旺不解地看着邹忠诚。

邹忠诚明朗地笑了："是啊，名单里有我，所以我有几句话要说。"

赵则久立即说："邹忠诚你可以代表这八十名职工，表一表决心嘛。"

邹忠诚摇了摇头："我想在这里表一个态度，感谢各位领导看得起我，让我上了名单。可是我现在宣布，我将这个名额让给别人！因为……"

邹忠诚本来继续讲下去，但是他的声音已经被现场响起的嗡嗡声覆盖了。人们只看到邹忠诚的嘴巴在动，根本听不到他在说什么。

日报记者钱大飞是本市的知名记者，据说有望获得明年的范长江奖。钱记者冲上前来大声问邹忠诚："告诉我，你到底是怎样想的？"

小个子罗光扑上来大声说："邹忠诚！你有病吧？"

邹忠诚说："傻×，我是想把名额让给你！"

听了这话罗光冲到唐本旺面前："邹忠诚说啦，他的那个名额是让给我的！"

晚报记者霍春庭冲上来围着邹忠诚啪啪拍照，之后连声问道："你是出于什么想法才把这个来之不易的名额让给了别人？面对企业的困境，你是不是想以这种方式来表达自己的奉献之心？"

"记者，您千万别把我跟雷锋联系起来。您知道我为什么不愿意去神州化工厂？"

"为什么？"

"嫌远。"

晚报记者霍春庭急了："你说的不是实话！"

邹忠诚趁着乱劲儿一闪身躲进厕所，之后他又蹿出厕所朝工厂仓库跑去。姜合营从成品库大门里悠悠走了出来。素常姜合营走起路来，都是赳赳武夫的样子，今日却一反常态变得休闲起来。邹忠诚当头就问："华人京剧票友演唱大赛，你还参加吗？要是参加，你也该练一练啦。"

姜合营见邹忠诚以攻为守，就说："你这个拉弦儿的没了踪影，我怎么练呢？干号啊！"

邹忠诚看见姜合营脸上有一块红肿，就问他怎么弄的。姜合营说让狗抓了一把。邹忠诚说："你也养宠物啦？当心玩物丧志啊。我今天专门跑来是通知你晚上六点半钟，在二环线上的单身贵族饭店有一个聚会。你一定要准时到达。"

"单身贵族饭店？这名字挺生动的。哪儿来的饭局啊？"

邹忠诚一板一眼说："好事儿。"

"公事私事？你不说清楚，我不去。邹忠诚你什么时候变得虚虚乎乎的啦？以前你给我拉弦儿的时候，可没这毛病啊。"

"我本想给你一个意外的惊喜。既然你信不过我，我就先告诉你吧。

既是公事也是私事。公事呢，就是谈一谈合作意向，我给你介绍一位澳大利亚 WM 公司的先生见面。私事呢，今天晚上你妻子莫小娅也在座。大家聚会一下。"

姜合营想了想，笑了："你等于是给我出了一个谜语。谜底嘛，我只能猜出一二。好啦，我同意出席。今天晚上六点半钟二环线单身贵族饭店。"邹忠诚笑了，匆匆走了。

站在大槐树下，姜合营心里想：我把黄大发给打了，怎么没见唐本旺做出反应呢？莫非是按兵不动……

化工厂大门传来一阵鞭炮声。

6

姜合营与邓援朝躲在仓库里，并不是商量花生油和白酒的事情，也不是计算如何盘活企业资产存量，他俩凑到一起研究的还是助力车生意。为了躲清静，找了几个地方都嫌闹哄。大中华日用化工厂已经没有绿洲了，最后找到成品库，这里显出工厂少有的清静。这种清静沁人心脾，诱人摆脱名利的纠缠，萌生归隐山林的念头。

看见姜合营额头有一块青肿，邓援朝就用询问的目光看着。姜合营受到感动，递去一支香烟说关门的时候碰了脑袋。又细又高的邓援朝接过香烟，放在鼻下嗅了嗅，似乎在鉴定烟丝的等级。

姜合营对邓援朝这人渐渐有了好感。虽然语言上存在交流的障碍，但彼此之间那种莫名的芥蒂正在消解。

这时候邓援朝从怀里掏出条格本，看了一眼姜合营，埋头奋笔疾书。姜合营预感谈话内容的重要，就拿出一支香烟点燃，悠悠吸着。其实姜合营平时很少吸烟，但他认为尼古丁具有镇定作用。

邓援朝非常注重工作效率——随身携带一个小学生用的条格本，遇

186

到紧急情况语言难以表达，就以笔代口，将要说的话写在本子上，然后递给对方。人们都说他是"君子动手不动口"。久而久之，邓援朝不但练就一手漂亮的钢笔字，而且书写速度极快，倚马走笔，一挥而就。在大中华日用化工厂，邓援朝的书写堪称一绝。

一支烟刚刚吸了几口，邓援朝就写完了。姜合营接过对方递来的条格本，暗暗称赞钢笔的神速。正午的阳光越窗走入屋子，洒下一团暖意。姜合营埋头看着手里的条格本。

邓援朝的文笔非常简练。无论多么复杂曲折的事情，经他"笔谈"往往简繁清晰脉络分明。阅读这种文字，姜合营颇有驾车驶入高速公路的快感。他认为这正是邓援朝存在的意义。

姜合营惊了。邓援朝写在条格本上的一系列数字，分明就是一套完整的预算。关于利用一车间空闲厂房组装银雀助力车的总体安排，邓援朝已经烂熟于心了。

姜合营读着，将烟蒂扔在地上狠狠踩灭："老邓，你想得太细致啦，干吧！"邓援朝笑了，这才啪地点燃一支香烟。

姜合营说："咱们先用陈遇交的那三万元租金，我再想办法拆兑七万元，凑成一个整数，组成一个装配小分队，就干起来啦。我也询问了一下，目前市场上果然是零售商家很多，组装厂家很少。怪不得陈遇这家伙一帆风顺呢。"

姜合营意犹未尽："陈遇能做到的，咱们为什么做不到？都说企业陷入困境，其实赚钱的机会还是有的。咱们马上派人购进散车零件，立即组织下岗工人加班加点组装，这样也能稳定一下职工的情绪。以十天为一个周期，我们完成一次短平快。力争三天以后能开工。那时候陈遇的队伍也撤走了，咱们正好大干。我计算过了，投入十万元，一个往返就能收回五万左右的利润。老邓，俗话说英雄所见略同。这次你我一拍即合，是个良好的开端。要不是今天晚上我有约会，咱俩应当找个饭馆好好聊一聊!"

邓援朝咧了咧嘴:"来、日、方、长……"

姜合营说:"一言为定!"

邓援朝走了。姜合营在工厂大道上遇到了刘亮湖。

姜合营印象之中,刘亮湖是属于中国知识分子的典型形象。乍看似乎营养不良,细看并不显得拮据。不苟言笑,眉宇之间总是凝结着深沉的思索,目光坚定却又含着几分妥协的灵气。

站在面前的刘亮湖似乎与以前有所不同,但姜合营一时说不出刘亮湖究竟有了哪些变化。于是他说:"刘工,停薪留职之后您还经常到厂里来,这说明您还是热爱工厂。"

刘亮湖笑了笑换了一个话题,指着手里的本埠日报说:"您看,神州化工厂的事迹已经登报啦,标题是'一曲动人的颂歌',副标题是'诸葛光荣率领神州化工厂向困难企业伸出援助之手'。"

"刘工,您怎么看待这件事情呢?"

刘亮湖愣了愣,然后试探着说:"诸葛光荣肯定是一个好人。可是,我觉得这属于计划经济时代的做法。如今是市场经济,诸葛光荣这样做,恐怕适得其反啊……"

姜合营听了这番话,认为刘亮湖是一个很有见地的知识分子。

"刘工,我有一件事情想向您请教一下……"

刘亮湖诚惶诚恐说:"您有什么事情尽管说,千万不要说什么请教。"

姜合营环顾左右,然后叹了一口气说:"我当这个代理厂长,力不从心啊。"

刘亮湖颔首表示同情。

"我想为一车间那些下岗待业的工人们找些活儿干。您说,陈遇先生租这儿的厂房组装银雀牌助力车能赚钱,我若也像他那样,投入一笔资金让工人们组装助力车，然后将车子批发给零销单位，不是也能赚钱吗？"

刘亮湖下意识点了点头："是啊……"

姜合营故意叹了一口气："我挖空心思为职工寻找生存出路，刘工您可要跟我实话实说啊！这活计到底能不能干？"

刘亮湖露出警觉："这种事情，您为什么要问我呢？"

"因为陈遇就是您介绍来的。"

刘亮湖想了想，颇有保留地说："您组织职工组装助力车，应当说没有什么问题。不过俗话说隔行如隔山。陈遇先生做得很成功，是因为轻车熟路。您若涉足，就未必能解其中三昧了。所以我劝您三思而后行。"

刘亮湖说罢就匆匆走了。

中午时分，办公楼里显得比往日清静。工作组的三位同志据说赶回市政府参加紧急会议去了。唐本旺欢送那八十名工人，一起去了神州化工厂。据说他要在那里逗留一个星期，协助诸葛光荣搞好交接工作。

姜合营吃了两个烧饼，躺在办公室的沙发上休息。这时他又想起黄大发。

黄大发这家伙历来就是唐本旺手下的一条走狗，独霸一车间多年，浑不论。他的如意算盘打得倒挺不错，把大中华日用化工厂的清洗液生产线买到手里投资修复，然后生产"全手牌"清洗液，占领市场赚大钱。妈的，老子当一天厂长，黄大发你这个叛徒的美梦就做不成。你以为国有企业软弱可欺？今天我就让你尝尝我的拳头。嘿嘿。想起插上门痛打黄大发的场面，姜合营躺在沙发上得意地笑了。

许文章叩门走进来："姜厂长，你怎么不唱京戏啦？"

姜合营说这一阵子焦头烂额的，也就没了嗓子。再说邹忠诚那家伙也不露面，吊嗓子没人给架弦儿。霸王还没别姬呢，姬先跑了。

189

许文章说，上午厂长协会打来电话，通知今天下午四点钟在伉俪大酒店召开例会。大中华日用化工厂已经三次没有到会，这次如果仍然旷会，就开除会籍了。

姜合营问许文章，这个厂长协会是一个什么样的组织。许文章说以前唐本旺总去参加活动，是一个厂长之间互相帮助的社团组织。

听了这话姜合营从沙发腾身坐起。这个一气呵成的动作令许文章大感意外，惊呼姜厂长颇有几分武功。

"既然是一个厂长之间互相帮助的社团，那么今天我就去参加会议，兴许对咱厂的困境有所帮助呢。就是这个饭店名字过于古怪，伉俪饭店，离婚的就不能去啦？打击面太大。"

姜合营突然想起市政府工作组，就问许文章。许文章说这几天工作组没再进厂，说是在市里参加有关企业改革的工作会议。

"小许，咱厂到了这种地步，你说什么时候能够出现转机？"许文章说病来如山倒，病去如抽丝。即使出现转机，恐怕也需要一段时间，万万不能性急。

姜合营突然问许文章："你说诸葛云裳这个人怎么样？"

许文章毫无思想准备："啊……"

姜合营的思路又跳到别处："黄大发这家伙真不是东西！"

下午四点钟，姜合营赶到伉俪饭店。门前立着一张牌子，说厂长协会例会在三楼多功能厅。顺着楼道找到多功能厅，走进去一看敢情是一个聚餐会。没座儿，人们都站着，吃什么喝什么，自助。仔细看一看，希望能够在陌生的人群里找到一张熟悉的面孔。没有。他只好拿起一只盘子，算是给自己找到一个心理支点。这时候有人喊他的名字，他心头一喜，这里居然有人认识我。循声望去，只见一个角落里坐着一个肥胖的男子。这男子身旁坐着一个穿着皮衣皮裙的娇小女子，正在吸着一支雪茄。姜合营走过去，却认不出这胖子是谁。

胖子招手叫姜合营坐在娇小女子身旁。姜合营显然不能适应对方的打法。胖子说:"小姜,我是制锁二厂的李金祥!"

姜合营听到这个名字,一时无法将坐在沙发上的这一堆肥肉与记忆之中的那个清瘦男子合成一人。他下意识地与李金祥握了握手,问道:"你也来参加厂长协会的例会?"

李金祥哈哈一笑:"什么例会呀,就是大家在一起玩一玩呗。你也当了厂长啦?得,不出半年,你也要胖成我这分量。我给你介绍一下,这位是费丽丽小姐,厂长协会招聘的公关秘书。"

穿着皮衣皮裙的费丽丽小姐朝姜合营嫣然一笑:"您是哪家工厂的厂长?"

姜合营说出自己工厂的名字。费小姐问他唐厂长怎么没来。他说唐厂长忙,没来。李金祥拿出手机,拨了一串号码,占线。姜合营压低声音问李金祥今天的会议是什么内容。李金祥瞥了他一眼,吐出一个字:"玩!"

一位满面红光的男子走了进来。费丽丽立即起身迎上去,叫了一声吴厂长,然后娇声娇语将姜合营引荐给吴厂长。

吴厂长哈哈笑着说:"老唐下去,你上来啦?好!咱们厂长协会成员年轻化啦。"说罢吴厂长就被费丽丽引到单间里去了。

李金祥小声给姜合营上课:"老吴是红光轧钢厂的厂长,也是厂长协会的常务副会长。你呀,刚刚当了厂长没几天,什么事情都不明白。以后多往这儿跑一跑,什么都明白了。这儿的常客大多是国有企业厂长,在企业里忙得够呛,到这儿来放松放松。反正厂子也是公家的呗。你厂里有公关秘书吗?要是没有可以在这里聘一位,每月工资三千,其他的津贴另论。你应当做一个乐观主义者,我现在就是乐观主义者⋯⋯"

"你们制锁二厂,经济效益还好吧?"姜合营小心翼翼问道。

191

李金祥呷了一口啤酒说："还在困境中挣扎呢。"

姜合营一惊，心里想道："企业处于困境之中，厂长竟然常常跑到这里来泡妞？真是一个乐观主义者啊。"

李金祥喘了一口气问姜合营厂里情况。姜合营吐出两个字："困境。"

听了这话，李金祥乐了："横竖都是困境，你就好办啦！我告诉你吧，一是厂里别出火灾，二是厂里别出死亡事故，三是千万别让工人跑到社会上参与动乱。这三条做到，你就不会有什么闪失。有时间就多往这里跑一跑，乐和乐和。"

"我们的唐厂长以前经常到这里来吧？"

李金祥说："他是一个真正的乐观主义者。你知道有一个叫李雪雪的小姐吗？她就是唐本旺在这里聘的公关秘书。怎么样，姜厂长你也聘一个吧？嘿嘿……"

姜合营心里想道，怪不得卖大树的三十八万找不到下落呢，敢情人家唐本旺同志在这里包了小姐。真他妈的。

这时候费丽丽小姐从单间里出来，走到姜合营身旁说："姜厂长我刚从吴厂长那里领了任务，就是对你进行公关！"说罢，她就哧哧笑着。

姜合营不懂这话的含义，但还是颇为老练地朝费小姐说："那你就攻吧。"

费丽丽笑吟吟说："你们大中华厂欠着人家红光轧钢厂四十八万的债，拖了两年啦。人家吴厂长一看换了你这个新面孔，就要讨债啦。"

姜合营听说是讨债，就笑了："四十八万是一个小数目，十天之后这个问题就能解决。你转告吴厂长，请他放心。"

费丽丽的表情又惊又喜，起身就跑到单间里去了。

李金祥颇为不解："小姜，这是三角债啊，你这么痛快就答应啦？你真嫩！"

姜合营笑了："说大话没有枪毙的罪过吧?"

李金祥乐了："好! 这一句话我听明白啦,你天生就是当厂长的材料!"

他起身到洗手间去。角落里一男一女正在调情,姜合营觉得那女的模样很像一车间的统计员胡丽英。走进洗手间,他才发现这里常年矗着一位年轻男侍,随时伺候。姜合营瞥了一眼托盘,看到里面扔的都是十元的钞票,就知道那是小费。姜合营撒了一泡尿,男侍用镊子递来一块香巾。他咬了咬牙心里说,老子没钱! 然后大步走出洗手间。

径直走出多功能厅,他站在楼道里呼吸着新鲜空气。这时候他觉得非常无聊,就下楼走了。

他坐在马路对面的边道牙子上,吸烟,目光注视着十八层的伉俪饭店。

看了看手表,五点半了,距离六点半还有一个小时。他又吸了一支烟,心头一派空白。

我是不是已经丧失生命激情而仅仅依靠一股惯性来维持着平庸的生活? 这时候他起身朝着二环路的方向走去。是啊,我分明已经成了一个刀枪不入的铁甲武士。不要求别人爱我,我也不去爱别人。没有气力接受生活的叹息,也没有兴趣去为生活喝彩。我只是一个急急忙忙朝前赶路的人,一味朝前走去。

走进一条商业街,他站在橱窗前,漫无目的地看着。这时他从玻璃的反光里看到一个女子,就非常惊讶地转过身来。

他问那女子:"你是大田保子还是诸葛云裳?"

诸葛云裳笑了笑说:"我是大田保子。"

姜合营郑重脸色说:"大田保子女士,您已经把我厂一车间给搅黄啦,怎么又流窜到商业街来啦?"

诸葛云裳说:"我来买一件毛衣,给你。"

"你买一件毛衣给我……"

诸葛云裳打开提包的拉链，从里面拿出一件包装在塑料袋里的毛衣，红黑相间的图案。

"你为什么给我买毛衣呢？"姜合营疾声问。

诸葛云裳平平淡淡答道："因为天气已经冷了。你试一试吧，我觉得尺码还是比较合适的……"

站在商店门前，姜合营脱下西服上衣递给她拿着，然后将玻璃橱窗当作镜子，穿上这件图案优雅的毛衣。

顿时觉得周身温暖，他对她说："春意盎然。"

"好啦，你就不要措辞了，穿着它走吧。"诸葛云裳眯起眼睛看着身穿毛衣的姜合营，眼窝一热。她怕自己落泪，就对他说自己还要去买别的东西，转身匆匆走了。

姜合营望着她的背影，突然感到诸葛云裳是自己生活之中非常重要的人物。

他招手叫了一辆的士，说去单身贵族饭店。

坐落在二环路上的单身贵族饭店开业只有半年时光，已经饮誉全城了。每天到这里就餐的男男女女，绝大多数是独身者。独身者与独身者在这里相识，也就出现了同居者。从这个意义上说，自从单身贵族饭店开市大吉，这个城市的独身者就呈现减少的趋势。这也是二律背反。

单身贵族饭店的大厅里，只摆了八张餐桌，其余都是单间餐室，因此很贵。来这里吃饭的，工薪阶层不多。单间餐室天天客满，使人怀疑这个世界的家庭正在分崩离析，人们都跑到这里单兵作战，打一枪换一个地方。

邹忠诚六点钟就到达单身贵族饭店，走进大厅，空无一人。领班小姐走上来问他是不是提前订了位，如果没有提前订位，就只能在中厅里用餐了。领班小姐还说，预约单间必须提前三天才成。

他告诉领班小姐他坐在这里等候客人。领班小姐就让跑堂的小姐给他送来一杯热茶。他发现这里的小姐，大多操着江南口音。这时候，他想起了胡丽英。想起胡丽英，心头总是掠过一丝惆怅。他为胡丽英感到惋惜，为什么走出工厂一步就迈进色情行业呢？依胡丽英的条件，完全可以从事更为体面的工作，譬如说坐在写字楼里当秘书。

邹忠诚之所以放弃去神州化工厂做工的机会，是因为他终于懂得了世界很大。走出困境之中的工厂，他终于体会到个体生命的困境。这时候渐渐明白，自己一无所有。既没有过去，也没有未来，只有一个干干巴巴的"现在"。过去是什么样子，他已经无从回忆了；未来是个什么样子，更是海客谈瀛洲一派渺茫。丧失过去就等于丧失了历史；丧失未来就等于丧失了期待。于是他成了游民，在现实的缝隙游动。走出工厂置身社会，他才真正懂得游动在大街小巷里，是一种什么感觉。大都市成了汪洋大海，我呢，就是一条小鱼。小鱼有小鱼的机会。

这条小鱼喝下一杯热茶，抬首看了看饭店那两扇玻璃大门。果然如同领班小姐所言，人们都是提前订位，走进门来便被跑堂小姐径直引到预订的单间里去了。因此大厅里总是空空荡荡的，给人一种冷清的假象。

有虚假繁荣，也有虚假冷清。想到这里邹忠诚颇有感触。他低头打量着自己的西装，唯恐出现皱褶而影响仪表。领班小姐远远看着，就认为他是给老板当差的马仔。

一位身穿黑色风衣的女士走进单身贵族饭店的大厅。领班小姐将她引到邹忠诚的桌前。邹忠诚连忙站起，叫了一声莫女士。

莫女士脱下黑色风衣，淡淡一笑说："你不要这样郑重其事，就叫我莫小娅好啦。金铁龙怎么还没有来呢？"

"我坐在这里就是等待金先生的。"邹忠诚答。

脱去黑色风衣的莫小娅，仍然一袭黑色——穿着今年流行的款式罗丽波尔套裙，看上去很像一位西方高层职业妇女。小巧玲珑的莫小娅被她的黑色服饰衬出几分小巧玲珑的抑郁。这种抑郁虽然小巧，却往往令大男人不敢沾沾自喜。莫小娅招了招手，叫来一支蜡烛。蜡烛摇曳，若明若暗的光影浮动，仿佛将她镶在一张巨大的画框里。她静静坐着，沉浸在自己的世界里。邹忠诚很知趣，闪在一旁。他也觉得莫小娅是将自己镶在一幅高贵的画框里，如果为这幅油画命名，就叫作"等待时光"。

时光就这样到了晚间六点半钟。

怪不得金铁龙这么多年与莫小娅失去联系，依然对她一往情深呢。莫小娅的确是一位高雅的女性，令人难忘。既然如此，金铁龙为什么又姗姗来迟呢？邹忠诚站起身来，走到大厅门口。

金铁龙没来，那么姜合营也应该来啦。邹忠诚身为这次聚会的中介者，不由心中焦急起来。这时一辆出租车停在饭店门前，金铁龙从车里跳了下来，气喘吁吁跑进大厅。

"对不起，我来晚了。"他走到莫小娅桌前，很是抱歉的样子。

莫小娅看了看手表："不，你没有迟到。迟到的大概是姜合营了。"

金铁龙谦恭地说："有你参加的聚会，我真是不敢迟到。"

莫小娅淡淡一笑："你还是学生时代那样，特别谦虚所以深得大家的同情。"金铁龙招呼邹忠诚："咱们预订的是十八号房间。"

莫小娅说："那咱们就到单间里去等姜合营吧。"

邹忠诚跑去告诉领班小姐，姜先生来了请到十八号单间。

坐在十八号单间里，莫小娅说："邹忠诚，若是没有你牵线，我与金铁龙这位老同学根本就联络不上啊。所以我要在姜厂长那里为你说几句好话。"

邹忠诚连忙说："其实我已经离开大中华了……"

金铁龙立即说："这次你若是引资成功，肯定以外方代理的身份，重返大中华啊！小娅，我们 WM 公司准备向大中华投资，建成合资企业。"

莫小娅说："那么今天我算一个什么角色呢？"

金铁龙说："姜合营、你、我，咱仨既是当年的同学，今后又是合作的伙伴，所以说缺一不可。我希望日后能与你多多共事！"

"非常感谢。咦，姜合营这家伙怎么还不来呀？"莫小娅矜持地说。

金铁龙说："多年不见姜合营了，他胖了吧？"莫小娅说："他没有任何变化……"

邹忠诚说："他的京剧清唱，这几年长进很大，已经是著名票友啦。"

姜合营乘坐的出租车，稳稳停在单身贵族饭店门前。

走进饭店大厅，领班小姐告诉他，请去十八号单间。

走到十八号单间门前，姜合营定了定心神："我敢断定，如果莫小娅在座，那么今晚请我吃饭的肯定是我们当年的同学。如今时兴叙旧……"

推门走进十八号单间，迎面坐着的正是金铁龙。

果然不出所料，姜合营笑了。金铁龙却显出几分慌张："你还能认出我吗？"

姜合营点了点头说老同学什么时候都能认出来。然后姜合营居然与莫小娅也握了握手。莫小娅对丈夫这个突发的礼节颇感意外："你买了一件新毛衣啊？"

"一个朋友送给我的。"说罢他环视着这个场面，"无论如何我也弄不明白，你们三个本是五湖四海的人，是怎样走到一起来的？"

邹忠诚说："无巧不成书……"

落座，服务小姐走进来问姜合营喝什么。姜合营说："二锅头。"

莫小娅低声问邹忠诚："姜合营什么时候变成酒鬼啦？"

服务小姐说："对不起先生，我们这里没有二锅头。"

"你们这里有什么白酒呢？"姜合营执着地问着。

金铁龙拦住服务小姐，然后问姜合营："今天有重要的事情要谈，咱们不喝白酒行吗？"

姜合营抚了抚小平头："今天是我与你达成合资意向的日子，不喝白酒怎么行呢？"

金铁龙问邹忠诚："你告诉他今天要谈合资的事情啦？"

邹忠诚态度十分坚决："绝对没说！"

姜合营看了看自己的妻子："既然你们把我太太都请出来了，那么肯定要谈中澳合资的事情啦。"

邹忠诚目光惑惑看着姜合营："你怎么什么都知道呢？"

"我这个人就是善于猜谜，不信你问莫小娅。"

莫小娅说："你只剩下这么一点点鬼聪明啦。"

金铁龙说："好吧，那就喝白酒吧。咱们尽兴。喝什么白酒？"

姜合营说："酒鬼。"

莫小娅笑了："士别三日，当刮目相看。"

姜合营小声对妻子说："不是三日。咱俩已经七天没见面啦。"说着，他转过脸去问邹忠诚："你给金铁龙当了马仔，十二月二十八号的华人京剧票友大奖赛，你还给我拉弦儿吗？"

邹忠诚尴尬地笑了笑。

服务小姐站在一旁等待点菜。

莫小娅建议每人点一个自己喜欢吃的菜，其余就随意了。

金铁龙先声夺人说道："龙虎斗！"

莫小娅点了一份奶油带子。邹忠诚点了龙虾。

轮到姜合营点菜，他眨了眨小眼睛说："蛹。"

这时姜合营心中暗想："如果能够吸纳外资，将清洗液生产线更新改造使产品升级换代，大中华日用化工厂可就初见天日啦!"

这样想着，他抬头看了看老同学金铁龙。不知为什么，金铁龙与他对视的时候，目光显出几分慌张。

第 五 章

1

唐本旺给厂子打来电话，是许文章接的。八十名职工进入神州化工厂，情况良好。唐本旺初步打算在神州化工厂停留六天，协助诸葛光荣将这八十名工人编入班组，画上一个圆满的句号。

许文章及时将这个消息转告姜合营。姜合营笑了笑，愈发认为唐本旺正在等待官复原职的任命。至于为何做出这样的判断，姜合营自己也说不清楚。

这几天晚上连续失眠，似乎面临人生重大选择而踌躇不决。我究竟面临什么选择呢？或许是婚姻或许是职业，或许什么都不是。坐在办公室里，他显得心事重重，又说不清楚到底有什么心事。金铁龙打来一个电话，催他合资的事情。这就更加证明了"项庄舞剑，意在沛公"。金铁龙恨不能立即与他达成合资协议，完成人生的一大实现。金铁龙这家伙也是过于执着，这就叫作心理情结。

既然金铁龙来电话催促，他就开始着手起草"大中华日用化工厂与澳大利亚 WM 公司关于合资生产金手牌清洗液的初步设想"。他知道任何一个合资项目都要经过化学工业总公司的批准。所谓化学工业总公司，其实就是"翻牌公司"。它前身是化学工业局，权力如山。如今改革了，就将"局"的牌子一翻，变成"总公司"，成为企业集团的性质，但大机关的余威犹存。尤其是企业领导干部的任免，必须由总公司说了算。

不知为什么文思不畅，枯坐两个小时，也没写出三百个字。他只得拉了一个提纲，打电话叫来许文章，将任务派给这位厂办秘书。许文章看了看标题，表情很是担忧："澳大利亚 WM 公司？我看这公司的名字怎么云山雾罩的呢？这事儿牢靠吗？别到时候又跟大田保子一样，泥牛入海没了消息。"

姜合营说，WM 公司最初属于中资公司，后来公司董事长项超男作为投资移民取得澳大利亚国籍，它才成为名副其实的澳大利亚公司。项超南是一个高干子女，由于 WM 公司赞助了六十六名孤儿，她的名字在这座城市里变得响亮起来。

为了鼓舞许文章的信心，姜合营又说这次合资的前景所以比较可靠是因为金铁龙是高中时代的同学。

许文章说如今最不可靠的关系就是老同学老同事老邻居老部下什么的。大街上的陌生人，往往是难以欺骗的，最容易欺骗的就是亲朋好友。流行的术语称为"宰熟儿"。

姜合营颇为自信地说："不是 WM 公司骗了咱们，就是咱们把 WM 公司骗了。总之要分出胜负来吧？就好像足球比赛最后互射点球。"许文章说："电视新闻里报道，上海已经出台《决策失误责任制》。我想，像阚大智那样的就属于决策失误……"

姜合营说："你不要演讲啦。行啦行啦，你快去写材料吧。"

许文章愤愤不平，走了。

吸着香烟，姜合营又想起那天晚上单身贵族饭店十八号单间里的活剧。

读高中的时候，姜合营与金铁龙同班。后来从外校转来一个女生，就是莫小娅。中学时代的姜合营方方面面都显得优秀，尤其受到班上女生的好评。金铁龙是一个自尊心极强的人，曾经为自己无法超越姜合营而偷偷哭泣。

后来，姜合营与莫小娅结婚，还给金铁龙发了请柬，但他没来。听说他出劳务到南非的开普敦纸箱厂当工人，之后转到新加坡当船员。这些年来很是闯荡一番。如今又成了澳大利亚 WM 公司中国市场高级专员。姜合营知道金铁龙狭促的心胸自始至终都会对自己耿耿于怀。昨天在单身贵族饭店十八号单间里吃饭，酒过三巡大家并无醉意，金铁龙朝他微笑着，左手却悄然伸向桌下，紧紧抓住莫小娅的手。金铁龙忘了身后墙上挂着一面镜子，姜合营从镜子里一眼瞥见发生在桌子下面的奇观。

他知道这正是金铁龙这个小男人多年的愿望，相对而坐交谈甚欢，趁他毫无察觉之时，紧紧抓住他的太太莫小娅的纤手。这是一个男人对另一个男人当面的羞辱——而恰恰又在暗中完成。

姜合营的第一个念头就是将桌子掀翻。然而他毕竟忍了忍，强令自己冷静下来。他心中暗暗告诫自己：姜合营啊姜合营，你连厂长都当了，还有什么不可忍耐的事情吗？这样想着，他抬起头来盯了莫小娅一眼。莫小娅的身体明显朝着右边偏去，似乎是在躲避着桌下大手的追逐。

他心里清清楚楚，金铁龙非常愿意 WM 公司与大中华日用化工厂进行合资，这样，金铁龙就可以尽情享受强者的风光了。举凡中外合资，中方在心理上往往处于劣势。金铁龙这家伙将充分利用他的澳资优势。

姜合营又想起父亲去往九华山之前的嘱咐："你要做好准备啊。"

于是他端起一杯白酒对金铁龙说："来，我已经做好准备了！"

莫小娅眨着一双大眼睛，惊奇地看着他。

202

酒至高潮，金铁龙流露出几分拥有金钱的得意。姜合营颇为感慨地说道："如今中国还有不爱金钱的人吗？"

双方约定，合资意向的纵深谈判三天之后在大中华日用化工厂举行。

就这样，姜合营抓了许文章的壮丁，要他抓紧时间赶写"合资报告"。

姜合营叹了一口气，只有当独处的时候，他才叹气。作为一个男子，姜合营承认自己的外表非常成功。在别人眼里他是一个乐观主义者，同时又是一个不懂得感情生活的人。

只有姜合营知道自己究竟是个什么人。

邓援朝气喘吁吁走了进来。别看这位党委副书记说话不利索，干起事情却雷厉风行。一支由六名下岗职工组成的赴范州"运输小分队"已经组成，他们的任务就是将价值十万元人民币的助力车零件拉运回来，由邓援朝领队。此时，小分队正站在办公楼前，等待出发。

邓援朝要求姜合营前去讲话。姜合营见他对自己如此尊重，就说了一声"这次辛苦你了"，朝楼下走去。姜合营看了看小分队，邓援朝果然有眼光，挑了六条好汉。

姜合营开始讲话。

"咱们必须开展生产自救活动，也就是说，在目前这种情况下，干什么能赚钱，咱们就干什么。这一次去拉运助力车零件，虽然只有十万元的金额，但任务很艰苦，拜托诸位了。要说堂堂大中华日用化工厂，做起这种小生意，也是没办法的事情。咱们组织不起社会化大生产，就从零做起吧。这次你们提货回来，咱们就组织人力不分昼夜动手组装，争取用三天时间将一百辆整车发给销售单位。这一次咱们的战术是短平快，打一个漂亮仗！赚了还能给大家发一发奖金。"

工人们很久没见过奖金了，听了姜合营许下的宏愿，不为所动，表现出工薪阶层的思想成熟。姜合营继续讲道：

"有人说，如今到处都讲赚钱。是啊，咱厂是太需要钱啦！有了钱先给三车间买原料，三车间只要开工就能赚钱。可是咱厂没钱啊。大家说市场经济好不好？好。可是它也是个势利眼，谁财大气粗谁就能控制市场。如果咱厂拥有无比雄厚的资金，就能拥有无比雄厚的科技力量，拥有无比雄厚的科技力量，就能开发所向无敌的优秀产品，所向无敌的优秀产品就能占领无限广阔的市场。咱们让全世界穿皮鞋的人都使用金手牌鞋油。当然这是我做的美梦啦。今天借这个机会我跟大家说几句心里话。首先我要告诉大家目前咱厂是个什么现状。我打个比方吧，就好比一个人夜间掉进大海，朝哪儿游呢？只能朝着有亮光的地方游去。那亮光就是咱们企业改革的方向。那亮光，远看是一支蜡烛，近看其实是一座灯塔。什么时候能够游到灯塔近前呢？我不知道。大概你们也不知道。咱们只能铁下一条心，朝前游啊。必须朝前游，不游，就沉下去喂鱼。"

小分队员们觉得姜合营讲得非常实在。

"另外呢，我再给大家讲一讲企业改革的形势。如今国有企业的改革，分为两类：一类是大中型企业，一类是小型企业。目前小型企业的方法比较明确，分七种类型……"

邓援朝递上来一个卡片。他知道卡片就是邓援朝的嘴——上面写着四个字："兵贵神速"。

"对，兵贵神速！这次邓书记是你们的领队，他比我更有经验，希望大家团结一心，完成任务……"

许文章大声喊着从办公楼里跑了过来："紧急通知！紧急通知！"

姜合营说："你叫唤什么呀？"

"市政府办公厅的电话通知，说李吉钢市长下午两点到厂视察！"

厂长与书记，面面相觑。李吉钢市长自从上任以来，走了不少大型企业，像大中华日用化工厂这样的企业，还从来没有到过。市长下午到厂视察，邓援朝作为主持工作的党委副书记，是必须在场的。看来小分队今日的出发计划，流产无疑。

谁也没有想到许文章此时能够挺身而出，他对姜厂长和邓书记说，如果领导信得过，他愿意率领这六名小分队员乘两辆大卡车前去提货。姜合营与邓援朝当场商量了一下，就同意了。

安排就绪，那六条好汉分别爬上两辆大卡车，那样子很是英武。姜合营和邓援朝走在汽车前面，步行引路为小分队送行。到了工厂门口，当班的门卫换了老病号秦金符，他连咳嗽带喘地对姜合营说："感谢领导照顾，让我来传达室上班。今儿我是头一天……"

姜合营说："秦师傅，这大门是电气传动的，一按开关就成，不用您跑前跑后的。知道吧？"

秦金符说知道，就是不知道该按哪个钮儿。

邓援朝嘴里迸出两个字："素——质……"

大门刚刚打开，诸葛云裳突然出现在汽车前方，朝着姜合营招手。她今天穿着一件紫色镶着黑边的中式小袄，看上去很像五四时期的学生领袖。

"云裳你有什么事情吗？"

诸葛云裳压低声音："那件毛衣穿着合身吧？"姜合营使劲点了点头。

姜合营连忙表示歉意，说自己忙得昏了头。这时候他才发现诸葛云裳看了看整装待发的大卡车，脸上表情一下子焦急起来："合营，组装助力车的事情，我劝你还是要小心为好。俗话说隔行如隔山，宁停三分，不抢一秒。"

姜合营笑了："你跑到这儿给我讲解交通法规来啦！行啦行啦，今天下午两点李市长来厂视察。"

诸葛云裳见自己的忠告丝毫不能引起姜合营的重视，就大声道出原委："这是诸葛小明向你发出的警告！"

"就是你十二岁的侄子诸葛小明？我还以为是诸葛孔明哪！"姜合营觉得非常可笑，就挥了挥手，指挥汽车启动。

邓援朝伸手拦住汽车，结结巴巴朝诸葛云裳问道："小小小小小明说说说说什么……"

"诸葛小明是我哥哥的孩子。这几天本市电视里播出银雀牌助力车的广告，小明皱着眉头看着电视，说这不是好事情。"

邓援朝听罢，摇了摇头，似乎认为诸葛小明的信息并不能说明什么问题。

诸葛云裳说："你们可能都不知道，诸葛小明是一个非常少有的孩子，今年十二岁，沉默寡言，从无喜怒哀乐，好似铁板一块；看待问题目光冷峻，心理极其稳定，常常一语中的。就连我父亲那样的独裁者都承认小明童口出真言……"

赵则久骑着自行车来到门前，看到整装待发的阵势，就问邓援朝这是不是民兵演习。姜合营告诉他这是组织职工开展生产自救活动，去拉运助力车散件。赵则久毫无表情说，职工开展生产自救活动应当选择没有风险的项目。

姜合营说："组装助力车能有什么风险呢？"说罢朝大卡车挥了挥手，大声说出发。许文章率领六条好汉乘坐两辆大卡车驶出工厂。

赵则久摇了摇头，骑车子进厂了。

望着远去的汽车，诸葛云裳的心理很受打击。她知道诸葛小明只是一个十二岁的孩子，绝不会是一个预言家。然而诸葛小明确实是一个百年不遇的孩子，一方面他具有超常的判断能力，在毫无任何根据的情形下做出的预测往往被事实所证明。譬如说谁能夺得 2000 年奥运会主办权？当时七岁的诸葛小明嚼着巧克力说获胜的那座城市有一座很大的歌剧院。那时候他说话奶里奶气并且非常热爱祖国。诸葛小明的预测后来被萨马兰奇先生所证实。当国际奥委会主席大声宣布投票结果的时候，他却指出坐在电视机前沮丧万分的爷爷吸的"红塔山"是假货。

第二天的早间新闻就播出烟草专卖局查抄三千四百七十八箱假烟，其中"红塔山"占八成以上。

诸葛小明的神奇事迹不胜枚举。

姜合营将苦谏当作耳旁风，诸葛云裳非常失望，转身就走。姜合营追了几步，猛然想起一件事情，就停住脚步。邓援朝以为出了什么大事，就伸过目光询问。

"我真是忙昏了头，明明已经安排许文章起草与 WM 公司合资的材料，却又把他派去了。我这才叫瞎指挥呢。"

邓援朝听了，朝他咧嘴一笑。

中午时分，市政府警卫处打来电话，要求厂里立即组织力量"清厂"，对非本单位职工，一概从厂里请出；对本单位职工，一定要加强教育，不得擅自离岗，更不能随意走动，造成现场的混乱。

姜合营暗暗庆幸，陈遇的民工昨天已经撤离一车间。否则对方握着租赁厂房的合同，拒绝"清厂"，必然造成纠纷。

厂区如临大敌。邓援朝组织一路人马打扫办公楼。保卫科胖科长率领临时组成的清理现场小分队，四处清查。见保卫科长这么胖，工人就说胡汉三回来了。

一点钟的时候，姜合营打算到各个车间走一走，做到万无一失。这时桌上电话铃响了，他飞快抄起听筒。

他喂了一声，对方不说话。他又喂了一声，似乎是从很远的地方传来一个男人的声音，使人想起科幻电影。

"你是姜合营吧？我是一个隐在暗处的人，我的任务就是要你永远消失。我可以告诉你，我的任务必须在一个月之内完成，也就是说，你的存活期最多只有三十天了。希望你能在这有限的时间里，活得更为愉快。姜合营，我还会打电话给你的。"

对方主动挂断电话。姜合营手持听筒，想了想，就拨通工厂总机。

"总机谁值班?"他问。

总机回答是纪格格。姜合营问纪格格刚才的那个电话是不是外线接进来的。纪格格说是。姜合营问她是不是认识那个人。纪格格慌了，连声说："我怎么会认识那个人呢? 我怎么会认识那个人呢?"

"你肯定监听了刚才那个电话，否则你不会这样激烈否认的，是吧?"姜合营笑着问纪格格。

纪格格无言以对。

姜合营说："纪格格! 我知道你暗地里一贯与我作对。我不知道你为什么对我充满仇恨。告诉你吧，刚才打来的那个恫吓电话，假使与你毫无关系，但我也能借这个机会一口咬定你具有重大通敌嫌疑。我的话你听懂了吗?"

纪格格的声音颤抖起来："姜厂长，我可不敢跟您过不去啊。"

姜合营狠狠一笑："纪格格，我没有能耐搞好企业，但绝对有能耐整治你这样的捣乱分子。我给你一个机会吧，假若那个恫吓电话再打进来，一定要想办法锁住它! 你可不要给我搞错。"

纪格格被这位代理厂长给吓惊了。

放下电话，姜合营点燃一支香烟。这个恫吓电话肯定与黄大发有关，挨打之后的黄大发是不会善罢甘休的。事已至此，他认为用"叛徒内奸工贼"来形容黄大发，丝毫也不过分。黄大发，该打。

静下心来，他抓紧时间考虑如何向李市长汇报大中华日用化工厂走投无路的现状。这时候一个悲壮的念头从心底涌现出来："关键时刻我就一定要挺身而出，力争唤起李市长对我厂的深切同情。当然这样做风险太大。但是为了挽救工厂，我舍身成仁也算是一个光荣的归宿。"

想到这里，姜合营激动起来，在屋里踱来踱去。

2

开道的是一辆警车。姜合营与邓援朝站在工厂门口，几乎无法判断哪一辆车里坐着李吉钢市长。应当说市长出巡还是轻装简从的，总共只有四辆车，悄无声儿地开进工厂大门。

市政府工作组的三位同志也随同市长一起来了。姜合营看见申秀绪坐在最后一辆车里。

二楼会议室已做好接待市长的准备。李吉钢市长走下轿车，根本不到会议室去，头一句话说到车间里走一走吧。预先制定的接待方案被打乱了，姜合营由前锋变成守门员，邓援朝也找不到自己的位置了。化学工业总公司总经理沈鸿问姜合营："先到哪个车间啊？"姜合营灵机一动说先到四车间吧。

邓援朝终于为自己找到一个前锋的位置，跑在前面领着大队人马向四车间走去。姜合营试图接近李市长，却总是被别人卡住位置，难以上前。

李吉钢身穿一件蓝色风衣，风度翩翩显得一表人才。他问身旁的沈鸿："四车间的主要产品是什么呀？"

沈鸿一愣，出现瞬间意识空白。姜合营伸长脖子答道："缝纫车间。"

李市长循声寻找着答话的人："你是厂长吧？大中华日用化工厂怎么跑出来一个缝纫车间呢？"

姜合营趁机凑上去说："我是代理厂长。"

"代理厂长也是厂长嘛。你回答我这个问题吧。"

不知道什么原因，姜合营感到李市长是一个平易近人的长者，他不觉放松下来，颇有信心回答着市长的问话。

他告诉李吉钢，这几年工厂的主导产品失去主导作用，车间必然出现开工不足甚至月月停产的状况。于是只能"放羊"，车间啊工段啊班组啊工人啊，只能自己四处去找草吃。哪里有草就到哪里去，什么赚钱就干什么，这是最为原始的作坊状态。所谓从粗放走向集约，只能是企业拥有确具竞争优势的主导产品并进入良性循环状态之后，才具有意义。如今的大中华日用化工厂，主要任务是咬牙挺住，不要在困境之中崩溃。

听到这位代理厂长言谈话语之中用词很有强度，李吉钢市长问道："你叫什么名字？"

他说我叫姜合营。听到这个通俗易懂的名字，李市长笑了笑。

走进四车间。车间主任莫吉迎了上来。这位外号"老母鸡"的车间主任不亢不卑说了一句欢迎视察，就闪到一旁。沈鸿总经理此时恢复了竞技状态，向市长介绍说："四车间百分之九十都是女工……"

四车间光线明亮，女儿国果然与众不同。一百台缝纫机，横看成行，纵看成排，汇成机器的鸣响。姜合营告诉李吉钢，这里是早中两班制，这样一百台缝纫机就变成二百台了。四车间工人的月收入，在全厂居中上游水平。李市长问"老母鸡"："你是车间主任，你给我讲一讲为什么你车间职工每月收入处于全厂中上游呢？"

"老母鸡"是一个未老先衰的男人，他强打精神说："我一说您就明白了。我们这里是给一家外商独资公司来料加工，如今咱们的工业不景气，许多工厂都从外商手里抢任务。外商多鬼呀！一看中国人跟中国人争抢，就趁机压价。咱们两败俱伤，老外得利呗！"

李市长听罢，就沉下了脸色。沈鸿总经理以为"老母鸡"言多语失，就扯了扯他的衣袖。"老母鸡"颇为反感地看了沈鸿一眼。

李吉钢市长顺着车间通道朝前走去。两边都是缝纫机，中央的通道显得很窄。两侧看到的都是缝纫女工的背影，她们埋头工作着，没有工夫回头，更没有工夫遐想。从一个个缝纫女工的背影上，似乎已经很难看出她的脾气秉性、性格情绪，她们只是一个个背影而已。姜合营为自己的这个发现感到震惊。是啊，如果男人看到的只是女工劳碌的背影，那么女工幽深的心灵必将成为盲点。

紧张有序的生产场景似乎感染了李市长。他指着一个女工背影对姜合营说："你看她缝纫的速度！熟练得就跟杂技演员一样……"

说着李市长就越过一台台缝纫机，朝"杂技演员"走去。

随行的记者们立即准备拍照。

这真是一位"杂技演员"——缝纫起来她身体的任何部位都在散发着巨大的潜能。左手一甩，那只高级胸罩唰地进入针下，顺势一牵，眨眼之间机器轧花完毕。右手一甩这件成品就落入身旁的塑料筐里。全套动作一气呵成，堪称一流技艺。李市长兴奋地说："应当归纳成一套工作法，推广！"

这个"缝纫女工"猛然回头，瓮声瓮气说了一声谢谢市长。李市长毫无思想准备，被这女工堆儿里突然冒出的粗声大嗓吓了一跳。市长的警卫员竟然本能做出反应，将身体横在市长与缝纫机之间。

市长极为不悦，就伸手拨开警卫员。姜合营立即说道："李市长，这是一位缝纫男工啊。"李吉钢极其惊讶："什么？是缝纫男工啊！"

缝纫男工张义抬起头来自报性别："我本来就是男的！"

"怎么这里还有缝纫男工啊？"李吉钢问道。

"老母鸡"说："多年以来，我们都是提倡男女同工同酬的呀！张义强烈要求上岗，我们不能剥夺他劳动的权利啊。"

李市长看了看张义："好！时代不同了，男女都一样。改革嘛，能将懒惰的变成勤快的，也就应当打破男女界限。譬如说如今劳务市场已经出现了男保姆，这也是新生事物嘛。"

随行的报社记者们纷纷记录着李市长的讲话。

走出四车间自然就进了二车间。二车间的主要产品是金手牌电热驱蚊器和金手牌电子报警安全手杖。在电热驱蚊器的装配工序中，李市长看到一条长长的桌子通向远方，足有四十米。桌子两边的装配女工，一个挨一个，埋头工作着。姜合营向市长介绍说，这里属于密集型劳动。李吉钢点了点头说符合中国国情。

来到生产电子报警安全手杖的工段，热合机上的工人们将一支支手杖的毛坯送到台案上，一个个都像是冷面枪手。姜合营说，这就是中心检验室的诸葛云裳在万不得已的形势下开发出来的一个产品。

"什么叫万不得已？"李吉钢问。

"我们厂的主导产品在市场受到冷落，就好像一个人突然没了脊梁。一个名叫诸葛云裳的女同志天天上街观察事物，终于发现社会上老年人上街手里缺少一支电子报警安全手杖，就开发了这个产品。"

李吉钢市长说："你们的金手牌商标从前还是很有名声的嘛。"

"目前我们的主导产品只有金手牌鞋油。这很像是一个战士在坚守一座阵地，援兵什么时候到达，谁也说不清楚。不过，金手真是一个好牌子啊。"

沈鸿总经理插言道："金手牌商标称得上是独具匠心。金手，一语双关，朗朗上口，既褒扬了鞋油的神奇效果，金光闪闪，又让人感到富贵吉祥。"

"只可惜这是一只老手啦。"姜合营说。

李市长反驳说："不！有许多东西，越老越值钱，名牌商标也是这样。你譬如说抵羊牌毛线，老牌子吧？如今依然占领市场，深得消费者好评嘛。所以说我们一定要注意保护国产名牌。"

日报的一位记者趁机采访说："李市长，您能就保护国产名牌问题深入谈一谈吗？广大群众对这个问题也很关注。"

"今天就不要谈了。下星期一我在全市工业会议上要重点讲这个问题，到时候你注意一下就是了。"

人们簇拥着李吉钢市长走出二车间。按照惯例参观路线应当走向三车间，姜合营他知道如果自己不上前引导，李市长极有可能一直走进一车间的大门。果然就在沈鸿总经理犹豫之间，市长大踏步朝对面的一车间走去。

姜合营窃喜。

沈总经理对姜合营关键时刻的放任自流很不满意，走过来小声问道："小姜，我怎么没看到老唐呢？"

他知道沈总经理犯了怀旧的心思。

走进一车间大门，拱形的门洞，暗处长满一层绿苔。李吉钢停住脚步，定定注视着门洞的基石，仿佛考古学家。人们静静等待着，仿佛站在幽静的山谷里，唯恐惊扰了市长的思古之幽情。

看到空空荡荡的一车间，李吉钢市长环视左右。沈鸿连忙说道："这里已经停产了，您还是到会议室里听一听汇报吧。"李吉钢看了看姜合营："停产？怎么变得空空荡荡的，设备呢？"

姜合营咬了咬牙，说："造成停产的原因非常简单，市里有关领导直接干预企业改革，非让我们把一车间的地皮转让给日商，结果日商又变了卦，这个车间也就毁了……"

李吉钢盯着姜合营："你这个代理厂长说话可要负责任，哪位市领导干预你们厂的企业改革？"邓援朝张了张嘴，硬是说不出话来。

姜合营终于露出好斗的本性，几乎用顶撞的口吻说："李市长我说话当然要负责任。我说的那位市领导就是前副市长阚大智同志。"

李吉钢说："我怎么不知道这件事情？"

"那是您手下的人不告诉您。"

"我手下的人为什么不告诉我呢？"

"那是他们都怕丢了头上的乌纱帽。"

李吉钢用几乎愤怒的声音说："你就不怕丢了头上的乌纱帽？"

姜合营平平静静答道："我只是一个代理厂长，根本就谈不上乌纱帽。"

沈鸿总经理看火候已到，就走上来插话说："到二车间看一看吧。"
邓援朝站在一旁心里说："姜合营呀姜合营，你当众跟市长辩论，我看你这个代理厂长是'命不久矣'啦。"

3

唐本旺与诸葛光荣认识十八年，如此共事却是首次。唐本旺认为自己与诸葛光荣属于同一类型的厂长，用足球术语来说，就是力量型打法。大刀阔斧，长传冲吊。与唐本旺完全一致，诸葛光荣也不喜欢三角短传，层层渗透。

能够与诸葛光荣这样的老汉共事，唐本旺很高兴。

满载八十名工人的大轿车离开大中华日用化工厂，工人们一时沉默下来，这是兴奋之后的调整。此时，离开自己工厂而去一座陌生工厂谋生的心态，渐渐复杂起来。

驶近铁路道口的时候，禁行的栏杆缓缓垂落。路旁停着一辆公安标志的摩托车，一个身穿制服的交通警察走上前来敲着车门大声说："超员啦！超员啦！"

车里的司机慌了，转过身子说："诸葛厂长，遇到警察啦！"

诸葛光荣拉开车门就跳下车去。他这敏捷的身姿，引起满车工人的惊叹。毕竟是当兵的出身，六十多岁的老汉依然身手不凡。

车上，不知是哪个坏小子说起"顺口溜"："老汉是个好老汉，就是枪里没子弹。"弄得满车哄堂大笑。

唐本旺站起来说："是谁拿诸葛厂长磨牙？你他妈的还有良心吗？"免职以来，他没了脾气，今天终于遇到对工人发怒的机会，就嚷了几句。嚷罢，颇有三月不知肉味而吃了一只四喜丸子的快感。

车下，年轻的交通警察听到车里传出的大笑，就认为这是对人民警察的嘲弄。他沉下面孔，开始审问诸葛光荣。

"叫司机下车来吧，我要问一问他这种大型客车限坐多少人？"

诸葛光荣说："这没有司机的责任。我是厂长，是我让他超载的。"

"你让他超载，你是哪个单位的？"

诸葛光荣报出厂名。年轻的交通警察听罢，微微一愣。

"这么说，你就是诸葛光荣？"

"没错，我就是诸葛光荣。"

年轻的交警踱了几步，回过头来说："你真的救了那八十个工人？"

"我又不是菩萨，怎么能说是救呢？不过我是厂长，无论哪个厂子遇到困难，我这个当厂长的只要能够，就要伸手援助。这八十个工人都在车上坐着呢。哎你是怎么知道这件事情的？"

年轻的交警说，报纸上登了，收音机里也播了。

诸葛光荣嘿嘿笑了："这么说我成了名人啦？哈哈……"

没等诸葛光荣再说什么，年轻的交警竟拍了拍他的肩头："就冲你给下岗工人办了这件大好事，我也不能跟你过不去。上车，走吧！"

这时铁路道口的栏杆扬了起来，诸葛光荣朝年轻的交警挥了挥手，踏上了开动的汽车。司机回过头来大声说："厂长，您的名字真是成了通行证啊！"

诸葛光荣也觉得光荣，就哈哈大笑起来。然后，他顺势站在车厢前方，扯开嗓子说："唐厂长，看来咱们这一代人关键时刻还是能够起到顶梁柱作用的。你大可不必自卑！"

唐本旺也豪迈起来："跟你在一起工作，我不自卑！还是那句话，咱们是企业主人翁！"

汽车驶到神州化工厂门前。

"到啦！大家跟着我，先去小礼堂开个会！"

何彭森小声对罗光说："无论到了什么地方都是先开会……"

工人们走出汽车，东瞅西瞧，神州化工厂静悄悄的，不见人影儿。有人开始窃窃私语："这到底是怎么一回事？"

诸葛光荣一眼看出大家的心思，大声说今天是神州化工厂的公休日。

人们心里终于踏实。随着人流朝前走去，罗光远远看见诸葛云裳站在小礼堂门口，迎候着。大中华日用化工厂的"工业美人儿"怎么跑到神州化工厂来了？不知内情的工人互相询问着。

走进小礼堂，工人们已经看出神州化工厂与大中华日用化工厂相比，显然是一个小厂。小礼堂根本不设主席台的位置，看来这里是厂长一人的天下。

诸葛光荣坐到讲台上，很响亮地咳了一声，准备讲话，这时一个十几岁的男孩子拎着热水瓶上台沏茶。望着这个令人莫名其妙的场景，台下那八十名来自大中华日用化工厂的工人都觉得莫名其妙，以为神州化工厂开始招收童工。

"在介绍神州化工厂之前，我先介绍一下……大家已经看到了，刚才那位女同志是你们大中华日用化工厂中心检验室的主任，诸葛云裳。她怎么跑到神州化工厂来接待你们呢？嘿嘿，因为她是我女儿。刚才上台给我沏茶的那个男孩子，是我的孙子诸葛小明。大家肯定要问我，今天怎么成了你的家天下呢？告诉大家吧，这是我一贯的宗旨。今天是厂里的休息日，我呢尽量不让厂里的同志跑来加班。宁可劳累家属，也不打搅同志的公休日，哈哈……"

工人们听罢，猛然受到感动，竟纷纷击节叫好——这场面使人想起

216

京剧名角儿登台演唱时博得的喝彩。

诸葛光荣一下子就陶醉了。

"我接着刚才车上的话题，给大家讲一讲联营办厂的情况。还是那句话，工人要想成为企业的主人翁，就必须了解掌握企业的基本情况。大家说是不是啊？"

之后，诸葛光荣喝了一口茶，满口苦涩的味道使他皱了皱眉头。诸葛小明这孩子真是少不更事，往爷爷水杯里搁的茶叶太多，一股浓酽的苦涩让人难以接受。

这似乎是神童诸葛小明对志得意满的祖父提出的警示。诸葛光荣咽下苦茶，看了一眼站在台下的诸葛小明，继续介绍着工厂的情况。

通过诸葛光荣的介绍，坐在小礼堂里的许多工人渐渐明白，去年十二月二十五日，大中华日用化工厂与神州化工厂达成协议，从此神州化工厂一分厂就成为大中华日用化工厂的联营企业，名称为大中华日用化工厂一分厂。作为联营企业，大中华日用化工厂一分厂为自主经营、独立核算、自负盈亏的法人企业。去年圣诞节签署的这个协议规定联营期限为十五年，联营产品为金手牌鞋油，联营期限内大中华日用化工厂一分厂使用金手牌商标。

诸葛光荣风趣地说："这样，咱们两个厂子就成了叔伯亲戚，两位厂长不也成了叔伯兄弟。"

小礼堂里的工人们静静听着。这时候他们感到，诸葛光荣的确是一个与众不同的厂长。在此之前他们见到的唐本旺厂长，从来没有像诸葛光荣这样，说起企业的状况，犹如跟工人们在一起拉家常。相比之下，这位人高马大的诸葛厂长的形象，在工人们心目之中渐渐亲切起来。

诸葛光荣喝了一口茶水说："这茶沏得太苦了。所以说国家颁布未成年人保护法还是很有道理的，孩子做的事情，往往没轻没重。诸葛小明给我沏的这杯茶，就达不到质量要求。所以说搞好企业，质量第一。

咱们话入正题吧。为什么我们要搞联营企业呢？这就是市政府去年关于工业的工作思路。通过一个龙头企业，带动或者带活一批中小企业。大中华日用化工厂当然是龙头企业啦！那时候还是唐本旺同志担任厂长，所以它就发挥龙头作用带动我们神州化工厂这样的小企业。既然大中华帮助过神州，那么当大中华有困难的时候，神州也应当伸手援助一把！否则，我们就不是中国人啦！"

何彭森站起来大声问道："诸葛厂长，大中华与神州虽然联营了，经济上还是单独核算，各过各的日子吧？"

诸葛光荣说："当然，两个独立的企业，各过各的日子。"

何彭森又问："我的意思是说，既然是两个独立的企业，这年头儿见死不救的大有人在。诸葛厂长你要是不伸出手来援助大中华，也不为错吧？"

诸葛光荣笑了笑，说："见死不救的事情，咱做不来！"

何彭森大步走上讲台，伸手抄起话筒："今天我要面对咱们八十位工人弟兄说一句话。这些日子我终于弄明白一个道理，当初在计划经济时代，国家要想营救一个企业，还是有办法的。这个厂子没饭吃啊？马上就给你拨来一大批生产任务，立即见效。如今是市场经济，商品大潮！不但国家救不了你，谁也救不了谁！所以说在这种情况之下，人家诸葛厂长六十多岁的老汉，能够把咱们八十名下岗待业的工人从水里捞上来，让你每天有活儿干，每月有工资发，这太不简单啦。你亲爹亲娘疼你，也未必保证你不失业！我的话大家都听明白了吗？"

工人们纷纷站起来，七嘴八舌嚷嚷起来：

"我们一定好好干！"

"俗话说，人心换人心，诸葛厂长您就放心吧！"

罗光此时定定注视着台上的诸葛光荣，暗暗想道："有诸葛光荣这样的厂长，我要在神州化工厂大干一番……"

小礼堂里的气氛达到高潮。诸葛光荣说："请唐本旺同志上台来，讲几句!"唐本旺上台，讲了起来。

诸葛云裳远远看着坐在台下的父亲的背影。其实父亲早就应当急流勇退了，如今哪里还有六十二岁的厂长？不过她还是能够理解父亲的心情。他老人家一定感到非常自豪，这种自豪感使父亲认为今生足矣。虽然父亲将这八十名工人安排在小小的神州化工厂，面临着许多方面的困难，但父亲为此愿意付出任何代价。人间就是这样荒谬：父亲渴望成为英雄，命运却使他当了俘虏。

诸葛云裳眼里含着泪水。哥哥的孩子诸葛小明站在一旁目不转睛看着姑姑。

她突然抓住小明的肩头，压低声音问道："小明，爷爷这一次能成功吗？"

诸葛小明面无表情说道："很难。"

八十名"移民"，就这样进入了神州化工厂。

分派班组的时候，首先将二十名原大中华厂的保全工人编入神州厂的机修工段。罗光、何彭森、马兴富都被编入这个行列。罗光举起手问道："诸葛厂长，这机修工段是怎么改革的啊？"

诸葛光荣笑呵呵反问："你说呢？罗光。"

老汉居然记住了我的名字？罗光心里一惊，随即认为自己在诸葛厂长心中已经留下深刻印象。于是他鼓起勇气说："我要承包!"

诸葛光荣乐了，让罗光具体谈一谈承包方案。

罗光说："保密。"唐本旺觉得罗光此刻掉链子，给大中华厂职工丢了光彩，就大声催促："罗光，心里怎么想的，嘴上就怎么说，别扭扭怩怩跟个老娘儿们似的!"

罗光心里空空荡荡根本没有什么承包方案，既然说出了口，身旁又有唐本旺督着，颇有逼上梁山的感觉。他眨了眨小眼睛，说："我的承包方案啊，三天以后出台！"

被编入机修工段的工人们听了罗光的话，哄地都笑了。

诸葛光荣依然信奉"世界上怕就怕认真二字，共产党就最讲认真"的哲学。他指着罗光说："一言为定，三天之后我等着你的承包方案出台。"

唐本旺随后也敲了一锤："罗光，全看你的啦！"

罗光这一次终于尝到了度日如年的滋味。

第三天，到了罗光承包方案出台的时候，人们等待着。下午三点二十分，纪格格一个电话打到神州化工厂，急着找唐本旺。唐本旺跑到那间阳光明亮的办公室去接电话。诸葛光荣正坐在桌前大口大口喝着热茶。

纪格格在电话里告诉这位前任厂长，市长李吉钢来厂视察工作，刚刚离去。

唐本旺听罢脱口而出："怎么没有通知我……"

纪格格当然是要卖乖的，说自己是冒着很大风险才打通这个电话的。

放下电话唐本旺对诸葛光荣说，李市长到厂视察，姜合营硬是封锁消息，一手遮天。诸葛光荣继续喝着茶水，劝慰他不要生气着急。谁让你已经不在其位了呢？

唐本旺心中暗想，前几天得到可靠消息我很快就要官复原职，怎么又听不到动静了。莫非夜长梦多出了意外？他妈的。

他决定立即去往化学工业总公司，探一个虚实。

罗光气喘喘跑了进来："诸葛厂长，我送承包方案来啦！"

唐本旺走出办公室，此时他已经没有心思去听罗光的劳什子方案了。

4

李吉钢市长视察之后，大中华日用化工厂一派静寂。如今的名言是"企业有困难要找市场不要找市长"。于是工人们对市长的视察也就不抱什么希望了。市政府工作组办公室依然紧锁，偶有前来上访的职工，也只是扒着窗台看着空无一人的房间，自言自语说："人呢？"

厂里的万物，似乎都已凝固。人人都在等待一个消息。什么消息呢？不知道。自然还有雪上加霜的事情。最让人起急的就是厂里派去拉货的那两辆大卡车，好像去了百慕大，没了讯息。姜合营给生产银雀牌助力车的克伦威尔公司打电话。对方回答得非常明确，由许文章率领的那两辆大卡车交了十万元支票，载了十万元的货，当天下午五点钟就开回去了。至于为什么两头不见日头，就只能在那五百公里的路途之中寻找了。

这时候，姜合营又接到那个恫吓电话。还是那个男人的声音，还是那一套语言。这一次他有了经验，以守为攻，不动声色听着。那个男人从容不迫说着，说着说着发觉话筒里空空荡荡，就喂了一声。姜合营屏住呼吸，听着。这时候他倏地明白了，对方打来电话就是希望他能够听到恫吓并战栗。如果他在电话里无声无息，对方只能无功而返。想到这里，姜合营笑了，体味到暗中狩猎的快感。

对方无法忍耐电话里的沉寂，骂了一声就挂断电话。姜合营认为自己已经找到克敌制胜的办法，那就是对方雷声隆隆，你不声不响。大象无形，大音希声。

妈的，当务之急是找到许文章率领的那六条好汉以及两辆大卡车的下落。

打电话叫来工厂主席魏如海。魏如海是一个大胖子，天气不热却急得浑身是汗。那六条好汉的家属跑到厂里打听，厂方一概以等待装货为由答复家属。不过这个理由只能搪塞一天两天，到了三天四天就难以信服了。魏如海认为必须出动车辆，沿途寻找。

姜合营同意魏如海的想法。目前厂里能够派出的只有那辆破"上海"，司机小马近来情绪基本稳定。出车寻找的方案，就这样确定了。

他走到邓援朝办公室，将这个出车寻找失踪职工的方案告诉这位口吃严重的党委副书记。

邓援朝点了点头，表情显得非常焦急。

小马关键时刻没有尥蹶子。工会主席魏如海和劳资科长谷大泉，乘坐"破上海"沿途寻找去了。

姜合营坐在邓援朝办公室里，两人笔谈。

邓援朝写道：你打了黄大发，他不会与你善罢甘休的。

姜合营说："是啊，人们都在一天天变坏，可也不能天良丧尽吧？黄大发卖厂求荣，该打。"

邓援朝写道：不过你还是小心谨慎为好。如今社会上有了打人专业户和打人公司，假若黄大发花钱雇来打手，你不得不防啊。

姜合营笑了，说："如今当厂长成了地下工作者。真有意思……"

邓援朝写道：我担心那许文章一行在路上出了问题。

姜合营说："但愿不是交通事故。如今车匪路霸四处横行，防不胜防。"

这时候，隔壁姜合营办公室的电话响了。姜合营与邓援朝笔谈正欢，根本听不到一墙之隔的电话铃声。这电话是莫小娅从滨海新区打来的，她要工厂总机接姜合营办公室。纪格格接通"姜办"，但没人接。莫小娅要求总机给找一找，纪格格听罢，暗暗笑了。

她随手将电话接到中心检验室诸葛云裳办公室。

桌上的电话响了起来。诸葛云裳伸手去接，听筒里传来一个女人的声音："请问，姜合营在这里吗？"

诸葛云裳犹豫了一下说："他不在……"

对方在电话里问道："您是那一位啊？"

"我……"诸葛云裳沉吟之间反问道："您是哪里呀？"

"我是他的妻子莫小娅。"

"哦，我是中心检验室的诸葛云裳。姜合营同志不在这里呀。"

"那为什么总机把电话接到这里呢？"

诸葛云裳说："这我就不知道了。"

电话突然断了，然后听筒里发出嘟嘟嘟的忙音。

两个不曾谋面的女人之间的对话，就这样戛然而止。

总机值班员纪格格，监听了这两个女人之间的电话。她觉得自己编织了一个杰作，只可惜电话中途断了。

之后，纪格格给自己的几个密友打电话，传播关于姜合营的消息。

"李市长来咱厂视察，姜合营当面顶撞，急得市长浑身发抖！"

"市政府工作组对姜合营非常不满，很快就要制裁咱厂啦。怎么制裁啊？就像美国对待伊拉克那样呗！"

很快，一个消息就在大中华日用化工厂传来：姜合营即将下台。

这个消息是缝纫男工张义反馈给姜合营的。张义急急忙忙走进办公室，当头就问他什么时候下台。姜合营知道谣言四起正是人事变迁的前奏，心中顿时警惕起来。他拍了拍张义的肩头，对他的忠义表示感谢，然后又问起他的胡子。

张义说，不吃药了，一个星期去看两次心理门诊。在医生的协助之下逐步恢复信心，确信自己是个男人。

他就对张义鼓励了一番。

张义走后，姜合营接到莫小娅打进来的电话。妻子告诉他，这一阵子她给他打电话，可总是阴差阳错联系不上。姜合营说这几天非常忙，忙得四脚朝天。目前火烧眉毛的事情是寻找那辆失踪的卡车。不知道为什么，姜合营在电话里明显表现出倾诉的欲望。莫小娅就静静听着。

姜合营说其实国有企业的改革，已经摸索出一条道路，只是实行起来阻碍太多。譬如说如何理顺产权关系，看着简单，做起来就不那么容易了。还有关于法人财产权，也很难落到实处。

莫小娅还是静静听着。姜合营讲了一会儿，做了一个停顿。

"合营，我想申请年度休假，回家跟你过一过日子……"莫小娅今天说话，与平时风格迥异，毫不尖酸刻薄，显得醇厚深沉。

"哦……"姜合营沉吟着，心头不禁一颤，"这样，也好。我知道这是你最后的努力了。这可能也是我们之间的最后一个机会吧？"

莫小娅电话里非常冷静，说已经向领导请假了，从下星期开始休假，十五天。

姜合营意识到这可能是他与她之间的最后十五天了，但还是佯装潇洒说了声好。放下电话之前，莫小娅叮嘱他尽快将与 WM 公司的合资材料整理出来。

整整一个下午，姜合营召集有关科室的科长在办公室开会，将一车间目前的破烂摊子摆在桌子上，讨论与 WM 公司的合资意向。

设备科长娄玉田说："当初大田保子看中一车间的时候，它好比是一个大姑娘。如今这么一折腾，一车间成了穷食荒业的寡妇。寡妇嘛，也就没有什么条件可讲了。只要合适，咱们就可以考虑。只要这个 WM 公司不是皮包公司就行。"姜合营告诉大家 WM 公司的总裁是项超男，高干子女，她如今定居澳大利亚，主要的生意就是在中国大陆投资。WM 公司具有相当的经济实力。金铁龙是 WM 公司中国市场高级专员，负责项目开发。

总工程师姜纯在厂的时候，兼任技术科科长。如今姜纯提前退休到九华山修炼"中华工业场"去了，新任技术科长关天是一位年轻的小伙子。他认为如果与 WM 公司的合资能够成为现实，那么我们必须放开眼界，向世界水平看齐，争取将这条生产线改造成为十年之内不会落伍的加工流水线。

姜合营当场拍板，由技术科长与设备科长牵头，对一车间的资产进行估算，争取在三天之内拿出一份关于合资谈判的基本纲领。

这时工会主席魏如海打来电话，说已经搜寻了八十公里，尚未发现线索，此时正在杜家村附近打尖。姜合营告诉魏如海，一定要多与当地交通管理部门联系，千万不要走马观花。

刚放下听筒，电话又响了。是纪格格，说传达室门卫报告姜国瑞老先生又在工厂大门对面的边道上静坐，这大凉的天气，弄不好就感冒了。

姜合营认为会议开得差不多了，就宣布散会，出了办公室撒腿朝工厂大门跑去。是啊，这几天忙得忘了世界上还有个爷爷。

工厂门卫是韩春利值班。走出大门，姜合营看见爷爷身穿一件黑呢大衣站在马路对面。他从身上摸出二十块钱，准备叫一辆出租车送老爷子回家。

一辆大红色摩托车缓缓驶了上来。驾车的穿着黑色皮衣皮裤，戴黑色头盔，身后驮着一个戴棕色头盔穿棕色皮衣皮裤的人。姜合营并未在意，一心想着横穿马路。摩托车从他身前驶过，棕色人突然抽出一根棍子，朝他的头顶砸来。姜合营本能地一闪，棍子砰的一声击中肩头。力大势沉，他一踉跄，扑在地上。

黑衣人停下摩托车。棕色人不慌不忙跳下车来，拎着棍子大步赶了上来。姜合营摇摇晃晃站起来，心里一下就明白了。恫吓电话之后，对方大打出手了。

这是职业打手。

姜合营没能躲过第二次打击。那根棍子狠狠落在他的前额，他随即

225

倒地，像一只从仓库里抛出来的口袋。

职业打手工作起来毫不拖泥带水。黑衣人走上来朝他身上踢了一脚——好似足球场上的大力射门。之后，这辆大红色摩托车载着凶手疾驶而去。姜国瑞小步颠颠从马路对面冲了过来。

他看着倒在地上的孙子，一时不知所措："我记住了它的牌照号码……"

一辆红色桑塔纳驶到工厂门前。市政府工作组的三个同志从车里跑出来，扑到姜合营身前。

申秀绪抱起昏迷不醒的姜合营："今年以来，惨遭毒手的厂长真是太多了！快送小姜去医院吧。"邓援朝从工厂大门里跑了出来，将百岁老人姜国瑞请到传达室里休息，然后钻进红色桑塔纳，朝着医院疾驶而去。

望着远去的轿车，申秀绪心里说道："新的领导班子还没有宣布，先伤了一员大将……"

5

许文章坐在第一辆卡车的驾驶员身旁，怀里揣着十万元支票率领十名工人赶赴克伦威尔公司银雀助力车制造厂提货。

西去要行驶五百公里路程，中途要翻过一座小山。小山名叫黑杜山，从前属于荒山野岭。山不在高，有内容则灵。于是这座光秃秃的小山经过几年不懈的伪造，居然有了说头。平地而起三座寺院，号称唐代高僧得道的圣地。山腰又冒出两座北魏时期的碑亭，均与古代大书法家有关。最为轰动的是几经考证，山下五里的杜家村成了古代名妓杜十娘的故乡，一时游人如云。既然此地古代就盛产青楼尤物，人们仿佛有了厚颜无耻的依据，大胆开发著名游玩项目"裸体骑驴日光浴"。顾名思

226

义就是光着身子骑着驴，晒着太阳在山沟里瞎逛。

前往范州，可以说一路顺风。许文章颇有文学细胞，爱激动也爱作诗。久囿工厂文牍，没了诗的灵性。今日行车于旷野，想起困境之中的企业，不禁怅然。又想起众人一心，为了企业摆脱困境，开展生产自救组装助力车，奔走范州提货，心中很有几分久违的豪情。于是诗兴涌动，几经品咂，终不成句。

到达范州的时候已是下午。许文章一行不敢吃饭，先奔银雀助力车制造厂。一路打听，才知道这是一座私人企业，三年迈了三大步，如今已是省里明星企业。汽车开到工厂门前，大门自动开启，喇叭声声悦耳：热烈欢迎您的光临。

汽车径直开到销售科门前。许文章跳下车去，联系业务。他发现厂里显得非常冷清，似乎进了私家园林。

销售科长正处于午睡状态，对许文章一行的突然出现颇感意外。

"你们那地方的销售高潮总共只有十天吧？咋今天还来提货啊！你们是陈遇一拨的吧？"销售科长问道。

许文章唯恐对方不愿给货，连忙点头承认是陈遇一拨介绍来的。虽然许文章不懂"销售高潮"指的是什么意思，但他能够领会大意。于是他掏出支票，递给销售科长看了看。

销售科长说："陈遇的生意应当转到石门市去了吧？"

许文章佯作内行的样子，连连点头称是。

销售科长说："陈遇这家伙真是能干！全中国要是有一百个陈遇，别说四化，兴许八化也早就实现啦。我先去打一个电话，问一问你账户上是不是有钱。对不起啦，我这是公事公办。"

一支烟的工夫，销售科长回来了，哈哈一笑说："我只能给你八万元的货。"许文章就递烟："十万吧十万吧。"

销售科长又走出说是请示总经理。销售科长说是去请示总经理，其

227

实是去打电话。刚才他拨通陈遇的手机，一个女秘书身份的人告诉他陈遇另外一部手机的号码。终于拨通了，听到了陈遇的声音。他告诉陈遇，来了一伙生人提货，看支票是大中华日用化工厂的。电话里陈遇沉吟片刻，并不言语。

销售科长说："咱们有合同，你是独家代理商，现在又冒出这么一支兵马，我们到底给不给货呢？"

陈遇叹了一口气说："姜合营这个人很聪明，可是聪明反被聪明误啊。明天上午，这座城市的日报在头版的位置上将发布一条消息，本市禁止骑行助力车。也就是说，所有销售助力车的商家仓库里的存货，都将成为积压品而无法在本市出售。我只买到十天的时间，现在我已经净手了。"

销售科长再次问道："既然你买断了那座城市，那么今天到底给不给他们货呢？"

陈遇想了想，说："我在这座城市的销售战役胜利结束。至于给不给他们货，已经与我无关了。你看着办吧。"

"我要的就是你这句话。"销售科长挂断电话。

许文章见销售科长回来了，就迎上去问。销售科长说总经理同意了，十万就十万吧。

许文章听到这个消息非常高兴，要求立即装车。销售科长说："不急，一小时之后保证让你发车。先到我们餐厅里吃饭吧，我们对客户免费招待，酒水在内！"老天有眼，一切顺利。黄昏时分，十万元的货物装载完毕。许文章与销售科长告别，行车在前面开路，第二辆卡车跟在后面，一路返程了。

银雀助力车厂销售科长看着远去的卡车说道："这真是几家欢乐几家愁啊。"

大卡车一路疾驶。这时，许文章胸中的诗句终于冒了出来。是一首打油诗：

范州往返一日间，晨暮两看黑杜山，

未见裸体闻驴鸣，十万财宝一肩担。

晚上八点三十分，两辆卡车一前一后行驶到距离杜家村八十公里的高台乡。公路两边灯火渐多，饭馆林立。突然，一群汉子从公路两边蹿出来，站在公路中央拦住汽车，大声嚷嚷着，说是挂翻了一辆驴车。许文章对司机说，这是怎么搞的？司机说根本就没看见哪里有什么驴车。两辆卡车一前一后停下来的时候，那群手持棍棒的汉子已经围了上来，大声质问为什么冲闯公路，撞翻驴车，搅乱当地的安定团结。

许文章跳下车来，看到那辆木轮驴车已经摔散，那驴，倒在地上奄奄一息。他呆呆看着事故现场，总觉得这是一个事先制造的圈套。

一个麻脸汉子走上来，大声问许文章是不是这两辆卡车的主事人。许文章点了点头。麻脸汉子一把抓住他的前胸："不交出十万块钱来别想离开这里！"

许文章说既然是交通事故，就应当由公安交通管理机关前来处理，分清事故责任，该罚多少钱就罚多少钱。

麻脸大汉急了，挥手一声吆喝，拥上来一群人。

"我们这里公检法齐备。走吧，给你们过堂去！"

两辆卡车一行人，都被扣在高台地方了。

过夜的地方是一座简易小楼，大门上写着"高台乡招待所"。许文章一行九人被关在二楼东面的一间大屋子里。一个小胡子说："放心吧绝不虐待你们，渴了有水喝，饿了有饭吃，就是不许出去。谁敢出去就打断谁的腿！"

许文章看了看窗子，都安装着手指粗的铁条，宛若牢狱。逃跑，在这里是一件难度极高的事情。小胡子嘿嘿笑着告诉许文章："我们是专做这一行生意的。好不容易把你们请来，还能让你们轻易跑啦？你们就断了这个念想吧！"

许文章接受了这个现实。他告诉大家吃饱了就睡，有什么事情明天再说。

第二天一早，麻脸大汉手里拿着一台"大哥大"来到扣留许文章的屋子，嘿嘿笑着开导道："你打一个电话，让厂里送十万块钱来，咱们这起交通事故就算私了啦。"

许文章说："厂里一分钱也没有。你们这是私设公堂，已经触犯法律了。"

麻脸汉子笑了："什么触犯法律？老子是这里的副乡长，代表地方基层政府。你少跟我来这一套，我这里有专门打官司的班子，有各式各样的证人。我要是整治不了你们，我今年八十八万的创收任务怎么完成啊？"

许文章想起渣滓洞陈然烈士的诗句：我愿把这牢底来坐穿！于是他向麻脸副乡长表示，坚决不打这个电话。要钱，没有；要命，有一条。

麻脸副乡长说："我干这一行生意三年了，还没见过你这样的噘嘴骡子。

司机小马驾驶的破"上海"载着工会主席魏如海和劳资科长谷大泉，终于寻找到高台乡附近。魏如海心中起急，不禁大发感慨：企业陷入困境，走投无路开展生产自救，想出组装助力车这么一个主意。主意是好主意，可是往往事与愿违。生产自救不成，还要别人来营救。谷大泉说，当务之急是找到他们的下落。如今是活不见人，死不见尸，最让人心里没抓没挠的。他们在沿着公路开设的一排排小饭馆当中选了一家"平安餐馆"走了进去。魏如海向迎上前来的老板娘打听是不是见过两辆拉着货物的大卡车。老板娘笑了，说你们要是在这里吃饭，就告诉。

不在这里吃饭，就不告诉。

魏如海三人就在平安餐馆坐了下来，吃了一顿便饭。老板娘狠宰，张口就要二百块钱。魏如海把两张百元钞票摆在桌上，让她说出寻人线索。

老板娘说出了满脸麻子的副乡长，说这家伙除了奸淫村妇，就在公路边上摆设圈套，坑害过往司机钱财。

魏如海三人立即驱车赶往麻脸副乡长的家中。那是一座三层小洋楼，麻脸副乡长不在家。他们就将汽车停在附近，坐在车里等着。

一辆中型卡车叮叮咣咣开了过来，停在小洋楼附近，开始卸货。

劳资科长谷大泉眼睛一亮："那不是小个子罗光吗?"

魏如海伸出目光细看，果然是一车间的小个子罗光。"咦，这小子不是进了八十人名单到神州化工厂去了吗?"

魏如海跳下车朝着罗光走去，又看到了马兴富。

罗光也很惊讶，颇有他乡遇故知的感觉。马兴富拍了拍魏如海的肩膀说，海内存知己，天涯若比邻。

魏如海将厂里开展生产自救活动，许文章带队前来运货突然失踪的事情讲给了罗光和马兴富。罗光告诉魏如海，他们来这里是给麻脸副乡长安装家庭纯水净化塔。到达神州化工厂的第三天，罗光和马兴富就提出"一条龙"承包方案。所谓"一条龙"，就是借鉴农村联产承包责任制的模式，在神州化工厂机修车间里开展"工业联产承包"。十几个人组成一个集体，自己到社会上承揽活计，从采购原料、加工制造到安装调试等一系列工序，皆由"一条龙"完成。寻找生产任务，不用生产科；工艺设计需要工程师，花钱外聘；需要原料直接向社会购买，不用供销科；使用工厂设备，支付租赁费；吃工厂食堂饭菜，跟下饭馆一样当场结账。总之，"一条龙"是一支功能俱全的小分队。能为则为之，不能为之，则按市场规律办事，随用随聘。罗光将这个"一条龙"方案报送诸葛厂长，当场得到批准。十一名保全工以罗光为"龙头"组成"一条龙"，第二天就揽了一项小活儿，修理一只电动机，连夜动工修理，第二天借厂里的三轮车给客户送货上门。然后每人分了二十块钱，大家非常高兴。

劳资科长谷大泉听罢罗光的故事，心里很是惊讶。堂堂国营工厂竟然以农村联产承包的形式搞起了车间改革，听起来让人颇有几分走投无路的心酸，但毕竟这是一种方式，使无所适从的工人们有了活计，通过劳动又见到一张张被汗水浸湿的钞票。

罗光点燃一支香烟又告诉工会主席魏如海，这麻脸副乡长是本地一霸，他的日常工作就是扣留公路上的过往车辆，大发其财。

谷大泉问罗光，能不能从麻脸副乡长口中打听到许文章一行人的真实下落。罗光觉得没有把握，说只能试一试。

这时候麻脸副乡长的奥迪轿车从远处驶来。

罗光小声对魏如海说："如今就是一个不公道时代。安分守己的工人们，下岗待业，难得温饱。麻脸这样的人不就是乡村二流子吗？却住小洋楼，坐小轿车，喝纯净水，放狗臭屁。真他妈让人心里起火……"奥迪轿车停在小洋楼门前，麻脸从车里摇摇晃晃走了出来。一定是喝得大醉，他的脸孔红得就像一只掰开的石榴。

"你们都是干什么的？"麻脸十分蛮横问道。

罗光说："你怎么忘记啦，我们是来给你安装纯水净化塔的。"

麻脸指着魏如海说："他们是干什么的？"

劳资科长谷大泉说："我们是跟罗光一起来的。听说有两辆大卡车停在你们这里……"

麻脸副乡长沉下面孔，哼了一声："那两辆大卡车上装的都是助力车的零件。是你们单位的？告诉你吧，你们的卡车撞死了我们的驴！"

魏如海说："无论出了什么交通事故，都要经过公安交通部门解决……"

麻脸怒了，喷着满嘴酒气说："是谁的裤裆破了，把你给露出来啦？好吧，你要是有种就去找警察。趁我没发脾气你赶紧给我滚蛋！"

说罢，麻脸一甩胳膊走进了自家小洋楼。罗光追了进去。

魏如海对谷大泉说，这里真是无法无天了，一个副乡长就敢私设公堂扣留公民。

等了好一会儿，不见罗光出来。魏如海着急了，说想去给厂里打电话。这时候罗光来了，朝着魏如海咂了咂嘴说："他已经睡着啦……"

魏如海气得跺脚："这样一个地头蛇，怎么就没有法律能治一治他呢？"

谷大泉劝魏如海不要急躁，许文章他们有了下落，这是最大的收获，下一步要考虑如何营救。此时应当给厂里打一个电话，报告情况并且请求增援。

魏如海觉得言之有理，就到镇里的闹市找公用电话去了。

谷大泉坐在小洋楼的门前，耐心等待。罗光招呼同伴们把纯水净化塔的部件从卡车上卸下来。嗨哟嗨哟的劳动号子，使谷大泉感到罗光他们的心情很好。

他就向罗光问起神州化工厂的情况。罗光想了想，说在如今商品经济大潮冲击之下，神州化工厂并未发什么更大的变化。全厂职工只听一个人的指挥，那就是诸葛光荣。诸葛光荣治理之下的工厂，人们都有饭吃。

听着罗光的介绍，谷大泉觉得神州化工厂简直成了一块绿洲。莫非诸葛光荣成了汪洋大海之中的一座孤岛？

卸车的声音将小洋楼里的麻脸副乡长惊醒了。

听到麻脸在卧室里发出的吼声，罗光笑嘻嘻跑进小洋楼。

片刻，罗光就满面春风走了出来，大声对谷大泉说："总算开恩啦！

233

放许文章他们一行人回去。可是有一辆卡车必须扣在这里，当作物证。他说三天之内拿着五万块钱来赎车。"

谷大泉小声问罗光："我要是到法院告他私设公堂，扣押公民，法律不会不制裁他吧?"

罗光笑了笑，说："你不要认为麻脸四肢发达头脑简单，他干这一行很有门道。就说许文章这件事情吧，麻脸副乡长早就安排了证人，说你撞死一头驴，有证人。说你撞死一个人，也有证人。总之要什么证人有什么证人。你说他私设公堂，他说这是安排你们住在乡招待所，管吃管喝等待解决问题。"

谷大泉听罢，连连摇头，无话可说。

魏如海打了电话，匆匆赶了回来。谷大泉立即将罗光说情之后，麻脸副乡长开恩放行的事情告诉他。没想到魏如海脸色灰暗，连声叫苦。

"这就叫破船偏遇顶头风。咱们在这里受到刁难，厂里也出了大事。姜合营被两个职业打手给打得昏迷不醒，已经送到医院抢救啦!"

谷大泉呆呆望着魏如海。小个子罗光走上来说："姜合营让人家给打啦? 哈哈，大中华日用化工厂，寿数已尽啊。我决定扎根神州化工厂，厂里用大轿抬我也不回去啦!"

6

姜合营在工厂门前被棍子击倒的时候，他的祖父姜国瑞的思绪一瞬之间倒流七十年。那时候这座半封建半殖民的城市的黑社会十分猖獗，但很少骚扰工厂。那时候兴办工厂似乎是一件受人敬重的事情。记得一次姜国瑞在全兴茶馆里遇到当地青帮头子季大均，对方听说他是创立金手牌商标的大中华日用化工厂的经理，就走上前来主动结识，称赞工厂抵制了洋货。今天他却亲眼看见自己的孙子被黑社会的棍子击倒在地，他不知道这是不是青帮后代所为。姜国瑞气得浑身发抖，被邓援朝抱进汽车送回家去。

医生说姜合营没有生命危险。

姜合营是在阳光爬上病床的时候清醒过来的。他睁开眼睛之后目光空茫，似乎无法想起事情的前因后果以及自己为什么躺在一个陌生的地方。他挣扎着想从病床上坐起来，头疼，觉得昏昏沉沉的。这时候他看到邓援朝守在身旁，蓦地眼里就涌出了泪水。

邓援朝举起了一个卡片，上面写着一句话："别着急，安心静养。"姜合营说喝水。邓援朝似乎早有准备，递给他一支吸管，然后就端来一只搪瓷缸子。一股温开水通过吸管，吮到姜合营嘴里。喝了水，嗓子滋润了。姜合营开口问道："许文章他们拉货回来啦？"

邓援朝鸣了一声。

姜合营又问："李市长视察之后，对咱厂有没有新说法？"

邓援朝又鸣了一声。

"WM 公司的金铁龙是不是催促合资谈判的进度啦？"

邓援朝拿出纸和笔。这时候邓援朝的笔谈真是派上了用场，他飞快写满一页，递给姜合营看。

一、工作组再度进厂，拟于近期公布领导班子名单。

二、许文章一行人的下落查明，被高台乡副乡长朱万松非法扣留。幸得罗光营救，现在已经返回工厂。但是麻脸副乡长朱万松执意要我厂支付两万元损失费。我厂拟依法起诉。

三、你的祖父记下了凶手摩托车的牌照号码。经公安局查找，那是一辆被盗摩托车。目前案情正在调查之中。

四、WM 公司的金铁龙打来电话约你面谈合资事宜。但厂办秘书并没有告诉对方你被打伤的消息。

五、明天下午两点钟在二楼小会议室，市政府工作组与化学工业总公司联合主持召开重要会议。目前尚不知会议内容。

六、三车间因没有资金购买原料于昨日全面停产。

七、缝纫男工张义因妻子提出离婚而精神崩溃，徘徊在工厂大门附近，口中喃喃自问：我是男的还是女的？我是男的还是女的？引来无数群众围观。

八、……

姜合营读到这里觉得一阵头晕，就闭上眼睛歇着。

他想起妻子莫小娅。自己被打伤的那天她打来电话说已经申请年度休假，要与他一起过一过日子。

邓援朝仿佛看透了姜合营的心，飞快在纸片上写了一句话：

莫小娅来过一次，说今天还要来看你的。

姜合营点了点头，笑了笑。

邓援朝又在纸片写了一句话：

诸葛云裳来过三次，看到你昏迷不醒的样子，她非常着急。窗台上那束鲜花就是她送给你的。

姜合营看到窗台上摆着一束康乃馨，心里感到十分温馨。同时，他也对邓援朝的善解人意充满感激。全厂都在谣传他与诸葛云裳有私情，而邓援朝能够以平常之心待之，显出大家风度。

一阵高跟鞋的响声，莫小娅走进病房。姜合营朝她笑了笑。邓援朝尽管对姜合营与莫小娅的夫妻关系一无所知，但他还是十分知趣地说厂

236

里还有一个会议等着他，就起身告辞了。

病房里静悄悄。莫小娅从提包里掏出一只塑料袋说："看你醒过来了，我很高兴。主治医生昨天告诉我，说你不会留下什么后遗症的……"

"你拿来的是什么水果啊？"姜合营说着打开塑料袋，"噢，无花果！你居然记住了我爱吃无花果。这真不容易啊。"

莫小娅动手给他剥了一只无花果，递到他的嘴里："我申请了年度休假，本打算跟你在一块儿过一过日子，你却跑到医院里来躺着……"

"我很快就会出院的。"

莫小娅又给他剥了一只无花果："如今当厂长就连人身安全也不能保障。到底是什么人雇用了黑社会的打手呢？"

姜合营笑了笑说："我动手打了人家，人家还不雇人打我吗？其实我的伤势并不严重。干脆，我现在就出院吧！总住在这里也没有什么意思。"

莫小娅平时说话刻薄，甚至有些阴阳怪气。今天她一反常态，很是温柔。她嗔怪姜合营耍小孩子脾气，脑部受伤住院治疗，怎么能说出院就出院呢。姜合营告诉她，今天不出院，明天一定出院，回家与她在一起过一过日子。能过到一块儿，就过。过不到一块儿，就分开。当断不断，必受其乱。

听了这话，莫小娅的脸色郑重起来，说："是啊，这是我们之间最后一次'核试验'啦。"

他觉得她的这个比喻非常传神，就吻了吻她的手。莫小娅轻声说："今天晚上我来陪伴你吧？"

姜合营说："厂里为我请了特护。再说，我很快就要出院了。"

一高一矮两个警察前来病房取证。莫小娅朝他挥了挥手，拎起小皮包走了。

这是两位年轻的警察，他们为取证而采取了行为艺术，避而不谈取证的事情，先请他谈一谈平时的为人处世。他知道这是一个非常幼稚方法，就告诉这两位刚刚从公安学校毕业的警察，如今在企业里当厂长，万人恨万人嫌。厂长要是不慎失足掉到臭沟里，全厂职工下班回家都要吃喜面。所以说确定谁是这次案件的怀疑对象，范围其实是很广的。

高个子警察问道："听说有一个叫黄大发的人，极有可能与这次案件有关。你能不能谈一谈他的情况？"

姜合营想了想，说这个黄大发已经离开大中华日用化工厂，投奔到杜家村的私营企业去了。矮个子警察问他还有没有别的怀疑对象。姜合营苦笑着告诉这两个涉世不深的警察，大中华日用化工厂的领导班子成员之间关系非常复杂。

最后他讳莫如深对人民警察说："一言难尽啊。"

两位警察面面相觑。又聊了一会儿，双方都觉得无聊，警察起身告辞。之后，躺在病床上不知为什么姜合营想起了那个田大师。据一车间的工人们反映，田大师的预测与后来的八十位工人名单相对照，准确率在百分之八十以上。这就说明田大师的预测还是令人信服的。

他很想找到田大师，聊一聊。这时候他意识到，一个人只有在不能把握自己命运的时候，才去问卜。突然想起田大师，说明自己目前心力不济，处于脆弱时期。

又想起父亲的那句话："你要做好准备啊。"

"是啊，我时刻准备着。"躺在病床上他自言自语。

最后一位造访者竟然是刘亮湖，他的出现令姜合营感到十分惊讶。

刘亮湖穿了一身西装，从表情上看得出他已经是一个非常繁忙的人了。姜合营一眼便看出刘亮湖此行绝非一般探视，就从床上坐起，显出精神很好的样子。

刘亮湖说他目前应聘于美国李斯特·李化学集团，与希尔顿先生在一起工作。美国的李斯特·李化学集团是一家跨国大公司,这次决定选择一家中国企业,控股合资。

姜合营禁不住问道:"刘工,您是给我吹一吹风呢还是这件事情已经有了眉目?"

刘亮湖推了推鼻梁上的眼镜,说起一个十分有趣的现象。中国企业的事情往往国人是不知道的,而国外的洋人却知道得一清二楚。这就是人们常说的"体外循环"。刘亮湖目前在李斯特·李化学集团供职,因此他知道了许多中国人应当知道但并不知道的事情。

刘亮湖告诉姜合营,为了扶持一批处于困境而不能自拔的企业,市政府新近成立"解困办",其中"外事组"专门从事中外企业合资的中介工作,具有政府职能。在这一批重点推荐的企业里,大中华日用化工厂榜上有名。据说李吉钢市长专门做了指示,要通过合资的手段救活大中华日用化工厂。

姜合营说:"正是在这种气候之下,您供职的美国李斯特·李化学集团决定与大中华日用化工厂合资?"

刘亮湖点了点头说:"是的。今天我专门来告诉你这个消息,也算是我对老厂的一点心意。我估计明天工厂里的领导就会知道了。"

"谢谢刘工。但愿通过这次合资,大中华厂能够走出困境。"

刘亮湖再次推了推鼻梁上的眼镜:"这也是市政府的愿望。不过据我看来,真正通过合资崛起的企业其实是很少的。外国集团毕竟是控股方嘛。"

临近告辞的时候,刘亮湖似乎还有话要说。姜合营起身下床,说要送一送刘亮湖。

"看起来你的身体真的没有什么大问题啊?"

姜合营硬撑着说:"明天我就出院了。"

走在医院的小路上,脚下踩着今年最后一批落叶,刘亮湖说:"我知道这件事情厂里一定瞒着你，可是这件事情又不宜拖得太久，我还是告诉你吧。其实收音机里播了，报纸上也登了……"

"我能猜出来，一定是银雀牌助力车出了问题……"

刘亮湖见姜合营的反应如此机敏，就觉得语言已经成了多余的东西。他从提包里拿出一张本市的日报，递给姜合营。

姜合营一眼就看到报纸上的大标题：我市今起禁行各类助力车。这时他蓦地想起当初他向刘亮湖请教关于投资组装助力车的事情。记得刘亮湖说"隔行如隔山，三思而后行"。莫非当初他已经洞察这是一个商业阴谋？

他问刘亮湖。刘亮湖表情非常郑重："至今我也不能认定陈遇与本市交管部门有勾结。但陈遇在这座城市制定的销售策略确实只有十天，给人的印象是他并不恋战，好像心中十分明确他在这座城市只能停留十天。他完成销售之后，本市交通管理部门立即宣布禁行助力车。这是不是巧合我就不知道了。此前在另外三座城市好像也出过类似事情，但那都是完成销售的半年之后。这一次只有十天，太迅猛了，许多买了助力车的人屁股还没坐热就被禁行了。所以说受骗上当的感觉非常强烈……"

"在此之前，您是不是已经意识到陈遇是一个与官场勾结的投机者？"

刘亮湖说："很不清晰。所以你向我咨询的时候，我只说隔行如隔山。现在看来你的生产自救活动已经成了陈遇阴谋的牺牲品。陈遇是我介绍来的，我感到非常抱歉……"

"不是陈遇太狡猾，是我太无能。"姜合营反思着。

送刘亮湖走出住院大楼，他与对方握了握手，说谢谢。望着刘亮湖的背影，姜合营心里说，全市禁行助力车？莫非那十万块钱就这样打了水漂儿……

一阵眩晕。他扶着楼道的墙壁朝病房一步步挪去，身后传来一个女声："合营你这是怎么啦……"

他听出这是诸葛云裳的声音，就转过身来对她说："黄鼠狼专咬病鸭子，开展生产自救的十万块钱买了助力车，这就等于全部交了学费……"

7

市政府工作组组长申秀绪没有想到，即将宣布的大中华日用化工厂的领导班子名单，因李吉钢市长的来厂视察而发生变更。在此之前，化学工业总公司已经确定了这座工厂的领导班子。

厂长：唐本旺　第一副厂长：赵则久　副厂长：姜合营
党委副书记：邓援朝　工会主席：魏如海

这个名单的出笼，意味着唐本旺的官复原职。上级认为，姜合营在代理厂长期间，发生一起死亡事故，造成全厂人心混乱。面对企业的困境，不能拿出切实有效的办法来遏制滑坡的趋势。尤其是一车间停产之后工人到市政府上访，姜合营事先没有采取措施制止，使全厂上下对企业失去信心。这种时候，由经验丰富的唐本旺复出担任厂长，具有稳定军心的作用。化学工业总公司确定这个名单，可谓用心良苦。然而就在这种时候，李吉钢市长来到厂里视察工作。

陪同李市长参观车间途中，姜合营竟然大胆提出大田保子弄垮一车间的问题，并将矛头指向前副市长阚大智。一时间人们的心都紧张得提到了嗓子眼儿，没承想李市长不但没有大发脾气，反而还对姜合营赞赏有加。尤其是对姜合营敢于对阚大智同志提出批评，李吉钢认为这是党的"知无不言，言无不尽"的优良作风的体现。一时间，姜合营成了新星人物。

这样，已经确定的大中华日用化工厂的领导班子名单必然再度斟酌。市长连声称赞的人物，我们却将他从代理厂长位置上拿掉并且贬为最末一位副厂长，化学工业总公司不做这种有眼无珠的事情。无论何时何地，化学工业总公司都必须与市长保持一致。于是总公司连夜召开党委常委紧急会议，重新讨论大中华厂领导班子名单。

组织部长康一当初力荐姜合营担任代理厂长，此时仍然坚持"姜合营可用"的主张。总公司党委书记雷励行主持会议的时候也明显改变主张，认为姜合营年富力强，而唐本旺的年龄偏高。雷励行的发言，使常委会上力主唐本旺出任厂长的沈鸿总经理成为一家之言。于是大中华日用化工厂领导班子的名单出现最新版本。

厂长：姜合营　第一副厂长：赵则久　副厂长：谷大泉

党委书记：唐本旺　党委副书记：邓援朝　工会主席：魏如海

这个名单，使唐本旺与姜合营，处于旗鼓相当的局面。如果从厂长负责制意义上讲，姜合营是大中华日用化工厂的一把手。

下午两点。大中华日用化工厂的二楼会议室里，化学工业总公司总经理沈鸿主持会议。市政府工作组的三位同志在座。出席会议的有邓援朝和赵则久，以及工会主席魏如海和谷大泉。唐本旺是在沈总宣布开会之后走进会议室的，昔日的强者之气，又从他身上流露出来。沈鸿简明扼要传达了李吉钢市长视察大中华日用化工厂的精神，然后就请化学工业总公司党委书记雷励行宣布新任厂领导班子成员名单。雷励行平时很少露面，是一位不显山不露水的领导干部。所以有一句话流行在化学工业总公司下属的企业里："雷书记露面——响动大了。"

雷励行宣读领导班子名单的声音，宛若润物细雨："厂长——姜合营，党委书记——唐本旺，第一副厂长——赵则久，党委副书记——邓援朝，副厂长——谷大泉，工会主席——魏如海。"

雷励行读罢名单，工作组组长申秀绪带头鼓掌。这时候，会议室的门被推开了，姜合营身穿白底蓝格病号服走了进来。

这很巧，人们的掌声仿佛是欢迎他的到来。姜合营就朝大家招手致意。

唐本旺抢先说道："小姜，我还没有抽出时间去看你……"

唐本旺这样一说，提醒了姜合营。是啊，我住院之后，唐本旺和赵则久根本就没有露面，据说中层干部里也只有三车间主任于红旗和四车间主任"老母鸡"以及安技科长洪起顺到医院探视。看来我在大中华日用化工厂，真是孤家寡人了。这样想着，他走上前去分别与雷励行和沈鸿握手。然后选了一个次要的位置坐下，连声说："迟到了迟到了，影响大家开会，真抱歉……"

雷励行同志问："小姜你的身体到底怎么样啊？"

姜合营连声说完全康复了，心里却想，我已经是一个不受欢迎的人了。

沈鸿清了清喉咙说继续开会。

雷励行说："刚才已经宣读了新一任厂领导班子成员的名单，特殊优待，给你再宣读一遍。"

姜合营笑了笑。

说着，雷励行书记就又念了一遍。唐本旺立即露出不悦之色。

听了这个名单，姜合营表情严肃起来，正襟危坐仿佛参加一个军事会议。

沈鸿开始讲话。无外乎是对新的领导班子提出一系列希望与要求。姜合营隐隐感到，沈鸿似乎还有更为重要的事情，装在肚子里没有讲出来。

他寻找着与唐本旺对视的机会。他知道此时双方的对视，彼此都能获得第一手材料。但是唐本旺目光低垂总是去看皮鞋，似乎桌下藏着一只名犬。

姜合营等待着上级领导传达与美国李斯特·李化学集团合资的情况。

轮到市政府工作组组长申秀绪同志发言了。

果然，申秀绪传达了李吉钢市长视察大中华日用化工厂之后对市政府有关委办负责同志的谈话，决定以"解困办"牵头，通过有关委办的中介作用，为大中华日用化工厂这样的国有企业牵针引线，争取在尽短时间内嫁接外资，焕发企业活力使之走出困境。在李吉钢市长谈话精神的指导下，有关委办闻风而动，三天之内即与外国常驻机构达成意向，第一批总共十四个国有企业获得优先推荐资格，大中华日用化工厂榜上有名。唐本旺带头鼓掌。

申秀绪又说，这一次与大中华日用化工厂的合资对象是一家国际大公司：美国李斯特·李化学集团。它的气势很大，声称只要选中合资对象，首期投资将以两千万美元起价，同时投向一个行业。这表明了它在中国大陆的投资决心。这一次合资，是在市政府"解困办"具体指导之下进行，企业上级主管集团负责具体实施。这次大中华日用化工厂主要是以生产皮革制品油系列的三车间为合资重点，吸纳外资的投入，然后争取以三车间辐射全厂。

申秀绪强调，企业领导必须高度理解这次合资工作的意义。它既关系到本企业的利益，更关系到全市工矿企业通过合资途径达到"解困"目的。所以说只能搞好，不能搞坏。

"衷心希望大中华日用化工厂抓住这个机遇，走出困境，冲上新的阶梯。"申秀绪以这句充满激情的话语结束了他的发言。

沈鸿总经理示意雷励行发言。不知道什么原因，姜合营觉得今天的沈总给人一种急不可耐的印象。

　　雷励行宣布的是工作安排。经化学工业总公司党委研究，认为这次大中华日用化工厂与美国李斯特·李化学集团的合资，是在市政府的直接关怀下开始的。这既是市政府对企业的信任，也是市政府对企业的考验。因此，化学工业总公司绝不能将它视为一般项目对待，而要将它看成全市工业以合资为形式解脱企业困境的一次试点。化学工业总公司党委决定，大中华日用化工厂立即组成以厂党委书记唐本旺同志为常务副组长的合资工作领导小组，迅速开展各项准备工作，十天之内完成谈判工作的全面准备。合资工作领导小组的组长，由沈鸿同志担任。

　　雷励行说罢，目光转向姜合营。"合营同志这次被任命为厂长，担子很重。本旺同志经验丰富负责合资谈判，好比一支涉外小分队嘛。合营同志作为厂长，要将主要精力放在国内，想方设法率领全厂职工闯出一条新路来。赵则久同志作为副厂长，要积极配合姜合营同志工作嘛。"

　　雷励行的话音刚落，姜合营笑了笑就问道："雷书记，我是不是应当将您刚才的讲话，理解为新的领导班子的工作分工？"

　　沈鸿答道："你当然应当这样理解。"

　　姜合营说："好吧，我坚决服从上级的决定。"

　　赵则久要求发言。他说："据我所知，姜合营同志也正在积极为企业寻求合资伙伴……"

　　沈鸿总经理立即说道："这很好嘛！上级将合资重点放在三车间。你们也可以通过多种途径寻求合资对象，让其他车间自学成才嘛。"

　　沈鸿笑了笑说："我听说你抓生产自救活动，又赔了十万块钱，这么昂贵的学费，什么时候能够毕业啊。"

　　姜合营低头说道："我正在想办法……"

　　会散以后，姜合营匆匆离开工厂回家去了。他知道莫小娅正等着自己过日子呢，这绝对是夫妻之间最后一次"核试验"。

走到工厂门口，许文章瘟鸡一样从传达室挪了出来。

"姜厂长，我这一次是大败而归啊……"

他拍了拍许文章的肩膀，一时不知说什么才好。许文章又说："麻子制造车祸，又把咱们的汽车和货物都扣在手里，这是犯法呀！"

"这件事情我负全部责任。你吃苦了，回家休息几天吧。"

许文章走了。姜合营一眼看到那辆破旧的"上海"停在那里，就走过去问司机小马是在等谁。

小马一本正经说："等谁？等你啊。如今你当了正式的厂长，我的任务就是接你送你。你知道吗姜厂长，你这个人的最大优点就是没有什么架子。"

他摸了摸遭受棍棒打击的脑袋，自言自语说："架子？俗话说，人穷志短，马瘦毛长。咱厂都穷成这样子啦，我拿什么摆架子呀？"

说罢他坐进车里，摆手看了看手表，突然大声说道："今天是礼拜五吧？小马你现在就送我去伉俪大酒店……"

小马心中暗想：刚当上正式的厂长，就跑到厂长协会去泡妞啊。这就叫雷厉风行。

第 六 章

1

上级委任唐本旺组建合资谈判的班子，于是他心中充满重新出山的豪气。这时候他还不知道老革命即将遇到新问题。

只有在这种时候，他才想起一车间留职停薪的工程师刘亮湖。刘亮湖当初办理留职停薪手续的时候，唐本旺担任厂长。其实他应当挽留这位精通英语的工程师，但是他没有那样做，因为一车间主任黄大发是他的死党。死党说刘亮湖鼓吹专家治厂，言外之意分明是在争夺车间主任这把交椅。唐本旺大笔一挥就让刘亮湖停薪留职了。唐本旺心中承认，对高级知识分子他心中存在一种说不清楚的隔膜——这可能与他本人只具技校毕业文凭有关。

大中华日用化工厂合资谈判班子一行四人与美国李斯特·李化学集团首席驻华代表希尔顿先生的会晤是在湖滨度假村开始的。希尔顿先生身高将近两米，坐在谈判桌前很像是一台蒸汽机车头。最令唐本旺感到惊讶的是刘亮湖出现在谈判桌前。这位前大中华日用化工厂一车间的工程师现在的身份是希尔顿先生的特别助理，穿一套高级毛料中山装，神色庄严。

247

谈判小组的成员有技术科长关天、设备科长娄玉田以及财务科长老处女宁淑欣。与刘亮湖相比，关与娄都是对唐本旺言听计从的知识分子，颇受厂方赏识，先后被提拔为中层干部。刘亮湖则属于不受厂方喜爱的另册人物。今天坐在谈判桌前，关天与娄玉田同时获得一个重大发现——刘亮湖为什么不受工厂当局喜爱呢？因为刘亮湖面部肌肉僵硬，从来不会微笑。

　　中间休息的时候，唐本旺显得忧思很重。他将关天、娄玉田叫到水榭，压低声音说："刘亮湖在大中华工作多年，知根知底，现在成了希尔顿先生的高级助理，形势对咱们十分不利。"

　　技术科长关天说："刘亮湖这个人在厂里根本就没有什么知己的朋友，两国交兵各为其主，冲锋陷阵的时候肯定刺刀见红。"

　　娄玉田想了想，说："刘亮湖跟我在一起工作五年，彼此没红过脸。实在不行我去与他接触一下，探一探美国人到底安的什么心……"

　　唐本旺认为，美国人安的什么心并不重要，最终结果是中美合资。最为重要的是要求刘亮湖不要将大中华厂的烂摊子告诉希尔顿。如果希尔顿知道中方政府提供的是一家焦头烂额的企业，那么谈判的时候美方肯定趾高气扬把大中华厂当成一碟小菜儿。

　　谈判的进展情况，每天必须向化学工业总公司汇报，然后听取指示。个性很强的唐本旺已经感到，不是自己在谈判，而是沈鸿在谈判。据说沈鸿每天都要向市政府汇报。全市目前由市政府直接关注的合资谈判总共十四家国有企业，市政府高屋建瓴，指挥着这一场以嫁接外资为主要手段的协助企业走出困境的战役。

　　只能成功不能失败。

　　希尔顿先生是一个典型的美国人，他在谈判之中所表现出来的敬业精神，令人感动。他仿佛生来就是为了捍卫李斯特·李化学集团利益的，关键时刻绝不妥协。于是，这场谈判就像一个学步的孩子，跟跟跄跄朝前走着。

当谈到金手牌商标的价格评估，双方分歧极大。希尔顿甚至拍了桌子，通过刘亮湖的翻译，唐本旺听到希尔顿发出的威胁：

“唐，我们是一家规模很大的跨国公司，应贵市政府的一次次邀请，我们才决定在这座经济并不发达的城市投资的。如果你们过于孤芳自赏，我们随时准备放弃合资谈判。你们说金手是一个名牌，既然是名牌我怎么不知道它呢？我们美国的万宝路才是名牌，它的商标价值 301 亿美元。可口可乐商标价值 244 亿美元，百威啤酒商标价值 102 亿美元。唐，你们中国根本就没有名牌！”

唐本旺指着希尔顿对化学工业总公司派来的翻译小于说：“于翻译麻烦你告诉这个美国人，我们从来也没有孤芳自赏，我们是货有所值。金手牌商标创立七十年来，仅仅广告费就花了多少钱？难道我们标价四百万人民币还高啊？如果说这个价格伤害了希尔顿先生，那只能说他太财迷了。中国守财奴都希望用自己嘴里的唾沫粘住一只家雀儿。希尔顿先生是不是也这样想的？”

小于翻译笑了笑，十分节制地将大意翻给希尔顿听。

希尔顿显然感到小于是在“偷工减料”，就扭头问刘亮湖。刘亮湖忠于“原著”，原原本本重新翻译了一遍。

希尔顿听罢，霍地矗起将近两米的身体，满脸怒色拂袖而去。

人高马大的唐本旺站起来指着刘亮湖说：“你是叛徒。”

刘亮湖慢条斯理地说：“我现在是美方公司的雇员，我的工作注定我要在谈判之中将对方的言辞准确无误地翻译给本方代表，这是我的职责。你说我是叛徒，那么我究竟背叛了谁呢？唐本旺先生我提醒你，你这是在侮辱美方谈判人员。我会采取适当的手段使你头脑冷静下来的。”

唐本旺明知理亏，嘟嘟哝哝：“别跟我来假洋鬼子这一套……”

关于希尔顿先生身上的骄娇二气，在谈判之中的确表现得比较充分，这似乎出自美利坚合众国的优越意识。当天下午，希尔顿就打电话给市政府外事办公室，对唐本旺将他比喻为葛朗台表示强烈抗议。市政府外事办公室什么鸟儿都见过，知道这位希尔顿先生到中国时间较短，脾气还没有及时得到调整。市外办将这个信息反馈给化学工业总公司，希望能够提醒一下正在谈判之中的企业，不要因小失大，与外商要做到求同存异，不要针锋相对弄得空气十分紧张。

不知李吉钢市长从哪里知道了这件事情，他要秘书给沈鸿总经理打电话，传达他的指示："大中华日用化工厂是市政府确定的以合资方式走出困境的国有企业试点，只能成功，不能失败。化学工业总公司要下大力量确保这次合资的成果，以此带动同类企业，共同发展。"

合资谈判小组兵分三路：唐本旺应召前往化学工业总公司向沈鸿汇报合资谈判暂告破裂的详情；娄玉田邀请刘亮湖在欧罗巴酒店吃饭，借机摸清敌情；关天、宁淑欣各自准备下一轮谈判的资料。

唐本旺要求，第二天上午十点钟在湖滨度假村集合，开会碰头儿。

财务科长宁淑欣是一个对工作极其负责的老处女，自从参加合资谈判小组，她变成一个心事重重的女人。不出几天，就黑了眼圈儿，整天心里都在算账。她精心计算了企业的三角债，正负相抵之后，大中华日用化工厂亏损只有一百零九万，远远没有达到资不抵债的程度。也就是说目前企业尚无破产之虞。这次与美方合资，仅以三车间为中心，那么合资范围的资产估算起来就显得单薄了。

一个残酷的事实摆在宁淑欣面前：美方提出的合资范围仅仅局限于三车间以及与三车间相关的金属制管等配套工段。而三车间恰恰是目前大中华日用化工厂的骨干车间。一车间趴窝；五车间彻底散架；四车间转业为缝纫车间，远远游离于日用化工行业。如果将三车间拿去与美国合资，无疑意味着大中华日用化工厂的主力部队全部被美方收编，剩下的只是毫无作战能力的闲散人员。

250

美国人真是鬼精灵。相中了三车间，就等于是拿去了棋盘上的车马炮。宁淑欣难以入眠，似乎第三次世界大战天亮就要打响。

这时候，宁淑欣在房间里接到姜合营打来的一个电话。宁淑欣看了看手表，已经是凌晨三点半钟了。

姜合营首先对深夜打扰表示歉意，之后就问宁淑欣对这次合资的前景究竟如何评价。宁淑欣正处于忧心忡忡的心态之中，面对电话得以宣泄，就将自己的看法和盘托出。

姜合营认真听着，知道这次只有三车间能够升入美国佬的天堂，其他职工必须各自为战，继续为自己的生存而拼搏。电话里他对宁淑欣表现出来的责任感深表敬意，最后又引用父亲离开工厂去往九华山之前说的那句箴言：

"你要做好准备啊。"

宁淑欣小心翼翼放下电话，扯过被子蒙头大哭起来。作为一个传统企业的财务科长，她无法忍受这样巨大的心理压力。她不知道那边的世界很精彩，她只知道这边的世界很无奈。

"难道我们非要合资不可吗?"她这样问着，终于进入梦乡。

第二天上午十点钟，化学工业总公司党委书记雷励行与总经理沈鸿同时出现在合资谈判小组的碰头会上。

沈总经理要大家敞开心扉，从各自分工的不同角度谈一谈对这次合资前景的看法。

昨天晚上与刘亮湖一起共进晚餐的设备科长娄玉田首先发言。他当然不能当众介绍昨晚饭局的情况——刘亮湖一言不发，只是象征性喝了半杯啤酒，然后表态说，谈判就是谈判，双方本着互惠互利原则合作就是了。饭桌上娄玉田的探营计划没能成功。

娄玉田发言，主要针对目前合资领域外商在提供设备时以次充好，漫天报价的问题谈了自己的看法，主要的观点是前车之辙，不可复蹈。

沈鸿与雷励行对娄玉田的发言表示满意。

关天的发言纯粹是一篇技术论文。他主要提出警惕技术落伍与注意国内配套的问题，一味进口洋人的设备，未必就有好结果。而出国考察，也很难做到一针见血。

宁淑欣的发言显得非常激动。有几次她几乎落泪。她毫无保留地谈出自己的想法，对三车间合资之后大中华日用化工厂的日子，极感担忧。

昨晚唐本旺向沈鸿汇报工作的时候，这位总经理狠狠批评了唐本旺。于是今天碰头会上的沈鸿显得冷静而从容。人们看到总公司党委书记与总经理同时到会，都意识到这次合资的分量。空气一下子紧张起来。

沈鸿咳了咳，开始发言。他首先引用市委书记田春德在全市工业会议上的讲话："我们这座城市的工业确确实实面临层层挑战与重重难关。我们是一座贫穷的大都市。改造企业的资金在哪里呢？不在我们的银行里，而是在外商手里。从今以后，对前来我市洽谈合资的外商，要想尽办法留住人家。俗话说苦口婆心嘛。一个也不准放走！谁要是放走外商，我就要处分谁！放走一个处分一个，放走两个处分两个，绝不留情！"

市委书记田春德的讲话，在这座城市几乎家喻户晓。此时沈鸿的再次引用，意义不言自明。沈总经理针对三车间合资问题发表见解：

"美国人当然不是傻子，就如同我们也不是傻子一样。一个人走进超市，首先要选择自己所需要的东西。如果有人首先选择自己并不需要的东西，则属于闲情逸致了。美方选择我们的三车间，不足为奇，因为他们早就看好中国的皮革制油的市场。当然，合资谈判之中我们还要强调产品的海外市场。"

宁淑欣嗫嚅道："三车间合资之后，当然是更上一层楼。我担

252

心……"沈鸿打断宁淑欣的话，哈哈大笑："我知道你担心的是什么。三车间合资了，剩下的破烂摊子怎么办？我要告诉你们，总公司对这个问题的态度非常明确，只能依照优胜劣汰的原则，能生存，就冲出一条活路；生存不下呢，只能被兼并。这是没有办法的事情……"

雷励行接过话头说："市场竞争是残酷无情的。我们必须走出温室，在大风大雨里成长！今天我们到这里来，就是为了统一合资谈判小组成员的思想，摆正我们自己的位置，争取早日完成合资谈判，进入合资的建设阶段！"

唐本旺用低沉的语调说："现在我担心的不是金手牌商标对方估价三百万还是五百万，我担心的是合资之后这个拥有七十年历史的名牌从此就成了美国人的掌中之物。因为合资之后美方占有股份的百分之六十以上，人家掌握生产经营的主动权。实际上我们的商标已被对方收购，什么时候生产什么牌子的产品，都由人家说了算……"

沈鸿拦住了唐本旺的话："你这纯属狭隘的原始经济思想。我们要想走向世界，既要批判民族虚无主义，也要防止民族自大情绪。繁荣经济已经是世界性的潮流了，我们还有什么理由抱残守缺呢？如此下去，我们又怎能向市委市政府的领导交代呢？"

唐本旺不与沈鸿交锋而继续说道："我们不能忘记一个重要的问题，那就是我们大中华厂与神州化工厂一分厂签有联营合同，这是在总公司指导下进行的行业联营。联营合同规定，神州化工厂一分厂有权使用金手牌商标，同时呢他们也衍生出金足牌商标。如果我们合资了，那神州一分厂就不能使用金手牌商标了。这个后果我们必须考虑啊……"

沈鸿与雷励行迅速交换了一个眼神。唐本旺看出，关于神州化工厂一分厂的利益，化学工业总公司的两位领导显然成竹在胸。从沈与雷的眼神里唐本旺已经看出，诸葛光荣的神州化工厂前景不妙。

雷励行笑了笑，开始收拾残局："这个问题的确牵扯到神州化工厂。

不过问题总是能够解决的，当初建立联营关系是总公司一手操办的，如今解除联营关系，总公司还是可以出面协调嘛。你们的任务就是尽快完成合资谈判，其他的事情，交给总公司解决好啦。"

唐本旺知道无力回天，就站起身说："我们服从总公司的决定。"

沈鸿说："不。你们应当服从改革开放市场经济规律的决定。"

2

姜合营开始与莫小娅在一起过日子了。

他似乎有一个预感，就小心翼翼向莫小娅提出，这次能不能一起住到爷爷家里去。莫小娅对这个建议感到意外，但最后还是同意了。同时她认为姜合营必须进行一次全面体检。姜合营说住院的时候做了 CT，脑子没有毛病。

姜国瑞对孙子和孙媳的到来表示欢迎。老人不知道从哪里得到最新信息，说大中华日用化工厂很快就要与美国合资。处变不惊的姜国瑞向孙子询问，中美合资之后厂名是不是还叫大中华日用化工厂。姜合营告诉爷爷，这次只是三车间与美国合资。好比切去蛋糕的一角，大中华日用化工厂大部仍然属于中国国有企业。姜国瑞说："万万不可改了大中华的厂名啊。"

只有姜合营心里明白，大中华厂这只蛋糕，开始被切开了。

莫小娅与姜合营在一起生活了三天，彼此都以平常之心看待对方，日子倒也平淡无奇。爷爷还在忙着修理那只德国老挂钟，给人以遥遥无期的感觉。有时候老人站在书房的沙盘前，欣赏着面前的"大中华日用化工厂"，不禁老泪横流。莫小娅无法理解这种情感，就佯装不知，到院子里欣赏落叶。

她不知道自己为什么还不怀孕。

整天忙于厂务的姜合营这几天总是想起那位坐着轮椅四处行走的田大师。有一次他几乎就要去给田大师打电话，但他还是放下了听筒。一种无法把握自己命运的感觉越来越强烈地压抑在他的心头，他就拼命工作。他所做的两件事情，一是与金铁龙谈判，力争早日与 WM 公司达到生产金手牌清洗液的合资意向并签约。尽管他心里十分清楚，金铁龙的心思是在莫小娅身上。同时他也深知，商场如战场如情场如生死场，既没有永远的朋友也没有永远的敌人，有的只是永远的利益。

另外一件事情就是他通过各种渠道，从高台乡讨回那两辆卡车以及货物。

社会给他上了一堂生动的实验课。

别人都在忙着合资，烂摊子扔给了他。这时候他终于看出沈鸿与唐本旺之间的特殊关系。不知道为什么沈鸿总是在关键时刻倾向于唐本旺。走投无路的姜合营灵机一动，只身赶到伉俪大酒店参加厂长协会的每周例会。这里既然是厂长云集的地方，就应当有办法解决厂长遇到的困难。如今当厂长的不仅在泡妞问题上存在一定困难，在其他方面也有万水千山不等闲的时候。怀着弱者的心态，他走进多功能厅，迎面却看到了金铁龙。

他并不希望在这里遇到金铁龙。他认为自己在金铁龙心目中是个十分周正的男人，他想将这种形象保持下去。金铁龙朝他打了个招呼说："项超男总裁已经批准合资意向，初步打算投入人民币五百八十万，我方必须控股。"

"我想见一见项超男女士。"

"那只能安排在五天之后。这几天总裁的活动已经安排满了。"

金铁龙说罢，就忙着与那几位青年厂长展开喝啤酒比赛。姜合营看到一张张膨胀的肚皮。

他坐在一个角落里，等待着制锁二厂厂长李金祥的到来。一个熟悉的身影从面前过去。咦，黄大发吧？

那个身影似乎也有警觉，一闪就没了影子。

这里真是一个复杂的世界。他想起小时候读到的一首诗：

> 一湾臭水，臭得断闻，下游淘米，上游倒粪，妈的，人鬼
> 不分！

这里虽然没有一湾臭水，却也人鬼不分了。他将身体紧紧靠在椅背上，身上多了几分警觉。

费丽丽小姐从他身前走过。他想与她说一句话，费丽丽似乎已经将他忘记了，身穿着旗袍摆着腰肢从他面前走了过去。

几天不见，费丽丽胖了。那日新月异的肥臀铁证如山。

李金祥一定会来的。上次在这里见面的时候，李金祥说天天几乎都到这里来放松。白天在厂里紧张了一天，晚上理所应当到这里享受一下。还有红光钢厂的那个吴厂长，既是厂长协会的常务副会长又是这里的常客。因此，姜合营耐心等待着。

黄大发那小子跑到这里来干什么？他在心里寻思着。

李金祥终于出现了。费丽丽迎了上去，咻咻笑着。李金祥一眼看见姜合营坐在角落里，就径直走了上来。

"你怎么又跑到这里来啦？"李金祥大声问道。

姜合营说厂长当然要跑到厂长协会来坐坐。李金祥说大中华日用化工厂已经三个月没交会费了，应当除名。之后李金祥问姜合营遇到了什么难处。

他就将两辆卡车的货物被扣留在高台乡的事情向李金祥讲了。李金祥知道高台乡是一个雁过拔毛的地方，旧社会出产土匪，新社会出产路霸。麻脸就是远近皆知的泼皮。

"你怎么没有诉诸法律呢?"李金祥问道。

姜合营说:"据说那样做只会事倍功半。"

"算你聪明。以往有几个不知深浅的厂长跟高台乡打过官司,结果都吃了亏。你说他扣留车辆,可有一百个人证明是他保护了事故现场,照料了司机与车辆。把车匪路霸夸成无私奉献的好人,你在这种地方谁能够打赢官司吗?"

李金祥想了想,告诉姜合营拿出一万块钱,看在大中华厂是亏损企业的份儿上,友情后补吧。听说是找黑社会去办,姜合营心里踏实了。他知道江湖上的黑道人物以此为生意,往往属于质量信得过单位。

姜合营从怀里掏出名片夹,找到陈遇的名片,伸手朝李金祥借了手机。李金祥说:"你堂堂一厂之长,怎么什么装备都没有呢?我也是亏损企业的厂长,怎么跟你就不一样呢?"

"我正在购置装备呢。"姜合营说着就拨通陈遇的手机号码。通了,传来陈遇的声音。姜合营自我介绍之后,将十万元助力车零件压在手里的情况一五一十跟对方讲了,并表示愿意由陈遇定价,转让这一批压在手里的货物。

陈遇在电话里沉吟片刻,说做这种生意必须动作神速。姜合营立即表示三天之内交货,可以打八折甚至七折。

陈遇在电话里说:"姜厂长,从那天我就看出你是一个聪明过分的人。按行规我是不应当接你的货的,因为我在你们那座城市的业务已经结束。好吧,三天之内你将货送到石门市大东门五条八号,我打八折接你的货。我只请你记住一句话,不要自以为是,人这一辈子只做自己能做的事情。"

姜合营连声谢着,然后关闭了手机。他告诉李金祥,唐本旺又被起用了,成了大中华厂的党委书记。李金祥不以为然说:"唐本旺那人心思太大,早晚还要掉在水里的。你行,你整天如履薄冰的心态,出不了什么大事。你以前是个乐观主义者，抓紧时间玩一玩吧。我听说大中华厂要合资了，跟谁呀？"

姜合营说："跟美国，跟澳大利亚。"

李金祥笑着说："还跟八国联军呢。"

他问李金祥什么时候送那一万块钱来。李金祥说事情办妥之后再给不迟，但必须是现金。

走出了多功能厅，姜合营猛然看见黄大发独自一人站在楼道里，就走了上去。

黄大发转过身子，注视着走上前来的姜合营。两人就这样对视着，目不转睛。

姜合营走到黄大发近前，彼此眯起眼睛，目光狠狠碰撞在一起。

谁也不说话。黄大发嘴上叼着的烟卷，已经烧到过滤嘴上。

黄大发终于坚持不住了，说："你以为你是谁！你打了人，就白打啦？"

"你我已经扯平了。我是自力更生亲手打了你，根本不用花钱。你呢？还要花钱雇那两个骑摩托车的人来打我，算什么本事？"

"谁花钱雇人打你啦？姜合营你不要诬陷好人啊！"

"你不用害怕，我也没有打算把你举报给公安局。反正我打的是工厂的叛徒，你呢雇用打手让我在医院躺了三天，咱俩已经扯平啦。"

黄大发不说话，呆呆望着转身走去的姜合营。走出十几步远了，他回过头来指了指黄大发说："后会有期。"

第二天晚上，李金祥就将电话打到姜合营的祖父家里。姜合营正在与莫小娅包饺子，双方都在努力抢救着处于休克状态的婚姻。婚姻一旦休克，那么一切都将宁静如水，就连煮饺子的锅也会变成死海。

姜国瑞走过来说："平常我的电话一个月不响几次，你一来我这儿住，电话变成了闹表。你快去接电话去吧。"

李金祥果然是一个手眼通天的人物，电话里他说事情已经办妥，明天上午派两个司机去提车。

姜合营有些激动，就对李金祥说了几声谢谢。李金祥说："我当厂长说不定什么时候就得进大狱。那时候你小子要是有良心，别忘了到我家去看一看我老婆孩子，我就没有白交你这个朋友。"

第二天一大早，姜合营派出小马的那辆破"上海"，送厂里的两位司机去高台乡提车，然后径直开往石门市。他给陈遇写了一封言辞恳切的信，还告诉司机将货物送到大东门五条八号。

小马说："高台乡是一个土围子，我们拎着十根手指头去了，就能把两辆卡车提回来？姜厂长你是不是过于乐观啦！"

姜合营郑重说道："没问题，上天永远保佑工薪阶层。"

目送小马的轿车开远了，姜合营走向中心检验室，来找诸葛云裳。

中心检验室的小齐告诉他，诸葛云裳已经两天没来上班了，她父亲生病，天天要到医院检查身体，情况不妙。

诸葛光荣病啦？那铁打的老汉怎么能生病呢？一定是那八十名工人进入神州化工厂，把老汉给累倒了。

姜合营这样想着，就给诸葛光荣家里打了一个电话。

接电话的就是人称神童的诸葛小明。

他问："是诸葛家吗？"

诸葛小明说："是。你是找诸葛光荣呢，还是找诸葛云裳呢？"

"他们两人谁在家，我就找谁。"

"他们两人谁都不在家。"

"他们干什么去啦？"

诸葛小明说："我敢断定，你是找诸葛云裳的。"

看来这个诸葛小明果真是一个神童。于是姜合营决心考一考这个神奇的孩子。

"小明，我想问你一个问题。你知道在中外合资的大潮中，有多少中国名牌被外商买去啦？我给你打个比方，就说洗衣粉吧，国产名牌现在几乎都变成外国商标，德国汉高，英国利华……"

诸葛小明问道："你是不是大中华日用化工厂的厂长姜合营？"

"你是怎么猜出来的？"

诸葛小明在电话里天真地笑了："除了你，好像别人是不会关心这种问题的。所以我猜你是姜合营。"

"都说你是神童，你能回答我刚才提出的问题吗？"

"我试一试吧，"诸葛小明想了想，"好像很多国产名牌都变成外国商标了。我记得中国名牌转让，孔雀电视机是 315 万美元，洁花洗发液是 134 万美元，洁银牙膏是 120 万美元……叔叔我说得对吗？"

姜合营惊了："你小子真是一个神童！"

诸葛小明谦虚地说："我读什么东西都能过目不忘。可是，爷爷这次生病住院我就没有一点儿预感……"

"小明你告诉我，你爷爷去了哪个医院？"

3

唐本旺有唐本旺的痛苦。

作为一名"抗日英雄"，他晚节不保，没有能够在谈判桌上成为"抗美英雄"，这不能不说是一个巨大的遗憾。随着谈判的深入，他知道如果对诸葛光荣继续隐瞒下去，自己的良心将终生不得解脱。

他是在一个刮着六级大风的天气里，来到神州化工厂的。传达室里那位和善的老汉跟他已经熟悉，迎出门来叫着唐厂长。他问老汉诸葛厂长是不是在厂里。门卫老汉说，诸葛厂长一天二十四小时都泡在厂里。

唐本旺叹了口气。诸葛光荣六十二岁的年纪了，还像小伙子一样拼命工作。一天两天没有问题，天长日久恐怕就不保牢了。门卫老汉请唐本旺劝一劝诸葛厂长，留得青山在，不怕没柴烧。

是啊，人到老年，健康就成为首要问题了。这样想着，唐本旺走进一分厂的鞋油工段。所谓神州化工厂一分厂，正是大中华日用化工厂的联营企业。这里生产的鞋油，一种是金手牌，与大中华厂共用一个商标。另一种是金足牌，这是联营之后诸葛光荣自创的一个牌子。目前这两种鞋油在北方市场上名声尚可，因此神州化工厂的日子，过得也还有滋有味。

鞋油工段的工段长大姚，走上来与唐本旺打招呼，然后递上热气腾腾的茶缸子。唐本旺心里一阵热乎。如今商战，客户之间动不动就喝人头马，那洋酒价格虽高，却比不上这香气四溢的热茶。问了问生产情况，大姚非常乐观，说大西北天气冷穿皮鞋的人多，目前已经打开青海、甘肃、新疆的市场。

"金足牌卖得怎么样？"他问大姚。

大姚说："鞋油是咱厂的脊梁产品。金手卖得好，金足就卖得好。俗话说手足情深嘛。"

听了大姚的话，唐本旺的心情愈发沉重。走出鞋油工段，他朝着办公楼走去。迎面驶来一辆电瓶车。有人叫了一声唐厂长，车就停住了。从车上跳下来小个子罗光。

罗光变了。

如果说罗光是一条鱼，那么在大中华厂的时候他是一条干鱼。如今，这条干鱼鲜活起来，真正显出鱼儿得水的样子。

根本不容唐本旺发问，罗光就说了起来。这个小个子工人胸无城府，言谈话语之间毫不掩饰跳出苦海之后的知足心理。他说诸葛厂长采纳了他的"一条龙"承包方案，如今当了"龙头"，从头到尾由他说了算。当了这么多年工人，都是被动工作，现在是主动出击，四处找活计，钞票自然也就多了起来。罗光告诉唐本旺，他哪里也不愿意去了，要在神州化工厂机修工段扎根。

唐本旺说，其实"一条龙"属于最为简易原始的承包方案。

大个子何彭森坐在电瓶车上说："既然又简易又原始，你在大中华厂怎么不实行呢？唐厂长我说一句心里话，你跟人家诸葛厂长相比，差得太多啦！"

唐本旺做出虚心听取的样子问道："你们说一说，神州化工厂采取了哪几项改革措施，值得大中华厂学习呢？"

一句话，把坐在电瓶车上的工人们问住了。

马兴富想了想，说："其实呀诸葛厂长也没有采取什么先进的改革措施。他的主要领导方法我看就是一人治厂，一切都是他说了算，也就没有什么领导班子之间的矛盾了。再者说就是他以身作则，你看他都累成什么样子啦？为了安排我们这八十名工人，他一连多少天住在厂里。现如今，我们都有活儿干啦。罗光呢还成了新时代的工头儿。"

罗光搔了搔头皮说："工头儿好当。要是想从工头儿变成资本家，那可就难上加难啦！"

电瓶车开走了。

走进办公室，诸葛光荣正在接电话。见他来了，老汉就伸手示意请他坐下。唐本旺笑了笑，坐下抽烟。

诸葛光荣在电话里与对方讨价还价，好像是要兴办一座养兔场。

"我出三十名壮劳力！兔皮利润，平分。兔肉给我，我有第三产业的大餐馆，全部消耗。你要是同意，明天就过来跟我签合同。"

放下电话，诸葛光荣端起一只大号茶缸子，咕咚咕咚喝得一干二净。抹了抹嘴他说道："我一天呀，光喝水！"

唐本旺小心翼翼说："消渴啊？"

老诸葛摇了摇头："死不了。老唐我听说你们那里闹合资。跟美国人谈得怎么样啦？我告诉你吧跟美国佬打交道不能心慈手软。你不要怕他们。"

"啊，正在谈判之中……"

诸葛光荣看出唐本旺心事重重的样子，就问："有事儿啊老唐？"

唐本旺点了点头："有！"

两人一前一后走出办公室，来到神州化工厂的小礼堂。坐在空旷的小礼堂里，这给他们的谈话提供了广阔的空间。诸葛光荣手里端着茶缸子说："有什么事情你就说吧。"

唐本旺不知所措望着小礼堂的舞台，强迫自己镇定下来。

"你用不着这样紧张。我是当过战俘的人，什么打击我都能扛住。"

唐本旺就将合资的内幕原原本本告诉了诸葛光荣。

小礼堂里空空荡荡的，诸葛光荣与唐本旺呆呆坐着。

"李斯特·李化学集团？老唐，我拜托你一件事情。明天你见到那位希尔顿先生，问一问那个跨国公司的总裁李斯特·李的履历行吗？外国的大老板的履历都是公开的。这件事情你一定要给我办好。"

唐本旺点了点头说："你放心吧。我一定想方设法给你打听清楚了。"

端起茶缸，诸葛光荣咕咚咕咚喝了一个痛快。他抹了抹嘴说："大中华合资就合资呗，为什么神州化工厂的产品也要跟着下马呢？我就看不惯这套洋逻辑！如今全市国有企业纷纷不景气，只有神州化工厂还能维持。结果呢，没败给国内市场，却败给前来合资的洋鬼子啦。真他妈的让人窝囊……"

出乎唐本旺的意料，面对这个无比糟糕的消息，诸葛光荣没有暴跳如雷大发脾气。他只是自言自语着，有一种哀莫大于心死的感觉。

唐本旺愈发不知如何是好，就劝诸葛光荣服从上级的指示。全市工业是一盘棋，一个企业只是一只卒子而已。有的时候，过河的卒子往往要舍身成仁的。因为我们不是炮，也不是车，更不是帅，所以我们只能牺牲。

诸葛光荣听罢，意味深长地看着唐本旺，眼里蓦地泛起泪光："我成为战俘回国之后，几十年来都是这样的。我把自己当成一只毫无价值的卒子，才能活到今天。如果我把自己当成一只车，那么我早就精神崩溃了。这就是命。活了六十二年，我仍然是一只卒子。卒子嘛，就应当无忧无愁，无气无血，无志无谋，随遇而安。当你牺牲的时候，根本弄不清楚为何而死，因你生下来就是为了死的。除此之外，你没有什么正经事情要做，这就是卒子啊。"

唐本旺扭过脸去。他不愿看到诸葛光荣的泪水，一个多么坚强的老汉啊，当了战俘都不曾落泪，今天为了自己工厂的命运，哭了。

他告诉老汉，自己还要赶回去与美国人谈判，争取早日签署正式的合同，这就是当今的经济法则。诸葛光荣摆了摆手，抹去脸上的泪水。他朝唐本旺笑了笑，说："老了，怎么动不动就下雨呢。真没出息啦。"

诸葛光荣送唐本旺到工厂门前。

唐本旺拉开车门说："如果近期签署中美合资协议，我估计神州化工厂生产销售金手牌鞋油的权限，最多只有两个月时间。情况非常严重啊。"

老汉乐乐呵呵说："总会有办法的。别忘记给我打听那件事情。"

走回办公室，他看到罗光领着一群工人挤在门前，等待厂长往奖金承诺书上签字。他依然乐乐呵呵，显得心情极好。他一个接一个在工人们的奖金承诺书上签上自己的名字，心底却渐渐结冰。

工人们都走了。他坐在办公桌前给化学工业总公司的总经理打了一个电话。电话通了，他直呼沈鸿其名。这时他才意识到，自己是一个内心极其孤傲的老汉。对沈鸿，对雷励行，甚至对唐本旺，以及对许许多多头戴乌纱帽的人，自己心里其实是很瞧不起的。他认为他们骨头太轻，同时他也知道这是自己的一个不可改变的情结——战俘。

一个当过战俘的中国男人，他的生命其实早就黑了——如同一场火灾之后散发着焦煳的味道，终生不可散尽。

沈鸿对诸葛光荣的直呼其名很是不悦。他不冷不热地问诸葛光荣有什么事情。

诸葛光荣抑制着情绪的冲动："大中华跟李斯特·李合资之后，我们神州的主导产品是不是就不能生产销售啦？不但金手牌不行，听说金足牌也不行啊？"

沈鸿说："我们刚刚定下时间，今天下午在总公司开会，专门研究神州化工厂今后的出路问题。如果大中华厂与美国李斯特·李化学集团签署合资协议，那么金手牌商标必然要作为资产估价而转让。转让金在三百万人民币左右吧。这样说来……"

诸葛光荣打断总经理的话："是不是说合资之后我们神州化工厂就不能使用金手牌商标啦？请你直截了当回答我的问题。"

沈鸿顿了顿，说："金手牌你们不可以使用，金足牌你们也不可以使用，总之冠以'金'字的商标你们都不可以使用了……"

不等沈鸿说完，诸葛光荣啪地摔断电话。然后他端起茶缸，咕咚咕咚喝得精光。这时他觉得眼前一片模糊，就使劲揉着眼睛。

浑身散了架似的，难受。他大声在心里对自己说："诸葛光荣，你千万不能躺倒啊。神州化工厂的好几百口子全都伸手找你要吃要喝……"

办公室里有一张小床，他躺在上面歇了一会儿，觉得体力有所恢复。从床上爬起来，眨眼之间死去多年的老伴儿站在面前。他的心猛地一颤，揉了揉眼睛，老伴儿又没了影子。

老伴儿想我啦？还是我想老伴儿啦？他思忖着，走出办公室。老伴儿在世的时候，我是一个灰头灰脑的电工，谁都知道我当过战俘，给祖国人民丢过脸，低人一等啊。老伴儿含辛茹苦跟着我过日子，三十多岁就死啦。

这样想着他走出办公楼，要到车间里走一走。只要遇到烦心事情，他就到车间里走一走，看着自己管理之下的工厂，心里就透亮了。人活一辈子，图的就是一个荣誉。我诸葛光荣为了荣誉奋争了一辈子啊。

走出办公楼，厂办的小丁推开窗子大声喊着诸葛厂长电话。他抬头朝二楼喊道："让他一会儿再打来！"

小丁说："美国长途……"

美国长途？是不是搞错啦。我什么时候跟美国有过联系。他转身走进办公楼，暂时把烦心的事情扔在脖子后边。

电话打到厂办秘书小丁的屋里，说明这是公事，公事往往把电话打到厂办。他抄起听筒喂了一声。对方大声问道："是光荣子吗？"

他的心头轰的一声仿佛炸响一只手雷。天啊！只有志愿军部队里的战友称呼我"光荣子"啊。可是自从被俘以后，回国到了农场，从来没人叫我"光荣子"啊。他紧紧握住听筒，大声说道："我是光荣子，你是哪一个呀？"

仿佛是从天外飘来一个声音："我是周有根啊。"

诸葛光荣下意识朝四周看了看——似乎不相信这一切都是真实的存在。小丁十分知趣，起身走了出去。屋里只剩下诸葛光荣一人，就更加觉得这是一部电视剧。对方听不到他的回应，再次大声说道："我是周有根啊。光荣子你怎么把我给忘记啦？咱们在南朝鲜的那个战俘营里还见过一面哪！"

诸葛光荣觉得脑海一片空白。四十多年的时空交错，猛然对撞在一起，迸出的不仅仅是火花。他木木问道："有根啊，你没死啊？四十多年了，你现在在什么地方跟我说话啊？"

周有根哭了。周有根说此时是坐在美国旧金山家里打通的越洋电话。周有根说特别想回到中国看一看，可就是不敢回去。周有根说今年已经六十八岁了。周有根在电话里泣不成声。

诸葛光荣的意识渐渐清晰，握住话筒他说："有根你别哭。我告诉你吧，云云早就长大了，美中不足就是还打着单身。有根，工厂不是说话的地方，你把你的电话号码告诉我，晚上我在家里给你打，咱们好好聊一聊！"

周有根知道中国国情，担心诸葛光荣的财力无法承受越洋电话费，坚持不说自己的电话号码。这时候电话断了。

放下电话，他坐在椅子上喘着粗气。四十多年音信皆无，周有根这家伙不但没死，而且还到了美国。这小子真是福大命大造化大。这样想着，诸葛光荣的表情猛地冷峻起来。秘书小丁走进来，被诸葛厂长的这种表情吓了一跳。

嗯，周有根这小子一定是在战俘营写了悔过书去了台湾。前几年听说当年去往台湾的战俘绝大多数移居了美国，有的成了老板还回到大陆投资呢。没错，周有根肯定是那一拨去了台湾的战俘。

这时候，诸葛光荣的心情一下子变得特别复杂。

他回到自己的办公室，独自坐到中午。

诸葛云裳打来一个电话，询问父亲身体状况。云裳觉得这几天父亲很累，身体似乎显得非常虚弱。她问父亲中饭吃的什么。诸葛光荣杜撰道："鸡丝炒面、三鲜汤。"

他想告诉女儿刚才接到一个战友从美国打来的越洋电话，转念一想又觉得战友这个字眼儿用在他与周有根之间，有些滑稽。一个被俘去了台湾如今成了海外游子，一个被俘回国下放农场成了特殊公民。孰是孰非孰功孰过，统统说不明白。心中难以忘怀的是朝鲜战场的冰天雪地。

看了看手表，他想起下午化学工业总公司的会议。既然沈鸿说专门研究大中华厂合资之后神州化工厂的出路问题，那么这次会议我是非去不可了。我到底要看一看你们这群软骨头把金手牌商标卖给美国人之后，对我神州化工厂如何发落。他拿起电话告诉司机班，一点半的时候把奥迪开到办公楼前。

司机班说奥迪开出厂了。诸葛光荣怒了，拍着桌子说："混账，立即给我调回来！"

两点钟的时候在化学工业总公司五楼的小会议室里，沈鸿主持了大中华日用化工厂合资相关事宜的研讨会。代表大中华出席会议的是唐本旺，代表神州化工厂出席会议的是诸葛光荣。

沈鸿总经理传达了市政府有关领导同志的指示精神："努力提高技术改造项目的科技含量。一个技术改造项目要救活一个企业，开成一个名牌拳头产品，从而带动一个行业的发展。"

诸葛光荣立即打断沈鸿的话语，说："金手就是一个名牌拳头产品啊。大中华厂通过与我们神州化工厂的联营，名牌产品已经起到了拳头作用，也带动了一个行业的发展。我们有了国产名牌，怎么又引进外国名牌来挤对自己的名牌呢？"

沈鸿说："技术进步，科技含量也在不断提高。任何画地为牢、抱残守缺的思想都是错误的。我们要以市委市政府的精神为方针，进一步加大改革开放的力度。另外我告诉大家，李市长已经为大中华与美方的合资企业取了名字，叫七彩日用化工（中国）集团。美方的最高总裁李斯特·李先生对李市长取的这个名字表示赞赏。"

说罢，沈总经理从公文袋里拿出一份文件，说这就是大中华厂与李斯特·李集团合资协议书的草案底稿。沈鸿又从公文袋里抽出一份公文，说由于神州化工厂一分厂与大中华日用化工厂属于联营单位，在合资之前，必须以神州化工厂一分厂为甲方，以七彩日用化工（中国）集团为乙方，签署一份补充协议书，经与美方协商，文本基本确定。沈鸿清了清喉咙，将其中十分关键的两款读给大家听。诸葛光荣知道，这

268

纯粹是读给神州化工厂听的。

"一、不得竞争。甲方'神州化工厂一分厂'立即及永久停止制造及出售与乙方'七彩日用化工（中国）集团'所制造的类似的或以任何方式相竞争的产品，包括鞋油、夹克油以及皮革制品油系列……"

"二、商标。甲方'神州化工厂一分厂'立即及永久停止制造、销售标有'金手'和'金足'商标或标有类似商标或包装的任何产品，其中包括标有'金'字或'手'字的产品……"

听到这里诸葛光荣大声说："这是不平等条约！"

唐本旺说："诸葛厂长您不要激动。今天开会正是要研究下一步如何帮助神州化工厂的……"

沈鸿鄙夷地看了一眼诸葛光荣，继续读着条款。

诸葛光荣哼了一声。会议室里静悄悄毫无声息，大家不约而同将目光投向诸葛光荣。

诸葛光荣伏在桌子，似乎睡着了。唐本旺挪过身子，伸手拍了拍老汉，老汉一动不动。唐本旺惊叫一声："他怎么没有知觉啦！"

沈鸿说："快送他上医院！"

4

大中华日用化工厂与李斯特·李化学集团合资建立的七彩日用化工（中国）集团挂牌成立那天，气象预报，晴。剪彩的时候，多云。主持剪彩仪式的是化学工业总公司的党委书记雷励行。李吉钢市长前来剪彩。

市政府工作组的三位同志也出席了剪彩仪式。七彩集团挂牌成立，工作组的使命也就结束了。申秀绪对这个结局感到满意。嫁接外资使企业走出困境，应当说这是一条广阔的道路。

269

姜合营站在很远的地方，观看着这个具有历史意义的隆重仪式。此时，他觉得自己成了一个局外人。唐本旺领着一群死党欢天喜地进入合资企业，当高等华人去了。上级将大中华厂这个烂摊子留给姜合营。谁都看得清清楚楚，更为艰难的日子开始了。姜合营与大中华日用化工厂，站在十字路口。

剪彩仪式的司仪是本市著名美声唱法歌唱演员童燕燕。坚持请美声唱法的演员担当司仪，表明七彩集团的古典主义倾向。美声歌唱演员童燕燕住在"黄金三百万"别墅小区，她家的院子里不知从哪里移植了一株参天大树。关于大树的来历，她那被称为"冷冻大王"的丈夫讳莫如深。

挂牌仪式的高潮是点燃庆贺的鞭炮。这座城市禁放鞭炮已经三年，今天的仪式竟然得到市政府特别批准。于是鞭炮之声大作，令市民叹为观止。美方代表希尔顿先生眉头紧锁站在弥漫的硝烟之中。

依然是多云天气。

在这个多云的日子里，医生通知诸葛云裳，诸葛光荣的肾功能衰竭症，已经越过失代偿期而进入尿毒症期。目前能够做的只有血液透析，下一步可以考虑换肾。诸葛云裳深深自责，父亲的病情已经发展到不治的地步，自己这个做女儿的居然麻木不知。她知道父亲命不久矣了。她唯一能做的事情就是让父亲多几分欢乐。

这很难。

摆在面前的将是一笔巨额医药费。

诸葛光荣住院的地方离大中华日用化工厂不远。庆贺七彩化工集团成立的鞭炮的硝烟，似乎随风吹进病房。

唐本旺拎着一袋营养品来到医院。如今他成了七彩化工集团的中方副总经理。总经理是美方派来的希尔顿先生。七彩集团所占有的厂房，除了原来三车间的"三号堡垒"，又将空闲无用的一车间"一号堡垒"

占用。两条从美国引进的生产线正在紧张安装调试。美方的营销策略讲究提前进入战壕，先声夺人。此时七彩集团已经开始在报纸上打响广告战役。七彩集团生产的"比比多斯"牌鞋油和夹克油尚未上市，便已为世人所熟知。

美国人很有钱，天天把自己的形象印在报纸上流入市场让人们观看。中国的市场真大啊。中国的市民也多。您想买比比多斯吗？对不起，它要两个月以后才能生产出来呢。请女士们先生们少安毋躁耐心等待。

比比多斯赢得了碰头彩，还没上市就成了一枝独秀的名牌。金手牌商标仿佛吃了退烧药，积蓄多年的热量正在从人们体内消退，离人们的生活渐渐远了。果然不出姜合营所料，外方将金手牌商标买到手里，立即束之高阁。美国人想以"比比多斯"来替代"金手"多年形成的中国市场。

"金手"宛若一位年轻的妃子住进冷宫。

唐本旺在病床前不知对老汉说些什么才好。诸葛光荣的头脑非常清醒，做罢透析他问唐本旺："我拜托你打听的那件事情……"

唐本旺说："我们不谈这件事情行吗？"

"不行。"诸葛光荣坚定不移地说道，"这是我今生最为重要的一件事情了。"

唐本旺毫无办法，只得如实禀报："李斯特·李曾经是一位将军。用西方报纸的语言来说，就是参加过韩战。二十世纪七十年代退伍进入金融界。八十年代转入日用化工行业，成为跨国公司的总裁。"

诸葛光荣喃喃道："没错，那就是他啊。李斯特·李今年至少有七十五岁了。只是不知道他脸上的那颗黑痣还在不在。人生真是奇怪，他是将军，我是小兵，可是我与他居然两次相遇。那一次我成了战俘；这一次呢我躺在了病床上……"

唐本旺不知道如何是好。

诸葛光荣说："本旺，我们为什么非要跟这家美国公司合资呢？这明明是不平等条约啊。金手商标美国人花钱买去了，可是神州化工厂自己注册的金足牌商标为什么也不允许用呢？这样做太霸道啦……"

唐本旺无言以对，只得搪塞道："领导意图，真是一言难尽啊。再说这也是为了掀起全市合资高潮啊……"

依照有关协议，神州化工厂与大中华日用化工厂的联营关系被解除了。"金手牌"与"金足牌"商标同时停止使用。消息传到神州化工厂，职工们根本不能理解，颇有被迫剥夺生存权的感觉。一时人心大乱，好端端一个厂子，要毁。罗光站出来，号召大家成立十条"大龙"，自己找饭辙。

形势极其严峻。

诸葛光荣做了透析走下病床，要回到神州化工厂看一看。这时六十二岁卧病在床的诸葛光荣已经被免去厂长职务。厂长是从大中华日用化工厂调来的党委副书记邓援朝。

这令诸葛光荣感到非常意外。走在厂道上，平时熟悉的工人们朝他呼喊着，很像球迷在迎接球星。人们拥上来，纷纷祝他早日康复。他知道自己永远也不会康复了。他只想多活几天，看一看神州化工厂究竟变成什么样子。

邓援朝陪他在车间里走了走。车间里十分清静，生产正处于调整阶段。

他问邓援朝，怎么在这个时候调到这里来呢？

邓援朝的口吃依旧，在纸片上写了几个字递给诸葛光荣看：

"是我自己主动申请调到这里来的。我习惯了，困境。"

诸葛光荣咧了咧嘴，笑了："你是一块稀有金属啊。"

邓援朝又写了一句话："我要想尽办法，让神州厂的职工都有饭吃。"

诸葛光荣非常喜欢邓援朝的名字。他说:"真是意想不到,大中华一合资,神州化工厂却成了这个样子。这就是棋盘上的弃子战术吧?我六十二岁了,重病缠身,这个烂摊子留给你,真是不好意思啊。"

邓援朝最后在纸片上写道:全厂职工正在开展募捐,凑钱给您治病。

老汉连连摆手说:"不敢当,不敢当。"

诸葛云裳推着轮椅,成了父亲的专职护理员。走在厂道上,她终于明白了什么叫作工厂——她所离不开的地方。

诸葛光荣知道自己的时间不多了,离开神州化工厂,他提出到大中华日用化工厂看看。姜合营派出小马的那辆破"上海"去接。于是一辆行将报废的轿车载着一位命不久矣的病人,驶进大中华日用化工厂。

如今的大中华日用化工厂,已经一厂两制了。"一号堡垒"和"三号堡垒"成为七彩集团的厂房,一道绿色木栅墙为这座合资企业划出一块独有的天地——这里建立的是一种新的经济秩序。此时,绿色木栅墙里的七彩集团正处于职工招聘的关口。合资企业无疑是工人的天堂,引人向往。然而好事情往往只属于少数人。七彩集团从大中华日用化工厂原来的职工队伍里只招收一百二十名工人,其余向社会招聘。诸葛云裳作为优秀的检验人员,当然榜上有名。她推着父亲的轮椅环着绿色木栅墙走着。七彩集团负责招聘工作的总管谷大泉走过来说:"云裳,下个星期你就应当到七彩来上班啦。"

诸葛光荣坐在轮椅上笑着说:"呵呵,我女儿进了合资企业啊。"

诸葛云裳朝着谷大泉摇了摇头:"我还是留在大中华日用化工厂吧。"

谷大泉很不理解:"云裳,留在大中华就等于是待业啊。"

她说:"那就待业吧。我已经进了不惑之年,很想标新立异,做一件与众不同的事情，譬如说留在大中华日用化工厂。就这样。"

谷大泉很是为她感到惋惜，却又无话可说。

推着轮椅走到四车间门前，这里在"老母鸡"的领导下，依然是来料加工，生产着柔柔牌女式内衣内裤。唯一令人感到不安的就是著名缝纫男工张义，因情绪过于波动而不能从事生产，被送回家中调养。张义口中反复强调的只是一句话："我绝对是一个男性！"这情形使车间主任"老母鸡"老泪横流。他认为张义完全有可能成为缝纫能手而参加市里举办的职工技术比武大赛，可是张义没能顶住日渐沉重的心理压力，废了。

生产安全电子报警手杖和电热驱蚊器的二车间，如今居然成了大中华厂的骨干，号称三朝元老。姜合营正是坐在二车间门前的石阶上抽着香烟，等待着诸葛光荣的到来。

诸葛光荣看着远处的夕阳，心情很好。他对女儿说："那天我接到一个老战友的越洋电话。他的名字叫周有根，当年也是战俘。后来他去了台湾，最后移居美国。他很想回到祖国来看一看。跟周有根相比，我应当知足。为什么知足呢？因为我能够死在祖国的土地上。周有根呢，恐怕就难以叶落归根啦。有根啊有根，最后还是没根……"

诸葛云裳说："周有根？我怎么从来没听您提起这个人呢……"

"是啊，我从来没有向你提起周有根这个人啊。"诸葛光荣显得非常激动。

轮椅驶到二车间大门口的石阶前。姜合营坐在石阶上一动不动看着诸葛光荣，然后又一动不动看着诸葛云裳。她被他看得很不自在，就小声说："你傻啦！"

姜合营知道是时候了，就对诸葛光荣说："诸葛厂长，您的女儿是一个优秀的女性。"

诸葛光荣当然明白这句话的挑战意味，就认为不虚此行。老汉说：

274

"让一个优秀女性下岗待业，你就不是一个好男儿啦。"

姜合营伸出大拇指说："诸葛厂长说话，真有水平！我跟您老说吧，我会有办法的，我真的会有办法的！"

诸葛光荣笑了笑："什么办法？"

姜合营说："保密。"

"听说你也要跟外国人合资？"

姜合营说不是外国人，是几个加入了外国籍的华人。WM 公司。

诸葛光荣伸出手来，与姜合营紧紧握在一起。老汉的表情非常平静，压低声音说道："拜托啦。"

姜合营与老汉对视着，大声说道："老汉放心，我实行三包！"

诸葛云裳抽泣起来。

她推着轮椅上的父亲，朝远处走去了。

姜合营依然坐在石阶上抽烟。翻腕看了看手表，他知道邹忠诚马上就要到达。

果然，邹忠诚不忘本分，拿着胡琴来了。

"明天是京剧票友大赛的预赛，你不吊一吊嗓子，十有八九淘汰出局。"

走进空空荡荡的五车间，邹忠诚找了一只木箱子坐在上面，拉起了胡琴。

唱《钓金龟》。

姜合营此时猛地感到，京剧已经是一门离他非常遥远的艺术了。

可是什么离他最近呢？

工厂。

他开始唱了。

"叫张义我的儿，听娘教训……"

嘣的一声，弦儿断了。

这绝对属于不祥之音。

邹忠诚放下胡琴："合营我跟你说一件事情……"

"我已经看出你是一个说客了，而且我知道你要说的是我的家务事。对吧？"

邹忠诚笑了："你这么聪明的人，可惜落在工厂里。你要是去安全局，绝对一流探子。合营我跟你说。你和莫小娅是两个聪明人兑到一块儿啦。这就好比是针尖儿对麦芒儿，铁板对熨斗，大刀对长枪……"

"这段开场白可以删去，说正文儿吧。"姜合营催促邹忠诚。

邹忠诚收起胡琴，神色郑重地告诉姜合营，是金铁龙委托他前来摊牌的。

"金铁龙为什么不当面跟我谈呢？"

"他仍然无法超越当年的心理障碍，你处处都比他强。如今他有了信心，所以要我来代表他跟你谈一谈。"

这种事情也要别人来代表，看来金铁龙依然是金铁龙。姜合营认真听着邹忠诚的叙述，觉得金铁龙称得上是一个古典主义者。

金铁龙认为姜合营与莫小娅之间的婚姻关系，只是一种毫无活力的维持，这种维持无疑是在日复一日消耗着双方的生命。打破这种婚姻板结，必须依靠外力，这如同铧犁翻开多年的冻土。金铁龙决心追求莫小娅。他的最大心愿就是让莫小娅摆脱僵死婚姻的同时，得到再婚的幸福。尤其是通过这一段时间的接触，金铁龙愈发坚定了信心——决定与姜合营展开竞争。

"金铁龙的意思是让莫小娅女士在我与他之间，做出最后的选择？"

邹忠诚点了点头："我想是这样的吧？引进竞争机制，促进爱情之花盛开。"

姜合营苦笑了："邹忠诚既然你给金铁龙当了马仔，那么我就告诉你吧，最终莫小娅既不会选择我姜合营，也不会选择他金铁龙……"

"那么莫小娅最终选择谁呢？"

姜合营盯着邹忠诚："莫小娅最终选择的是她自己。"

"你真的了解莫小娅？"邹忠诚问。

姜合营说："我现在最关心的是与 WM 公司总裁项超男女士做最后一次谈判，达成合资协议。告诉你小邹，我心无旁骛变成一只工厂虫子啦。"

5

姜合营穿过绿色木栅墙走进七彩化工集团的领地，来找唐本旺。

果然是旧貌变新颜，合资之后的工厂有了一副崭新面孔——仿佛化妆之后的村姑，似曾相识又不敢贸然相认。不知美国人出于什么心理，一车间和三车间的厂房没有拆除，而加固之后内外装修，"返老还童了"。合资好，风景旧曾谙。望着日新月异的厂房，姜合营心中承认合资是中国工业大趋势，给各行各业注入了活力。但中国毕竟是中国，还有许多不能合资的地方。这些不能合资的地方怎么办呢？目前姜合营所面临的难题就是这样。WM 公司总裁项超男坚持 A 方案，即 WM 只与大中华厂的一车间合资，生产民用清洗液。姜合营对那位女总裁说："大中华化工厂是一盘菜，美国的李斯特·李集团伸出筷子把生产金手牌皮革制油的三车间给夹去了，WM 公司又伸出筷子把生产清洗液的一车间给夹去了，眨眼之间只剩下菜汤了。工人们怎么办呢？站在厂院里张开大嘴喝西北风。"

WM 公司总裁项超男说："我是实业家，不是慈善家。等到六十岁的时候我成了亿万富婆，我就日行三善，以解救天下穷人为己任。现在不行。现在我做的是生意，所以我只能把目光停留在那条最低需要五十万人民币才能修复的清洗液生产线上。合资的中方职工，我只能接收四

277

十八名，而且还要择优录取……"

姜合营坚持 B 方案。项总裁认为姜合营这不是在搞市场经济的合资，而是在搞社会主义扶贫运动。姜合营心中也承认自己的方案未必符合如今的市场经济规律，可是清洗液合资之后，甩下的那三百多名工人究竟怎么安置呢？这不能不令他殚思竭虑。

项超男将了他一军："你要是将全部工厂带入合资领域也可以，你必须增资五百万人民币，合理开辟一个既拥有技术含量又拥有市场前景的项目，譬如说引进澳大利亚的绵羊油制品……"

这毕竟打开了思路。可是到哪里去搞那五百万人民币呢？自己又不能印钞票。

这样想着，他走进七彩集团的办公地。这是一排落成不久的洋式平房。

赵则久带着一群人赴美考察去了。副总经理办公室里只有唐本旺一个人，显出大企业的气派。姜合营心里说，我是刘姥姥进大观园了。

他对唐本旺说，有两件事情，一件是公事，一件半公半私。

红光满面的唐本旺哈哈大笑："先说半公半私的。"

他就将许文章的工作问题摆在桌面上。他说许文章在厂办工作了这么多年，能力很强。这次合资竟然将他划在圈外，实在令人感到意外。七彩集团虽然合资了，可大家都是大中华的人，遇到问题应当协调解决。

唐本旺不露声色："再说公事。"

他提出资金问题。目前七彩集团已经成立，与大中华日用化工厂很快就要成为两家。关于资金的分割，应当早日明确。在尚未明确之前，七彩是不是帮助大中华厂解决一笔流动资金。

唐本旺立即答道："这不可能。七彩集团是一座新型的中外合资企业，无论从企业性质还是从财务制度，都不可能与大中华厂混为一谈。

278

如果大中华厂需要贷款，可以去找银行。"

姜合营说："老唐，你怎么人一阔脸就变呢？你只不过被组织安排在这里工作就是了。其实大家都是一个脑袋两条腿。"

唐本旺端起茶杯："关于许文章的问题，也不能解决。我们七彩集团用人，都是经过严格的考核的。你不要沿袭以往写条子办工作的思路，到这里来说一说，工作就安排了。如今完全不一样啦，希望你能适应这种新的生活秩序。"

姜合营笑了笑："老唐你这人真没意思。我不是来走后门安排工作。你们七彩集团不是从原大中华日用化工厂招聘一百二十名职工吗？我的意思是说这一百二十名职工里应当就有许文章……"

说到这里，姜合营激动起来："唐本旺我告诉你，你这个人一贯拉一派打一派。你看许文章跟我工作多年，就认为是我的心腹。这次合资，你就把他甩啦。我来找你谈，你还跟我装洋蒜。你以为你在别人手里就没有把柄吗？今天你给我交代，你卖大树剩下的那三十八万元跑到哪里去啦？"

唐本旺站起身来，嘿嘿笑着问道："我要是不交代呢？"

姜合营说："你害怕了吧？"

唐本旺笑容显得非常残忍："那我立即交代。我要是交代了，你必须去举报。你要不去举报，你他妈的就不是人养的！"

这时候姜合营猛然从唐本旺身上看到码头脚行的习气。

"姜合营我告诉你，卖大树剩下的那三十八万元我给沈鸿总经理买了一套房子，送给他外甥结婚用了。我再告诉你，沈鸿已经内定副市长啦，下个月就公布。你去举报吧。你要不去举报，就不姓姜！"

姜合营呆呆望着唐本旺，觉得面前的这个人很是陌生。

他觉得无话可说，就一言不发转身走了出去。

大步走出绿色木栅墙，一步迈进自己的工厂。自己的工厂很穷，可毕竟是自己的工厂啊。唐本旺这个人真是文武全才。文，能说得头头是道；武，居然还能耍混混儿。关键时刻敢把大树卖了买一套房子给领导送厚礼，而且还以耻为荣大言不惭。面对唐本旺这样的人，姜合营切实感到自己还算得上一个单纯的人。

这时候，他非常思念邓援朝。

真是一笔写不出这两个穷字。邓援朝当了神州化工厂的厂长，我当了大中华日用化工厂的厂长，堪称难兄难弟。想到这里，他又觉得这种穷得叮当响的生活很有意思，甚至感到很有童趣。

回到办公室，他找出一大张白纸，拿出一支毛笔写了四个大字：能折能弯。晾干了挂在墙上。

望着"能折能弯"这四个字，姜合营笑了。

走到车库叫上小马，他说到杜家村去。

小马说："你一定是去找黄大发吧？"

这时姜合营猛然想起那两个到医院病房取证的警察。如今的事情就是让人不可捉摸，光天化日遭到摩托歹徒的袭击，一时间闹得沸沸扬扬的，取证之后竟然没了消息。于是一切都成了一场过时的电影。

坐在破旧的上海轿车里，姜合营突然问小马："你怎么没去合资呢？"

小马说："你是厂长，怎么还问我呢？"

他告诉小马，这次七彩集团的事情别人根本插不上手，全由唐本旺说了算。

小马说唐本旺从社会上招聘了三个司机，一个是工商局长的女婿，一个是雷励行的远房侄子，一个是赵则久的表弟。说罢，小马大发感慨："姜厂长你这个厂长当得真没意思。"

姜合营说："你说得对。"

一小时之后，汽车驶进杜家村——这就是杜撰之中的杜十娘的故乡。

一个院子门前挂着一块牌子，字体极其难看：保诚综合营造厂。看着这个空洞无物的厂名，就知道这是一家天天都在做着发财美梦的私人企业。

汽车开进院子。一只大黄狗汪汪叫了起来。

姜合营从车里走出来对一个民工模样的汉子说："找杜经理。"

汉子看着破旧的上海轿车："你是来收废品的吧？"

黄大发从一间厂房里走出来，抬头看到姜合营，惊声惊语说："你来干什么？你不是说咱俩已经扯平了吗？"

姜合营注视着黄大发，看出他目前也是浅水困蛟龙的心态，并没有发迹。

杜宝成披着一件呢子大衣走了过来。朴万植死亡事故之后，姜合营在厂里与这位私营企业主打过交道。

杜宝成嘿嘿笑着："这不是姜厂长吗？你跑到我们这里来干什么……"

姜合营说："老杜，你知道今天是什么日子吗？今天是朴万植师傅的七七忌日。你们不是化悲痛为力量四处上访吗？今天我专门来这里慰问死者家属，也算是对你们上访者的回应。你们当时为了把我从厂长的位置上拉下来，东奔西走哭天抢地的，很是辛苦。这一程子日子过得怎么样啊？"

杜宝成说话非常实在："我们上访，当时有我们的目的。把你拉下马来，我们为了买到那条清洗液生产线。今天你来，恐怕也有你的目的。咱们屋里坐一坐聊一聊，兴许能够找到共同语言。"

姜合营随着杜宝成朝办公室走去，他一眼就看出这里正在生产假冒的名牌洗衣粉。

坐到屋里，姜合营对黄大发说："既然这里不生产清洗液，你的一

281

技之长就发挥不出来啊！要是甲A联赛，你这样的队员就得转会。"

黄大发笑了笑："姜厂长你真会说话。不过，今天你可算是独闯龙潭啊！你就不怕我们把你撂在这儿？"

姜合营说不怕，然后掏出一盒555。

杜宝成说："要说咱们应当算是敌国。开门见山吧！"

"我是来寻找资金的……"姜合营开宗明义，"你不是想买我的清洗液生产线吗？生产线我肯定是不会卖的，不过咱们可以搞一个股份制企业啊。眼下WM公司与我合资，生产清洗液。我呢，胃口比较大，想把全厂都搞成合资企业。这样就必须增资。我没有五百万人民币，我只有地皮和设备，还有熟练的技工。所以我想再扯进一家，合资就成了。"

杜宝成嘿嘿笑着："除了清洗液你还要增加什么产品啊？"

姜合营说澳大利亚的绵羊油或者化妆品类。

杜宝成不说话，在屋里转悠。

姜合营抽了两支烟，心里有些起急。大中华厂的工人们眼巴巴等待上岗啊。俗话说宁看好人的屁股，不看坏人的脸。可是如今是一个与魔鬼打交道的时代，无论是谁的屁股，你都要拿出参观卢浮宫的兴致——看。

杜宝成终于说了话："出家人不打诳语。我这几年不打算干正行。为什么当初要买你厂的清洗液生产线呢？我就是想假冒，叫全手牌。你说的合资呀、股份制企业呀，都离我太远。兴许过几年，随着人民觉悟的提高，我也就成了正人君子啦。那是后话。"

姜合营伸出大拇指："老杜！说得真透亮。就冲你这种理直气壮的做假精神，你肯定能够发财。等你什么时候想做正人君子啦，就跟我联系。"

说完，他与杜宝成握了握手，然后又与黄大发握了握手，就走出屋子。

临上车的时候，杜宝成说："这车也太破啦！"

姜合营说："破归破，可它是真车啊！"

杜宝成哈哈大笑。

黄大发又追了一句："姜合营！你我算是扯平啦。"

回到家的时候，电视里正在播新闻联播。莫小娅已经给爷爷烧了饭，独自等待着丈夫归来。姜合营走进门，爷爷立即走上前来问道："我听说大中华改成外国名字啦，叫什么七彩？鞋油的名字叫比比多斯？"

他告诉爷爷，那只是划出去一部分，主干还在我们手里，厂名还叫大中华日用化工厂。爷爷连连摇头说："什么主干还在我们手里，一条鱼已经被人家吃得只剩下鱼刺啦。"

说罢，老人又去修理那只德国老挂钟了。

晚上熄灯躺在床上，他对她说："我想跟你做爱。"

她说："已经没有爱了，拿什么做啊？"

他将她搂在怀里说："那我换一个词吧，我想跟你性交。爱没有了，总不能连性也没有了吧？"

她说："性当然还有，但不愿意交。"

他将她搂得更紧，说："那我再换一个词，咱们合资吧？"

莫小娅哧哧笑着："没有资金。"

姜合营说："我只能透支啦。"

他与她认认真真做起那件很久都没有做的事情。

凌晨时分，他问她："跟我离婚之后，你嫁给谁呀？"

"眼下还没有具体目标。"

她打了一个哈欠说："是啊，咱们真该离婚啦。"

6

诸葛光荣病情加重的那天,本市日报头版发了一条消息,说的是七彩集团起诉神州化工厂一分厂的经济纠纷。

全市瞩目。

当天晚上的本市电视新闻,以访谈形式报道了这一起官司。希尔顿先生出现在镜头上,表情很是激动。

中国人知道,美国人就是好激动。

只有躺在病床上的诸葛光荣看出了问题的严重性。

本市中级法院知识产权庭的一位女法官接受记者采访时介绍了案情。女法官在镜头里显得从容镇定,讲话掷地有声。

一月三十日,七彩集团状告神州化工厂一分厂违背早已达成的有关协议内容,在根本无权销售"竞争产品"的情况下,向外埠零售单位批发金手牌液体鞋油五十八箱,金足牌膏体鞋油八十二箱,金足牌旅行擦鞋器七十六箱。七彩集团要求法院冻结被告的有关银行账号或查封库存财产,追究其法律责任。

刘亮湖作为证人出现在镜头前。他声称应当回避,因为自己在这家美国公司供职。但他说今年一月二日,自己到外地出差在一家小型超市买到一支金手牌鞋油。他当即查阅了进货单,证明是神州化工厂违约销售的"竞争产品"。

邓援朝最后出现在镜头上,一副被告的惨相。电视观众并不知道这位困境之中走马上任的厂长患有严重的口吃症,纷纷指责他是一个张口结舌、手足无措的平庸之辈。这样的笨蛋厂长怎能与外国企业竞争呢?人们普遍感到失望。一夜之间,邓援朝这个名字的臭味就超过了王致和牌臭豆腐。

284

电视新闻的最后画面是神州化工厂一派萧条的厂房和工人们的冷漠面孔。

诸葛光荣躺在病床上号啕大哭。

第二天护士长来查房，告诉这位老汉神州化工厂一分厂肯定败诉并且定将受到法律制裁。一位小护士偷偷告诉诸葛光荣，昨天厂里的财务科长来送支票的时候说，厂里银根吃紧，邓援朝厂长偷偷销售库存的鞋油，是为了给诸葛光荣交齐住院的费用。没钱，医院是不给治病的。

偷偷卖了二百一十六箱鞋油，没承想被七彩集团捉了一个正着。昔日联营盟友，今日法庭冤家。

诸葛光荣在下午就办理了出院手续。他不让诸葛云裳惊动任何方面，叫了一辆出租车，悄悄回家了。

他拒绝治疗。

邓援朝赶到诸葛光荣家里，张着嘴巴说不出话来。诸葛光荣佯装不知法律纠纷，只说想在家里住几天，换一换环境。

邓援朝坐了一会儿，就告辞了。云裳送他出门，邓援朝递给她一个纸条。借着灯光她看到邓援朝写道："我决心反诉七彩集团，因为这完全是强加在我们头上的不平等条约。"

诸葛云裳说："合资的大政方针都是高级领导亲自决定的，你这场官司怕是不好打赢。外国人不可怕，最不好对付的是自己的同胞。你一定要做好这方面的思想准备……"

邓援朝走了。

回到家里，邓援朝与本厂的法律顾问通了一个电话，然后坐在桌前连夜起草反诉书。妻子是一座商场的收银员，默默坐在一旁落泪。他扭头茫然看着妻子。妻子说："我们商场人流量特大，今天我听到好几个顾客谈论你的案件，说是丑闻。"

他朝妻子笑了笑，起身从床下找出一只尘封已久的皮箱，从中找出一对竹板，拉开架势站在大衣柜的镜子前面。妻子说："你疯啦？大半夜的……"

他打起竹板，唱了起来。他唱快板的时候，绝不口吃。

> 我的工厂叫神州，如今已经四十秋。
> 四十秋啊不简单，曾经攀越多少山！
> 太行山，王屋山，产品连年闯雄关。
> 评省优，评部颁，金牌也曾三连冠！
> 到如今，搞改革，遇到困难真叫多。
> 困难多，咱不怕，吃苦耐劳咬紧牙！
> ……

邓援朝唱着，妻子泪流满面。邓援朝打着竹板唱得浑身冒汗，泪水，也就没了。他打着竹板大声对妻子说："一定要治好诸葛老汉的病！"

凌晨时分，邓援朝写出了反诉书的草稿。他不是律师，但他读了许多法律方面的书籍，他是用心血写出这份反诉书的。他知道必须抗争。我们不必妄自尊大，但也不能窝窝囊囊接受不平等条约。中国工厂与外国工厂，应当拥有平等竞争的机会。

站在阳台上，邓援朝看到大街上匆匆赶路的行人。

他心里说，相信生活吧。

7

诸葛光荣在家里度过一个宁静的夜晚。清晨起床，神童诸葛小明吃罢早饭背起书包朝爷爷说了声再见，就上学去了。诸葛光荣心里想：

"小明你还不是真正的神童啊。你要是真正的神童就应当能够猜出爷爷今天的心思。"

吃了早饭他对女儿说，想看一本关于政治经济学的书，很急。云裳八点钟一过就走出家门，往新华书店走出。如今新华书店少了，所以云裳要到很远的地方。

诸葛光荣是八点五分打开那只柳条箱的。谁也不知道里面藏着一支手枪——狗牌撸子，而且还有一发子弹。在这个国家私据枪支是犯法的。但是诸葛光荣不怕，因为没有任何人知道这支手枪的来历。

今生今世，他再也不愿第二次当战俘了，所以他私藏这支狗牌撸子。其实想法非常简单：如果再有战争，当敌人就要将他抓获的时候，他便用这一粒子弹，射穿自己的头颅，宁死不做俘虏。这就是私藏枪械的初衷。他万万没有想到，自己会在和平年代开枪自杀。他知道自己又败了，但败得起。坐在桌前写罢自杀说明书（不知为什么，他不叫遗嘱而叫自杀说明书），他的心中一派清朗。

"我的死亡起码能给厂里节省许多住院的费用。这样看来我也算是死得其所啦。临死还能为国家减忧，这真是一件令人高兴的事情。"

"我真的应当走了。这时候我真正懂得了什么叫作心情愉快。可惜不能告诉别人了。"

他用毛笔在墙上写了八个字：振兴中华，神州崛起。

枪口抵住太阳穴，感到一丝凉意。这时他听见了枪响。

半小时之后，诸葛云裳怀里抱着新版《政治经济学》走进单元，一声尖叫她就瘫倒地上。

本地新闻媒体都没有报道这一起自杀事件。

与此同时本市中级人民法院正在抓紧审理"七彩诉神州案"以及"神州反诉七彩案"。人们拭目以待。

神州化工厂为诸葛光荣召开全厂追悼大会，尽管上级三令五申说诸葛光荣的级别只能举行遗体告别仪式而不能召开追悼大会。追悼大会的会场设在小礼堂。姜合营赶到会场的时候，邓援朝正在致悼词。姜合营吃惊地看到，邓援朝毫不口吃，悼词念得非常流畅。

怪事。一个严重口吃的人，竟然在致悼词的时候变得口齿清晰。这个世界上不可思议的事情真是太多了。

慰问死者家属的时候，姜合营与诸葛云裳紧紧握手。诸葛小明站在一旁，定定注视着姜合营。

姜合营与诸葛小明握了握手："你是神童，赶快长大吧，接革命的班，好好治理中国。"

诸葛小明说："有志不在年高。"

他问小明："你说，咱们的国有企业到底应当怎么办呢？"

诸葛小明想了想，说："不要着急，慢慢来。"

姜合营笑了。

身材高大的希尔顿先生也出现在追悼会现场。他已经将诸葛光荣自杀的消息通过电传发回美国的总部，电文极为详细地谈到了死者的身世。

美国总部里的总裁对事态的发展极为关注。就这样，冬天悄悄来临了。人们之所以不曾留意冬天的到来，只因这是一个少有的暖冬天气。

暖冬的天气里，莫小娅只身回到滨海新区。她与姜合营的婚姻，已经死亡。姜合营走进大中华日用化工厂的大门，看见黑板上写着自己的名字，就知道有信函。他从传达室的窗户上取下一只硬壳信封，拆开一看，里面是一张贺卡，上面写着四个大字：新春快乐。落款是大田保子。姜合营笑了。他不明白大田保子为什么要寄来这个贺卡。世界很大，他与大田保子，很有可能属于两个永不相遇的星系，彼此忘得十分彻底。然而她寄来了贺卡——这个令大中华日用化工厂走入窘境的日本女士。

手里拎着这张贺卡，他走进工厂坐在二车间的石头台阶上，抽烟。乍暖还冷的季节里，这说明他拥有一只既不怕硬又不怕冷的屁股。他昨天到神州化工厂见了邓援朝。他告诉那位口吃的困境厂长，大中华日用化工厂与 WM 公司达成合资协议：一期合资仅局限于清洗液。至于二期合资，他等待资金。他说已经在工厂门前贴出黄榜一张，号召集资，共同兴建真正意义上的股份制企业，实行货真价实的现代企业制度，让工人当股东……

　　邓援朝只是听着。告辞的时候姜合营说："咱们开展一场竞赛吧，看谁最先走出困境。看谁走出困境之后，大胆兼并对方。"

　　邓援朝点了点头，笑了。

　　姜合营坐在二车间的台阶上，一连抽了三支香烟。

　　这时看到一群人正朝这里走来，为首的是小个子罗光。

　　今非昔比，罗光看上去完全一派工头儿的模样。

　　罗光走上前来大声说："我已经当过十条大龙的'龙头'啦！你要是集资，我出五万块钱不成问题。不过我没有过高的理想，这辈子只想当一个工头儿，心里就很知足啦。"

　　姜合营说："这很容易。我还担心你想进入英国王室呢，那可就难啦。"

　　许文章跑上前来大声说："坏啦！你家老爷子又来了，口口声声说一车间的地底下他藏了一坛子金锞子，今天打算贡献出来！正领着一群人要去挖地三尺哪！"

　　姜合营说："我听着怎么像是一个神话故事呢？"

　　许文章说："要是真的能挖出来一坛子金锞子，咱厂不就有了资金啦！"

　　姜合营摇了摇头说："心里必须拥有黄金，咱厂才能走出困境啊。"

　　许文章说："无论如何，一车间的地界现在成了七彩集团。老爷子领人前去挖宝，肯定要闹出纠纷的。"

"你以为百岁老人就能白白奉献啊？他是想当一个大股东！你快去现场看一看吧，千万不要弄出什么乱子。"

许文章走了。姜合营哼起了京戏。他终于又找到了乐观主义者的感觉，在此之前他曾一度迷失。

临近中午，身穿一身黑夜颜色服装的诸葛云裳走到姜合营身旁。

她轻声说："你的集资美梦做得怎么样啦？"

姜合营说："很好。许多人都和我一起做着这个美梦。我们要生产金手牌绵羊油。"

"我……我能拿出四十万人民币。"

姜合营哦了一声："你能拿出四十万？那我就是联合国秘书长啦。"

诸葛云裳沉下脸色说："你离婚之后怎么变成嬉皮士啦？我说的是真话！"

诸葛云裳从容不迫给他讲了一个故事。从诸葛光荣的遗书里她得知，她根本就不是诸葛光荣的亲生女儿。她的父亲名叫周有根，也是战俘，但几十年都没有下落。当年她的生母改嫁，诸葛光荣就将周有根的女儿从农村接来抚养……

姜合营说："周有根终于找到你这个失散多年的亲生女儿，他给你四十万人民币？"

诸葛云裳摇了摇头："不，是五万美元，为了说明问题我将它折算成四十万人民币的……"

"这样看来，我极有可能娶一个拥有海外关系的妻子？"

诸葛云裳说："一个过于嬉皮笑脸的人，就不属于乐观主义者啦。"

姜合营郑重起来："是啊，明天咱们一起去给诸葛光荣扫墓吧。这老汉是在和平年代里为国捐躯的第一人。"

工厂的食堂飘来一股饭香。姜合营说："我给那位田大师打了电话，请他为大中华日用化工厂占一占前程。你猜田大师怎样回答我的?"

诸葛云裳定定看着姜合营:"田大师怎么说的?"

"田大师说,一直朝前走,不要往两边看。"

诸葛云裳听罢,笑了。

眨眼之间,一辆紫色桑塔纳停在面前,从车里走出私营企业主杜宝成。

姜合营说:"我猜你是来入股的吧?我等待多时了。指望造假赚钱,只能富一时。只有兴办真正的实业,才能富一世啊。"

杜宝成笑了笑说:"你必须保证我能赚到钱。"

"干脆,你让我保证你能活二百岁好啦。那时候天下就大同了。"姜合营抽了一口烟,悠悠说着。

杜宝成跑进厕所撒尿去了。

远处,百岁老人姜国瑞领着一群人朝这里走来。姜合营心里说,看见了吗?集资的人们来啦。这一群企业的股东大踏步朝着我走来。今后,他们才是大中华日用化工厂的主人翁呢。

正午的太阳,照在姜合营削瘦的脸上。

应当相信,无论是在原址还是在异地,生活都将继续下去。于是,食堂里飘出来的饭香,就愈发诱人食欲了。

姜合营断定,这是肉片炒白菜的味道。

三天之后,一个名叫李斯特·李的美国人越过大洋飞抵这座城市。据说,他是专程来给一个名叫诸葛光荣的中国公民扫墓的。

神童诸葛小明在祖父的墓前遇到李斯特·李先生。他对这位美国老汉说:"请您相信,我们总会有办法的。"

天上飞过一群鸽子。

图书在版编目（CIP）数据

原址／肖克凡著. — 北京：中国文史出版社，
2020.3

（中国专业作家小说典藏文库·肖克凡卷）
ISBN 978 - 7 - 5205 - 1632 - 7

Ⅰ. ①原… Ⅱ. ①肖… Ⅲ. ①长篇小说 - 中国 - 当代

Ⅳ. ①I247.5

中国版本图书馆 CIP 数据核字（2019）第 261811 号

责任编辑：蔡晓欧　薛未未

出版发行：**中国文史出版社**

社　　址：北京市海淀区西八里庄 69 号院　邮编：100142

电　　话：010 - 81136606　81136602　81136603（发行部）

传　　真：010 - 81136655

印　　装：廊坊市海涛印刷有限公司

经　　销：全国新华书店

开　　本：720 × 1020　1/16

印　　张：18.75　字数：243 千字

版　　次：2020 年 3 月第 1 版

印　　次：2020 年 3 月第 1 次印刷

定　　价：59.80 元